Tadeusz Różewicz
Vorbereitungen zur Dichterlesung

Ein polemisches Lesebuch

Herausgegeben, übersetzt
und mit einem Nachwort versehen
von Peter Lachmann

Carl Hanser Verlag

ISBN 3-446-12829-8

Ausstattung: Klaus Detjen
Satz und Druck: Kösel, Kempten
Printed in Germany

»Dichterisch wohnet der Mensch auf dieser Erde«
Hölderlin

»Lebende und tote schweben in der luft
suchen vergeblich einen platz auf der erde«
Różewicz

»Dichten heißt, sich ermorden.«
Zuweilen begreife ich den Sinn dieses dunklen Satzes
von Hebbel,
aber ich vergesse ihn bei der Arbeit,
beim Gedichteschreiben.

Statt eines Vorworts

Passagen aus zwei Gesprächen

»Wovon handelt Ihr neues Stück?«
»Vom Tod.«
»Das Publikum wird das weder sehen noch hören wollen.«
»Das weiß ich, mir selber hängt das Thema schon zum Halse raus.«
»Es könnte ja sein, daß das Publikum die Vorstellung verläßt.«
»Schon möglich.«
»Und das hindert Sie nicht daran, über den Tod zu schreiben?«
»Nein. Ich werde dieses Stück schreiben.«
»Indem Sie sich ... und andere langweilen?«
»Ja. Indem ich mich langweile, werde ich es schreiben. Gelangweilt und gequält vom ersten Satz an.«
»Das Publikum wird dieses Stück ablehnen. Die Leute haben die Nase voll vom Tod...«
»Da bin ich nicht so sicher.«
»Ist Ihnen das Publikum egal?«
»Keineswegs.«
»Warum wechseln Sie also nicht das Thema?«
»Bisher habe ich doch ausschließlich über das Leben geschrieben.«
»Soll das Koketterie sein?«
»Wahrscheinlich ... aber es stimmt.«
»Bedrücken Sie nicht Farblosigkeit und Monotonie des Todesthemas?«
»Und ob.«
»Weshalb streben Sie also nicht zum Leben, zum Licht? Erfordert das vielleicht mehr Anstrengung? Mehr Wissen, mehr Können?«

»Schon möglich ... dennoch ist mein gesamtes Schaffen ein Tendieren zum Licht...«

»Sie bringen also nicht den Mut zur Konfrontation mit dem Leben, den Menschen auf; ist das nicht eine Art Rückversicherung, eine Art Bequemlichkeit?«

»Das kann man mir nicht vorwerfen.«

»Das Schreiben über den Tod erfordert von Ihnen weder Anstrengung noch Kenntnisse, zwingt Sie nicht zum Materialsammeln, ist mit einem Wort bequemer.«

»Diese Frage kann ich nicht beantworten.«

»Haben Sie nicht den Ehrgeiz, ›große‹ Themen zu behandeln, wie das Brecht, Weiss, Hochhuth getan haben? Große politische Themen?«

»Doch, ich besitze diesen Ehrgeiz.«

»Warum kehren Sie also wieder zum alten, verbrauchten Tod zurück, warum schreiben Sie nicht statt dessen ein politisches Drama über China, Amerika, Rußland, Afrika, Danzig, Berlin, Israel, Ägypten?«

»Offensichtlich bin ich dazu nicht fähig.«

»Haben Sie es denn schon mal versucht?«

»Ja, aber es blieb in den meisten Fällen bei einigen Dialogen, Szenenentwürfen ... es ging unmerklich in eine Komödie über.«

»Ohne Ihr Zutun?«

»Ja, gewissermaßen gegen meinen Willen.«

»Wollen Sie damit sagen, ›jemand‹ steuere Sie während des Schreibens?«

»Das nicht unbedingt ... aber ich habe den Eindruck, als beherrschte ich nicht immer die Richtung. Seit meinem ersten Stück, das von einem Theater gespielt wurde und das ich 1958 zu schreiben begonnen hatte, hat mich irgendeine Kraft abgelenkt...«

»Also schön, worüber wird Ihr neues Stück sein?«

»Über den Tod.«

»Das vorangegangene war auch über den Tod.«

»Sie meinen *Eine alte Frau brütet?*«
»Ja.«
»Das ist ein Stück über den Tod und das Leben, über Abfall und Sonne, Alter und Abfall ... Gebären ... Essen.«
»Und das neue Stück, das Sie zu schreiben beabsichtigen?«
»Das neue wird über den Tod sein ... aber ich kann nicht sagen, ob es ein trauriges Stück sein wird ...«
»Sie müssen damit rechnen, daß kein Theater ein solches Stück wird annehmen wollen, und daß das Publikum vielleicht auch keine Lust haben wird, sich ein solches Stück anzusehen.«
»Damit rechne ich.«
»Und Sie werden es dennoch schreiben?«
»Ja.«
»Ist das nicht eine Trotzreaktion?«
»Nein.«
»Und wenn es nicht gelingt, dieses Stück über den Tod?«
»Ja, das ist sehr gut möglich, daß es mir mißlingt ... Über den Tod zu schreiben ist schwieriger als über das Leben ... Nicht über den Tod irgendeines Königs, Dichters, Generals, Premierministers, Priesters, Negers, Laureaten usw., sondern über den Tod ›an sich‹, wenn man so sagen darf.«
»Hat es solche Stücke nicht schon gegeben?«
»Ich weiß nicht ... bisher starb immer IRGENDWER, und wenn er dann starb, war es ein Stück über den Tod, obwohl das genaue Gegenteil der Fall war. Aber ich möchte mich nicht länger über dieses Thema verbreiten.«
»Vielleicht werden Sie dieses Stück gar nicht schreiben?«
»Wer weiß, aber ich werde es versuchen. Ich versuche es ununterbrochen. Jeder muß seine eigene, ihm angemessene Dramaturgie, seine eigenen passenden Gewänder finden.«
»Und wenn Sie die Lust an diesem Stück verlieren ... worüber wird dann Ihr nächstes Stück sein?«
»Das nächste wird über nichts sein.«
»Das heißt worüber?«

»Das heißt genau, wie ich es gesagt habe: über nichts. Das Thema des Stücks wird ›Nichts‹ sein. Dasselbe ›Nichts‹, über das ich in der Skizze ›Nichts oder Alles‹ geschrieben habe.«
»Ist es nicht das Nichts, das in dem Gedicht ›Nichts in Prosperos Mantel‹ auftritt?«
»Ja. Man kann es aus diesem Gedicht entwickeln:

nichts kommt heran
nichts in prosperos
zaubermantel
nichts von straßen und lippen
von kanzeln und türmen
nichts aus lautsprechern
spricht zum nichts
über nichts

nichts erzeugt nichts
nichts erzieht nichts
nichts lebt im wohlstand
im nichts
nichts wartet auf nichts
nichts droht
nichts verurteilt
nichts begnadigt

»Wir haben uns vor einiger Zeit über Ihre schriftstellerischen Pläne unterhalten. Meine Frage ›Wovon wird Ihr nächstes Stück handeln?‹ haben Sie beantwortet ›Vom Tod‹. Erinnern Sie sich noch?«
»Ja. Ich erinnere mich noch.«
»Ist dieser Plan ausgeführt worden?«
»Ja und nein. Ich habe eine längere Erzählung geschrieben: *Der Tod in der alten Dekoration*. Ein älterer Mann erzählt, die Erzählung wird an einer zufälligen Stelle abgebrochen, der ›Held‹ stirbt. Er stirbt in einem provisorischen Lager mit alten Opern- und Theaterkulissen.«

»Anstatt des Stücks ist also eine Erzählung über den ›Tod in der alten Dekoration‹ entstanden?«
»Über das Leben und den zufälligen Tod in alten Dekorationen.«
»Also gibt es kein Stück, dafür aber eine Erzählung?«
»Das Stück hat sich verändert, es ist in die Erzählung eingegangen.
Der Tod in der alten Dekoration ist eine Erzählung, die sich gegen die Mystik im Leben und gegen die Mystik des Todes richtet. Es ist eine Erzählung darüber, daß es in der ›Mauer des Lebens‹, in der ›Mauer der Wirklichkeit‹ keine mystische Tür gibt, durch die man in eine andere Dimension eintreten könnte, in ein ›besseres Leben‹ usw. Über diese ›Tür in der Mauer‹ schrieb Huxley irgendwo, einer meiner Lieblingsautoren ...«
»Ihre Erzählung richtet sich gegen die Mystik, also auch gegen Huxley ... Ihren Lieblingsautor?«
»Na und? Warum sollte man nicht gegen seine Lieblinge schreiben? Huxley hat die mystische Tür in der Mauer der Wirklichkeit für sich geöffnet. Er hat diese Tür mithilfe spezieller Experimente mit Drogen aufgestoßen, worin er unserem Witkacy ähnelt. Huxley hat der Mystik tiefschürfende Studien gewidmet, er soll selber, Zeitungsberichten zufolge, in seinen letzten Lebensjahren einem ›profanen Heiligen‹ geglichen haben. Mein ›Held‹ ist ein Beamter in Ruhestand, ein ehemaliger Besitzer eines Zeitungskiosks, ein Mann, der den Krieg im Rang eines Unteroffiziers durchgemacht hat, der nie im Leben Drogen genommen hat, der nichts von Witkacy und nichts von Huxley an sich hat. Er gleicht weder einem ›profanen Heiligen‹ noch einem großen Sünder ... weil er den Glauben verloren hat, hat er aufgehört zu beten, also gibt es für ihn auch keine ›Tür‹, nicht einmal die gängige, die für alle, die gewöhnlichen (aber gläubigen und praktizierenden) Anhänger der einen oder anderen Religion zugängliche. Mit einem Wort, mein armer Schlucker sieht

keine Tür in der Mauer, er sieht nicht einmal die Mauer... Das ›wirkliche Leben‹ ist für ihn keine Mauer, es ist für ihn ein Strom, in dem man treibt und vergeht, und selbst dann, wenn er untergeht, greift er nicht nach der Mystik; er ist ein bescheidener kleiner Realist, vielleicht primitiv, aber er wahrt seine Würde und seinen Stolz.«

»Mögen Sie den ›Helden‹ dieser Ihrer Erzählung?«

»Ja. Ich fühle Sympathie für ihn: dieser ›graue Mensch‹ ist trotz seiner Anonymität echter als viele unserer Intellektuellen.«

»Sie mögen ›unsere Intellektuellen‹ nicht?«

»Aber keineswegs. Das ist eine Unterstellung. Es gibt so wenige von ihnen – ich meine die echten –, daß ich jederzeit bereit wäre, in eine Liga zum Schutz der Intellektuellen einzutreten, sofern eine solche gegründet würde.«

»Wir kommen vom Thema ab... das geplante Stück ist Ihnen also unter der Hand zur Erzählung geraten. Während jenes ersten Gesprächs haben Sie u. a. gesagt: Ich habe jedoch den Eindruck, als beherrschte ich die Richtung nicht immer... während des Schreibens lenke Sie irgendeine Kraft ab, drücke Ihre Hand weg... Wollen Sie das wiederholen? Ist auch in diesem Fall, während des Schreibens, eine fremde Hand im Spiel gewesen, die Sie abgelenkt hat, wodurch das Stück sich in eine Erzählung verwandelt hat?«

»Das ist nicht gänzlich klar. Hier geht es nicht um die Technik, die literarischen Gattungen, das Verschwimmen der Gattungsgrenzen. Man kann nicht leugnen, daß zuweilen ›irgendeine Kraft‹ am Werk ist, den Autor ab-lenkt, es müssen nicht immer der Vorschuß, das Stipendium, die Beschlüsse des Parteitages, die öffentliche Meinung, die Zensur sein... wenngleich ich im Grunde mehr an reale Kräfte glaube und Worte wie ›Geheimnis‹ in bezug auf meine Arbeit lieber streichen würde. Ein ›Geheimnis‹ umgibt selbstverständlich einige Werke und ihre Geburt. Was mich betrifft, so meide ich in meiner Arbeit Geheimnisse und Dunkelstellen, die sich rein zufällig (oder auch alles andere als zufällig) in mystische Erlebnisse verwandeln könnten. Ich scheue jegliche Mystik wie Feuer.«

»Wie der Teufel das Weihwasser?«

»Genau... Teufel, Engel, Dämonen, Geister... ich bin Rationalist, ich bin Materialist...«

»So einer wie der Held Ihrer Erzählung?«

»Seien Sie nicht so gehässig. Die Frage ist gar nicht so sinnvoll wie es scheint.«

»Verzeihung.«

»Ja. Ich bin ein einfacher, aber mäßig normaler Mensch, und die Mystik entsetzt mich und erscheint mir lächerlich. In den Tagebüchern der Klara Schumann gibt es eine Aufzeichnung vom Februar 1854 über Robert Schumann ... eines Nachts soll der Komponist damit begonnen haben, auf Diktat eines Engels zu schreiben... Der Komponist behauptete, Engel umringten ihn und offenbarten sich ihm in wunderbarer Musik... sie riefen, sie lockten ihn zu sich. Am nächsten Morgen eine furchtbare Verwandlung: die Engelstimmen hatten sich in Stimmen von Dämonen verkehrt, die von einer scheußlichen, gräßlichen Musik begleitet waren... der Komponist wurde von überirdischen Wesen umringt ... von höllischen und himmlischen Gespenstern...

Teufel, Engel, gute und böse Geister, das ist für mich eine schöne Märchenwelt – zu schön um wahr zu sein –, das ist meine Kindheit, jetzt reiche ich da nicht mehr heran. Wir leben in Zeiten, in denen in Polen der Irrationalismus in Mode ist, jede Art von trüber Metaphysik und Mystik, die sich häufig auf vulgäre Art und Weise mit Mystifikationen verbindet.

In den Jahren 1945, 1946, 48 und in den folgenden habe ich die Poesie von der Metaphysik abgeschnitten, ich habe mich von gewissen Dingen getrennt, das war eine Operation, die schwieriger war als das Sichtrennen von einer bestimmten ›Poetik‹, vom Reim usw. Ich bin eindeutig geworden. Den jüngsten Autoren haben suspekte Metaphern das Hirn ausgefressen. Denjenigen, die bereits von einer Auferstehung des ›Jungen Polen‹ reden, die sich anschicken, dieses Gespenst zu empfangen, möchte ich ein Zitat aus Brzozowskis *Legenda Młodej Polski* widmen: ›Das junge Polen – welch ein unleugbar lächerliches Phänomen vor dem Hintergrund des unaufhaltsam mächtiger werdenden Europa. Dieses permanente Gerede von der Traurigkeit der Seelen, die Verzweiflung, diese kokettierenden Dämonen... das alles ist doch lachhaft. Das Junge Polen versucht mit aller Kraft, von sich selber abzusehen, es sucht ein Alibi in der Kunst, der Metaphysik, im Schreiben...‹ Hierzulande versinkt man in trüben Mystifikationen jeglicher Art... wir besitzen ein paar ausgezeichnete Kritiker, die über Dichtung schreiben. Aber wir leben schließlich nicht in einer Epoche der ›Dichtung‹, nicht die Dichtung ist es, die die kollektive ›nationale Einbildungskraft‹ organisiert, sondern das Theater, der Film, das Fernsehen...

Ich selber habe mit der Dichtung begonnen. Und ich möchte dieses Gespräch auf diesem Terrain fortsetzen. Ich habe ein paar Dinge in der Dichtung gemacht, und obwohl ich nicht immer ›konsequent‹ war, kann man von dem Gemachten nicht absehen. Und wenn die ›jungen‹ und die ›alten Jungen‹ es nicht wissen oder nicht mehr zur Kenntnis nehmen möchten, was ich in der polnischen Poesie gemacht habe, dann ist es schlimm für sie, nicht für mich... Ich bin ein schlechter Partner, ich bin ein Partner, der die Spielregeln nicht anerkennen wollte, der sich bewußt aus dem Spiel ausgeschlossen hat. Und gerade das irritiert, gerade das hat die Entrüstung von seiten so manchen Anführers dieses Spiels hervorgerufen. Sehen Sie, ich bin ein Spieler, der das Spiel mit der Poesie auf Jahre verdorben hat.«

»Sie haben gar nichts verdorben, das ist eine Illusion, das Spiel geht weiter... ohne Sie.«

»Vielleicht, aber viele haben sich besonnen. Ein paar von den

älteren haben es begriffen. Und es ist ihnen gut bekommen.«
»Ist das keine Illusion?«
»Ich war die Mutter, die den Kindern mitten im Spiel zuruft: Schluß jetzt! Kommt nach Hause! Die Kinder spielen Lokomotive oder Pferdchen, und die Mutter ruft: Jungs, das Mittagessen steht auf dem Tisch. Die Kinder spielen Räuber und Gendarm, und die Mutter ruft: Zeit zum Schlafengehen, Hände waschen! Die Mutter nimmt keine Rücksicht darauf, daß die Kinder den Stuhl für eine Lokomotive, den Stock für ein Pferd, das Stück gefalteten Papiers für einen Vogel oder ein Boot halten ... Ich habe die undankbare Rolle der realistischen Mutter auf mich genommen ... habe den Knaben von der Poesie, den Magier-Kritikern, die in den homerischen Kämpfen zwischen Avantgarde und ›Skamander‹ ergraut sind ... das Spiel und das Vergnügen verdorben, die Andacht und die Zaubertricks ...«
»Und Sie selber? Haben Sie vielleicht nicht daran teilgenommen? Gibt es bei Ihnen keine Spielzeug-Gedichte?«
»Unterbrechen Sie mich nicht. Es waren kaum drei, vier Jahre seit der ›Apokalypse‹ vergangen und der mächtige Zauberer hat mit einer einzigen Bewegung seines Zauberstabes (später stellte sich heraus, daß er damit bedeutend mehr als nur die Literatur zerschlagen hat) das Bild der Literatur verändert ...«
»Sie haben das Gedicht ›Zauberlehrling‹ geschrieben.«
»Das bezog sich auf einen anderen Zauberer. Ich gehörte auch zu den Schülern jenes bösen Zauberers, zwar fungierte ich damals als Schlußlicht, zwar schwänzte ich die Schule. Interessanter waren die Stimmen der ehemaligen ›Primusse‹, sie waren näher am Ball, sie könnten mehr darüber berichten, aber sie schweigen oder stellen sich taubstumm. Wir haben also angefangen, optimistisch draufloszuplappern, und während wir in den ›rosenfingrigen Morgen‹ vergafft waren, erwachten wir mit dem Finger im Nachttopf. Niemand von uns hat eine ordentliche Gewissensprüfung durchgeführt. Und

das ist sehr schade, sowohl im Hinblick auf die Autoren als auch auf die Literatur ›jener Jahre‹. Das, was wir als ›Abrechnungsliteratur‹ bezeichnen, ist keinen Pfifferling wert.«

»Wir sind sehr weit von unserem Thema abgekommen. Ich erinnere Sie daran, daß wir mit dem Gespräch über Ihr nicht geschriebenes Stück vom Tod, vom Geheimnis, angefangen haben, und jetzt sind wir beim Nachttopf gelandet. Haben Sie die ›Engel‹ und ›Teufel‹ ganz aus dem Auge verloren?«

»In der Tat, ich habe sie aus dem Auge verloren. Verzeihen Sie. Ich komme noch darauf zurück. Was bedeuten schon Teufel und Dämonen, große und kleine Geister, große und kleine Gespenster ... ich hatte Angst vor dem Menschen bekommen und fürchte mich auch heut noch manchmal vor dem Menschen.«

»Ist das nicht ein Defizit, eine Verkrüppelung? Ist es nicht vielleicht so, daß Sie unfähig sind, gewisse Zustände zu erleben? Mystische zum Beispiel?«

»Sicher, ich bin unfähig ... aber ich möchte dieses Thema nicht jetzt und nicht an dieser Stelle erörtern. Ich möchte noch einmal darauf aufmerksam machen, daß meine ›Unruhe‹ keine metaphysische Unruhe ist. Es ist eine Tatsache, mein erster Gedichtband trug den Titel *Unruhe* und das war sicherlich kein Zufall. Es war eine Unruhe, die Sorge war, Sorge um die Dinge dieser Welt, um das Schicksal meines Landes, unserer Revolution, um die Form des neuen Lebens in Polen, es war die Sorge um die Toten und Lebenden, um die Ermordeten und Vermißten, die Sorge um Friedhöfe und Schulen ... aber was soll das Register? Wer damals lebte, wer überlebte, wer bewußt überlebte und kreativ tätig war, der versteht, welche Art von Unruhe den Autor jener *Unruhe* damals bewegte.«

»Sie entziehen sich dem Gespräch über das Stück, das sich in die ›Erzählung‹ *Der Tod in der alten Dekoration* verwandelt hat? Wovon handelt diese Erzählung?«

»Alles ist im Titel gesagt. Der Titel erklärt alles. Ein Kommentar würde das nur verwässern.«

»Bitte, verwässern Sie nur.«
»Also schön... ich erzähle dort vom Leben in alten Dekorationen-Konventionen, die die Bühnenbildner bereits im 19. Jahrhundert aufgebaut haben... davon, daß diese Dekorationen bis auf den heutigen Tag unverändert stehen... die Bühnenbildner ... das waren ... ein paar politische Führer, Päpste, Philosophen, Wissenschaftler...
Diese Dekorationen sind für Menschen anderer Epochen konzipiert worden, aber sie stehen noch heute... sie sind stehengeblieben... und die Geschichte spielt sich inmitten dieser verstaubten Dekorationen ab. Mein ›Held‹ ahnt erst in der Todesstunde, daß er jahrelang unter Geboten, Verboten und Parolen verbracht hat, die Attrappen waren. Das hängt mit dem ›Tod Gottes‹ zusammen, aber auch mit einer Ahnung vom ›Tod des Menschen‹ ... und erst dieser Tod stellt die eigentliche Gefahr für die Menschheit dar.
Bevor mein ›Held‹ stirbt, begreift er, daß die ›Sphinx‹, die er betrachtet, eine Gipsfigur ist, eine schreckliche Attrappe, die ein drittrangiger Bühnenbildner aus Papier und Lumpen fabriziert hat. Das ist das wahre Gesicht des letzten ›Geheimnisses‹, dem der Sterbende ins Auge sieht. Ende. Schluß mit dem Geheimnis. Dieser Faden ›durchzieht‹ mein gesamtes Werk. Vom ersten Gedichtband bis zu dem Prosagedicht *Geködert.* Es spricht nicht vom Sein zum Tode, nicht von einem zufälligen und bedeutungslosen Sterben. Sondern von einem ›Leben ohne Bedeutung‹, welches den Tod jedoch annulliert und überwindet.«

Mutter

Ich lag verschlossen
meine zeit kam

wehrlos
wehrte ich mich

doch er trat in mich ein

geöffnet
gebar ich
unruhe

mein erstgeborener
trat aus mir heraus
hinterließ
eine schwere gefräßige
faulende
zerfetzte
hülle

»Bocca della Verità«

Mund der wahrheit
öffnung im steinernen rund
öffnung im leeren

stein der
stille umgibt
mit glattem rand

stein mit dem wahrheitsmund
aus dem schweigen quillt
luft speichel blut

der zähne spuckt

in die glattpolierte öffnung
legt ein vor lachen brodelndes
mädchen
von fuß
im schwarzen stöckelschuh
bis zum kopf
silbern zimtfarben
und hellblau
die warme weiße
hand
in den wahrheitsmund

die hand
der harmlosen lüge
der lacherin
fiel nicht ab
dort waren keine politiker
priester lehrer künstler
mund der wahrheit
öffnung im steinernen rund
schwarze zunge
die aus dem mund
des erhängten sprang

Ausweg

ich bin
trotzig
und nachgiebig in diesem trotz
wie wachs

nur so kann ich
welt abdrücken

Zu den Quellen

Ich gehe zurück, zum Jahr 1945. Damals war ich in Krakau und begann Kunstgeschichte an der Jagellonen-Universität zu studieren. Im Spätherbst desselben Jahres wurden die Zimmer des Literatenverbandes aufgeräumt; da gab es auch Exemplare der Zeitschrift »Przegląd Współczesny« aus den Jahren 1936–39. Ich stieß auf einige Artikel und Aufsätze, die mich sehr interessierten. U. a. auf die Skizze von Borowy über Eliot, dann auf Zawodzińskis »Liryka polska w okresie kryzysu« sowie »Sztuka i poezja« von Władysław Tatarkiewicz... Ich erinnere mich, ich arbeitete damals an einem Gedicht, das unbeendet blieb; es sollte dem Wiederaufbau der Krakauer Marienkirche gewidmet sein. Der Umstand, daß die Baudenkmäler des alten Krakau objektiv existierten, war für mich noch lange keine Bestätigung ihrer Realität.
Die Idee dieses Gedichtes:
»Die Passanten glauben, die Marienkirche sei unversehrt geblieben, sie sehen nicht, daß diese Kirche nur ein großer Ziegel- und Schutthaufen ist. Die Kirche ist nichts als ein großes Trümmerfeld. Das Kircheninnere ist zerstört. Das Gebäude,

das sie sehen, ist keine Kirche, ist kein Baudenkmal, es ist eine verwüstete Bruchbude, ein Haufen Steine ...«

Es war kein Zufall, daß ich mich für Kunstgeschichte entschlossen hatte. Ich wollte Kunstgeschichte studieren, um das gotische Gotteshaus neu zu errichten. Um diese Kirche Ziegel für Ziegel in mir selbst wiederaufzubauen. Um den Menschen, Element für Element, zu rekonstruieren. Das eine war vom anderen nicht zu trennen. Ich sehe dieses Gedicht heute wie durch Nebel, ich kann mich an seinen Plan nicht mehr genau erinnern, ich erinnere mich aber an die Absicht.

Damals wohnten gewissermaßen zwei Menschen in mir. In dem einen Menschen waren Bewunderung und Achtung für die »schönen« Künste lebendig, die Musik, Literatur und Poesie. Im zweiten dominierte hingegen das Mißtrauen gegenüber jeglicher Kunst. Das Feld, auf dem sich der Kampf zwischen diesen getrennten Personen abspielte, war meine poetische Praxis. Ich war erfüllt von Bewunderung für die Kunstwerke (das ästhetische Erlebnis hatte das religiöse ersetzt), zugleich wuchs aber in mir auch die Verachtung für jeglichen »ästhetischen« Wert. Ich fühlte, daß für mich wie für die Menschheit etwas endgültig zu Ende gegangen war. Etwas, das weder die Religion noch die Wissenschaft noch die Kunst vor dem Untergang hatten bewahren können... Für mich, den jungen Lyriker, der zu den toten und lebenden Dichtern wie zu Göttern aufsah, wurden die Worte Mickiewiczs zu früh verständlich: »Es ist einfacher, ein gutes Buch zu schreiben als den Tag gut zu erleben.« Ich hatte Tolstojs Worte zu früh begriffen, daß der Aufbau eines Schulbuches wichtiger sei als alle genialen Romane.

Zu früh: Wenn ein Künstler solche »Wahrheiten« zu früh begreift, sind sie keine Hilfe für ihn, der noch viele Lehrjahre im Reich der Kunst vor sich hat, für den die »göttlichen« Geheimnisse der Form womöglich den Hauptanreiz seines Schaffens darstellen. Ich wandte mich voller Verachtung von den ästhetischen Quellen ab. Nur die Ethik, so meinte ich, könne

Quelle des Schaffens sein. Doch die eine wie die andere Quelle war versiegt: »Der Mörder wusch darin seine Hände.«
Ich versuchte also wiederaufzubauen, was mir für das Leben wie für das Leben der Poesie das Wichtigste erschien. Die Ethik. Und da für mich seit meiner Jugend Politik und Ethik zusammengehörten, nicht aber die Ästhetik... war mein Schaffen politisch gefärbt, und politisch bedeutete für mich gesellschaftlich fortschrittlich.
Das betrifft vor allem die ersten Gedichte, die ich nach der Befreiung geschrieben und veröffentlicht habe. Mein erstes Buch war ein Band mit Satiren. Der Wert dieser Satiren war durch ihre zu starke Aktualität geschmälert, es waren sozusagen publizistische Notizen in Versform... Ich wollte dienen. Und ich glaube gedient zu haben. Ich stand in der Tradition des mir stets verbundenen Bolesław Prus, der von sich sagte, er sei ein »Humorist«.
Für mich bedeutete das poetische Schaffen Handeln, nicht aber das Verfassen schöner Gedichte. Nicht Gedichte: Fakten! Ich produziere – so dachte ich und es ist auch weiterhin meine Meinung – gewisse Fakten, nicht aber (mehr oder weniger gelungene) poetische Werke usw. Ich reagiere auf Ereignisse mit Fakten, die ich nach dem Modell von Gedichten schaffe, nicht aber mit »Poesie«. Daher haben mich, trotz meines fleißigen Praktikums bei den Wortkünstlern, nie die sogenannten poetischen Schulen, poetischen Jahrmärkte und Auktionen interessiert, die Verssystem oder Metaphorik betrafen... Um meine Absichten und meinen damaligen Bewußtseinsstand genauer zu bestimmen, möchte ich François Mauriac zitieren, der einmal gesagt hat: »Gemessen an den Ereignissen politischer oder militärischer Natur, erscheint alles andere nichtig... diese Ereignisse sind es, die mich von der literarischen Fiktion abbringen. Im Wartezimmer kann man allenfalls Zeitungen lesen.« Doch zurück zu den weggeworfenen Exemplaren von »Przegląd Współczesny« und zur Abhandlung von Prof. Tatarkiewicz. Im IV. Teil, »Der

Schönheitsbegriff«, schrieb Tatarkiewicz, »der griechische Schönheitsbegriff … hatte einen anderen Umfang als unserer, er war bedeutend umfassender, er war entweder Ethik oder Mathematik. Zumeist verstand man unter ›schön‹ das allgemein Anerkannte, das ›Anerkennenswerte‹, und es unterschied sich nur durch eine subtile Nuance von dem, was man ›das Gute‹ nannte. Insbesonders bei Platon umfaßte es das ›ethisch Schöne‹, also positive Charaktereigenschaften, die wir nicht mit ästhetischen Qualitäten in Verbindung bringen, vielmehr sorgfältig von diesen trennen«.

In jener Zeit, also im Jahr 1945, wenige Monate nach Beendigung des Zweiten Weltkrieges und der Nazibesatzung, kamen mir Bezeichnungen wie »ästhetisches Erlebnis«, »künstlerisches Erlebnis« sowohl lächerlich als auch suspekt vor. Im August fiel dann die erste Atombombe. Bis auf den heutigen Tag erscheint mir das ästhetische Erlebnis lächerlich, wenn auch nicht mehr verachtenswert. Die Überzeugung vom Tod des herkömmlichen »ästhetischen Erlebnisses« liegt meiner literarischen Praxis zugrunde. Das bedeutet nicht, daß es unter meinen Gedichten keine gibt, die dem Rezipienten »ästhetische Erlebnisse« vermitteln sollen. Gedichte dieser Art gibt es sicherlich. Ich halte sie für Etüden, »Fingerübungen«, die unentbehrlich sind. Diese technischen Verfahren leisteten mir gute Dienste beim Schaffen echter Gedichte, solcher, die einen völlig anderen Zweck verfolgten als den, ästhetische Erlebnisse zu evozieren. Ihre Aufgabe bestand darin, eine »Erschütterung«, eine Bewegung zu erzeugen. Das »direkte« Sprechen sollte zur Quelle zurückführen, zur Wiedergewinnung des banalen Glaubens, der banalen Hoffnung, der banalen Liebe. Jener Liebe, die den Tod überwindet, und jener Liebe, die der Tod überwindet. Um diese Dinge ging es mir. Die Gedichte, in denen ich mich um Originalität, Unwiederholbarkeit, »Innovation« bemühte, sind für mich von zweitrangiger Bedeutung. Vielleicht sind sie ästhetisch gesehen »besser« als jene anderen. Ich kann es nicht sagen.

Natürlich haben jene »nackten« Gedichte im Laufe der Jahre einen Kreis gezogen und haben ungewollt neue »ästhetische Werte« erzeugt. Dieses Moment haben unsere Kritiker übersehen. Die »avantgardistischen« Strömungen waren fast immer von gesellschaftlich fortschrittlichen Überzeugungen und Manifesten begleitet, doch die künstlerische Praxis lief meistens neben diesen Manifesten einher. Manifeste und Gedichte gingen verschiedene Wege und trafen sich irgendwo in einer idealen Unendlichkeit oder in der Vorstellung des Künstlers. Julian Przyboś gab sich der Illusion hin, seine Gedichte seien für einen Bauern vollkommen verständlich, er hielt sich in der Nachfolge von Norwid für den »Organisator der nationalen Einbildungskraft«, er ahnte nicht einmal, daß diese Funktionen seit Jahren von Büchern eines Kraszewski, Sienkiewicz und Prus erfüllt wurden, und später auch von Radio, Film, Fernsehen und den Illustrierten. Die Neuerer der zwanziger und dreißiger Jahre wollten eine Art vollmechanisierte Dreschmaschine sein. Sie schrieben esoterische Gedichte und verkündeten zugleich, ihre Werke seien vorzüglich verständlich für die sog. einfachen Leute. Das war eine Illusion. Für diese Künstler, *was immer man heute auch darüber sagen mag,* waren technische Verfahren, poetische Retusche, eine originelle Metapher, von übergeordnetem Wert. Für diese Art von Künstlern wäre ein Dichter, der in einem Gedicht beispielsweise den Ausdruck »silbermond« gebraucht hätte, automatisch kein Dichter mehr, er hätte sich sozusagen selber in die Liste der Graphomanen eingetragen. Man bekannte sich zu solchen Ansichten öffentlich, z. B. in der Diskussion über die Poesie von K. I. Gałczyński.

Die Dogmatiker der »Avantgarde« haben derartige Verwüstungen unter den »Detaillisten« und Epigonen angerichtet, daß die einzige Rettung darin bestand, den sog. poetischen Sinn durch den schlichten Sinn, also den gesunden Menschenverstand, zu ersetzen. Es galt, dem »Banalen« wieder seine Rechte einzuräumen. Und da stellte sich plötzlich heraus, daß

der Reklamespruch »Radion wäscht von alleine« genausoviel »Poesie«, sog. »poetischen Sinn« enthält wie das artifizielle »Paradies der himmelfahrenden Augen«.
Es zeigte sich darüber hinaus, daß man ein Gedicht als Reportage bezeichnen konnte und daß diese »Reportage« sogar »besser« sein konnte als die sog. echten Gedichte dieses Autors. Gewisse Verwandlungen, die sich vor unseren Augen in der Poesie der »ersten Avantgarde« vollzogen, legen im übrigen ein gutes Zeugnis von der Intelligenz und Orientierung dieser Dichter ab. Das ständige Gerede von Innovation, die panische Angst vor »Banalität« waren für mich Beweise für die Schwächen dieser Politik. Mir kam jene ewige »Neuheit«, die unermüdlich »die Blume schüttelt«, diese »Blume des Neuerertums«, die bis zum Umfallen die ewige Innovation schüttelt, selber banal vor. Ich fing an, ganz bewußt auf die Privilegien zu verzichten, die dem »poetischen Sinn« zugestanden werden. Ich kehrte zu den banalen Wahrheiten zurück, zum gesunden Menschenverstand. Nach einem kurzen Ausflug in das Land, in dem der »poetische Sinn« und die »Schönheit« herrschen, kehrte ich auf meinen »Müllhaufen« zurück.
1948 unterhielt ich mich auf einem Kongreß junger Schriftsteller in Nieborów viel mit Tadeusz Borowski. Es war unsere zweite Begegnung überhaupt. Wir sprachen damals über viele Dinge, auch über Poesie. Borowski machte sich Gedanken darüber, ob man in neuen Gedichten noch Wendungen gebrauchen könnte wie »der Mond scheint«. »Daraus kann man kein Gedicht mehr machen... oder?« fragte er. »Ich weiß nicht«, antwortete ich, »es käme auf einen Versuch an.« Ich erinnere mich, nach meiner Rückkehr aus Nieborów machte ich mich daran. Ich schrieb damals das Gedicht »Der Mond scheint«:

Der mond scheint
leere straße
der mond scheint
ein mensch flieht

der mond scheint
der mensch fiel
der mensch erlosch
der mond scheint

der mond scheint
leere straße
gesicht des toten
wasserlache

Für mich war das Produzieren von »Schönheit« mit dem Ziel, das ästhetische Erlebnis hervorzurufen, eine schädliche, lächerliche und kindische Tätigkeit... In Tatarkiewiczs Abhandlung stieß ich auf Bemerkungen, die meine »poetologischen« Prinzipien bestätigten: »Man sollte nicht meinen, daß bei den Griechen, die so viel Schönes geschaffen haben, das Schöne eine große Rolle gespielt hätte. In der frühen Geschichtsperiode war die Kunst noch nicht mit der Schönheit verbunden...«

Aber ich war noch viel eingeschränkter, ich war der Götter ledig, ich war (oder hielt mich) ausschließlich zur menschlichen Dimension verurteilt. Die metaphysischen Quellen, die die Poesie seit ihren Anfängen speisten, waren für mich versiegt. Aber auch die ästhetischen Quellen waren ausgetrocknet. Meine geschichtliche Erfahrung, die ich aus Krieg, Besatzung, aus der unmittelbaren Begegnung mit Hitlerismus und Faschismus gewonnen hatte, diese Erfahrung lenkte mich in Richtung Materialismus, Realismus, Sozialismus, nicht aber in Richtung Metaphysik. Die Schlüsse, die ich für mich aus dieser Erfahrung zog, gestalteten auch meine poetische Praxis. Die Notwendigkeit der Entsagung. Die Nabelschnur, die die Poesie mit der Metaphysik verband, war durchgetrennt worden. Die Poesie mußte jetzt eine andere Lebensquelle, eine andere Umwelt für ihre Entwicklung finden. Die rein menschliche Umwelt. Das hier und jetzt. Jegliche »Manifeste« und Definitionen schränken unsere Bewegungsfreiheit ein, versteifen unsere Haltungen. Daher möchte ich unterstreichen, daß diese Bemerkungen die Quelle meiner Poetik weder erschöpfen noch voll ausleuchten. Sie müssen als fragmentarische Äußerungen angesehen werden. Ähnlich wie die 1958 veröffentlichten Aufzeichnungen »Laut und Bild in der zeitgenössischen Lyrik«, die eher einen »Beitrag« zur Beschreibung eines bestimmten Kampfes darstellen. Ein weiterer Versuch der Ausleuchtung ist ein Gedicht, das ich am Ende dieser Überlegungen anführen möchte:

Meine Poesie

erklärt nichts
klärt nichts
widerruft nicht
erfaßt keine ganzheit
erfüllt keine hoffnung

erfindet keine neuen spielregeln
nimmt am spiel nicht teil
ihr platz ist umrissen
sie muß ihn ausfüllen

wenn sie keine esoterische sprache spricht
wenn sie nicht originell spricht
wenn sie nicht verblüfft
wird es so sein müssen

sie gehorcht der eigenen notwendigkeit
den eigenen möglichkeiten

und beschränkungen
sie verliert gegen sich selbst

sie tritt nicht an die stelle einer anderen
ist durch keine andere ersetzbar
geöffnet für alle
ohne geheimnis

sie hat viele aufgaben
denen sie nie gewachsen sein wird

Umerziehung

der dichter unterhält sich
in derselben sprache

mit dem kind
dem provokateur
dem priester
dem politiker
dem polizisten

das kind lächelt
der provokateur fühlt sich verspottet
der politiker verletzt
der priester bedroht
der polizist
knöpft seine jacke zu

der beschämte dichter
bittet um verzeihung
und wiederholt
erneut
den gleichen fehler

Postume Rehabilitierung

die toten erinnern sich
an unsere gleichgültigkeit
die toten erinnern sich
an unser schweigen
die toten erinnern sich
an unsere wörter

die toten sehen unsere masken
den breit lachenden mund
die toten sehen unsere
sich reibenden körper
die toten sehen unsere
klatschfertigen hände

die toten lesen unsere bücher
hören unsere
vor so langer zeit gehaltenen reden
die toten studieren die referate
beteiligen sich an abgeschlossenen
diskussionen

die toten sehen die stadien
die chöre die skandierenden gruppen

alle lebenden sind schuldig

schuldig sind die kleinen kinder
die blumensträuße reichen
schuldig sind die liebenden
schuldig sind
die dichter

die die geflohen sind
sind schuldig
die die geblieben sind
sind schuldig
die jasager
und die neinsager
und die nichtssager

die toten zählen die lebenden
die toten werden uns nicht rehabilitieren

Dialog

am ufer des schwarzen
meeres

sprach ich mit einem russischen dichter
über poesie Gogol
Shakespeare
Stalin die angst
der wind fegte unsere wörter
von den lippen

die sonne ging rot unter
übergoß
wasser luft erde
mit blut

Shakespeare trug
das meer auf seinem rücken
korngefüllte schiffe

Wir sprachen über die krise
der lyrik des romans des dramas

Shakespeare befruchtete Europa
begrub die toten
führte kriege

Er lachte von ohr zu ohr
fragte mit der stimme des ›armen Tom‹
nach dem geschmack von aufgegessenem mist
von salat von lorbeerblatt
verspottete uns gutmütig

Er trug uns auf der hand
setzte uns auf dem sand ab
und stieg langsam ins meer
mit geöffneten adern

Pathetisches Gedicht

Sie spieen den dichter an
jetzt müssen sie jahrhundertelang
erde und sterne abwischen
jahrhundertelang
müssen sie das eigene gesicht abwischen

der lebend begrabene dichter
ein unterirdischer fluß
bewahrt in sich

gesichter namen
hoffnungen
vaterland

der belogene dichter
hört stimmen
hört die eigene stimme
sieht sich um
ein in der nacht geweckter

doch die lüge des dichters
ist vielsprachig
und riesenhaft
wie der turmbau zu babel

sie ist monströs
und stirbt nicht

Die Kleinchen

Und jetzt laufen die kinder heran
überreichen blumensträuße

alle lächeln
alle lieben kinder

der mann mit der fuchsschnauze
beugt sich über das mädchen
hebt es empor

hebt er es mit den zähnen
oder beißt er ihm die kleine kehle durch
er hebt das englein in den arm
und seine hände sind in handschuhen
er hebt das mädchen empor

fließt blut aus der schnauze des fuchses
ein lächeln sickert heraus
der diktator liebt kinder
die kinder stehen auf der tribüne
bunt wie püppchen

warum sind die erwachsenen nicht wie kinder
die erwachsenen sind böse kinder
die erwachsenen muß man bestrafen
los in die büßerecke
hundertmal abschreiben
zur strafe
Ich denke also bin ich

die sonne scheint doch nun geschwind
die regenhexe kommt im wind
das leben ist wie eine wiese
auf der wiese springt der schwarze minister
wie ein grünes hoppepferdchen
der abwehrchef läßt den drachen steigen
der sicherheitschef
windet mit hänsel und gretel
einen kranz
aus vergißmeinnicht
minister Goebbels
hat seine kleinchen vergiftet
ohne zu fragen ob sie
in der betonhöhle sterben möchten

im gras zirpt ein dichter
die ernsten und traurigen kinder sprechen
ihr herren vergnügt euch
uns gehts ums leben

Vorbereitungen zur Dichterlesung

Meine »Dichterlesung« findet morgen um 19 Uhr statt. Ich hätte mich nicht auf diesen öffentlichen Auftritt einlassen sollen. Jetzt werde ich hingehen und lesen und reden müssen. Worüber soll ich denn reden? Ich werde Gedichte vorlesen. Ich weiß, daß ich schlecht lese. Eintönig. Manchmal höre ich den Zwischenruf: »Lauter!« Dann lese ich irritiert noch leiser, verschlucke die Wörter; schließlich sind es alles Wörter, die ich gut kenne, ich weiß genau, wie es weitergeht. »Wir kennen Ihre Abneigung gegen das Vorlesen. Wir könnten einen Schauspieler engagieren.« Woher wissen sie, daß ich ungern vortrage? Aber ich lese lieber selber vor, dann brauche ich meine Gedichte nicht anzuhören. Ich sehe den Studenten an, der mir gegenüber sitzt. Ich werde ihm die Wahrheit sagen, werde ihm sagen, daß ich nichts weiß und nichts zu sagen habe. Er wird es mir nicht glauben. Wenn er es mir glauben würde ... dann würde er meinen, ich will ihn auf den Arm nehmen. Wir sitzen also an einem Tisch und besprechen die organisatorischen Probleme der »Dichterlesung«. »Sie verstehen, es handelt sich um eine schwierige Lesergruppe, um Jugendliche in technischen Berufen. Man müßte ihnen schon etwas Interessantes bieten.« »Ich möchte niemanden langweilen, wenn ich das Gefühl habe, daß sie sich langweilen, mache ich mich nach fünf Minuten davon.« »Sie scherzen, nein, es geht darum, daß man die Texte irgendwie so zusammenstellt...«

Wenn es sein muß, kann ich auch singen. Ich habe einen solchen Auftritt bereits hinter mir. Es war in der Mongolei. Die dortigen Dichter singen. Es sind Hirten. Ich habe einen ihrer Dichter gehört. Er begleitete sich auf einem einsaitigen Instrument und improvisierte. Er sang. Er sang von Wildpferden, Steppen, von verirrten Schafen und Lämmern. Wissen Sie, was bei der Arbeit der modernen Dichter das größte Übel ist? Der Stoff, den wir produzieren, ist so inkohärent. An ihm bleibt nichts haften. Er ist total durchlässig. Im Grunde gibt es ihn nicht mehr. Er ist zerstreut, manchmal sind ein paar Fetzen zu sehen. Jahrelang, vielleicht seit 1945, habe ich mich mit dem Aufbau von Gedichten beschäftigt. Ich habe kein Leben gebaut, nur Poesie. Mir schien, man könnte Gedichte aus stabilen Elementen errichten. Aber ich verwechsele wie so oft Gedichte mit Poesie. Ich werde selbstverständlich kommen und selber vorlesen.

Ich muß diesen Auftritt jetzt vorbereiten. Ich lasse das Licht noch ausgeschaltet. Ich stehe am Fenster und betrachte den Mond. Dichter und Mond! Der diesjährige Nobelpreisträger für Literatur, ein Italiener, soll ein Gedicht über den Mond und die sowjetische Mondrakete geschrieben haben, der Vatikan soll dieses Gedicht positiv »aufgenommen« haben. Armer Mond und armer dichtender Nobelpreisträger. Heutzutage fällt dem Dichter das »Singen« schwer. Es ist einfacher, etwas Witziges über den Mond und Verliebte zu sagen. Das Schlimmste ist, daß es Jugendliche sind, die kommen werden, um einen Dichter zu sehen, anzuhören, mit ihm zu diskutieren.

Die Poesie muß den ihr gegebenen Umfang und die ihr gegebene Zeit ausfüllen. Füllt sie sie aus, so ist sie vollkommen. Was war einfacher als Poesie zu machen und Poesie zu beschreiben, solange sie existierte. Heute noch bedienen die Dichter sich solcher Wendungen wie: »Ich kann nicht unglücklich sein, solange die Poesie in mir nicht erloschen ist.« Sollten sie immer noch nicht begriffen haben, daß es »die Poesie« nicht gibt? Sie sind wie Kinder. Schlimmer, sie sind kindisch. Die Poesie! Sie fühlen sich erst richtig als Dichter, wenn sie die Faust mit dem Auge verglichen haben. Was ist das nur für ein fades Geschwätz: »solange die Poesie in mir...« Welch übertriebenes Selbstvertrauen und Vertrauen in »die Poesie«. Und was, wenn »die Poesie« schon längst erloschen ist und du dich unglücklich fühlst? Steckt die Poesie in dir wie ein Fremdkörper? Die Poesie? Die Kritiker konnten genau die Stelle weisen, an der sich die Poesie im Gedicht befindet. Sie fühlten sich solange unglücklich, bis sie die Poesie beschrieben hatten. Solange du dich nicht unglücklich fühlst, wird in dir keine »Poesie« geboren werden. Das klingt schon besser. Aber es gibt auch Dichter, die ärmer dran sind. Sie sagen: »Die Poesie ist wie eine Glocke« oder »Die Poesie ist eine Mondnacht«. Sie vergleichen. Sie greifen nach dem Vergleich wie ein Ertrinkender nach dem Strohhalm. Sie wissen im vorhinein, was Poesie ist. Also können sie Poesie schaffen, von Poesie erfüllt sein. Sie können sich glücklich fühlen. Dabei gibt es die Poesie nicht. Sie fühlen es, aber sie fürchten den Kontakt mit dieser Wahrheit. Sie spielen. Die alten und die jungen. Ich werde nicht zum Dritten Gesamtpolnischen Festival der jungen Lyrik fahren. Ich werde nicht zu diesem Poesiefestival fahren, denn ich weiß nicht, was Poesie ist. Ich habe jahrelang Gedichte geschrieben. Habe ich Poesie geschaffen? Immer dieser in mir nistende Widerspruch. Seit 1945. Ich wollte zur Poesie gelangen und vor der Poesie flüchten. Die Poesie zerstören und die Poesie aufbauen. Das hatte nichts mit dem Verfassen sogenannter neuer Gedichte zu tun. »Neue Gedichte«, das ist eine klägliche Bezeichnung für zuletzt geschriebene Gedichte. Die, die alle zwei drei Monate neue Gedichte in Zeitschriften publizieren, irren sich. Oder sie sind blind. »Der Dichter, der heute den Mut hätte, *Dichter* als Berufsbezeichnung einzutragen, ist tot.« Ein gewisser Dichter trägt die Dichtung in sich wie man ein Sandkorn im Auge hat. Es behindert die Sicht. Oft kann man gar nichts mehr sehen. Der alte Lehrer hat die Poesie in sich und er weiß es. Er weiß auch, wie diese »Poesie« aussieht, wie es ist ... wenn man von ihr erfüllt ist und er spricht darüber wie »sie« aussieht. Er kann über sie reden und schreiben. Er hat ein Buch über »die Poesie« geschrieben. Also hat er nützliche Arbeit geleistet. Was ihm entgangen war, ist das Nichtvorhandensein der Poesie.

Aber jetzt trägt ihn die Begeisterung und er schreibt weiter... Er schreibt über etwas, das es nicht mehr gibt... Er war vernünftiger als seine Altersgenossen. Er hat eine Theorie geschaffen, eine präzise und praktikable Theorie, doch seine Theorie ist in unserer Zeit gestorben. Er wurde geschwätzig wie eine Marktfrau auf dem Krakauer Marktplatz unter dem Dichterdenkmal. Die Wörter haben die einstmals kohärente Materie aufgefressen.

Was wäre, wenn ich nach kurzem Schweigen sagen würde: ich bin ein Hund und kein Dichter, ich bin scheinbar mein eigener Herr und doch zugleich ein Hund. Ein Hund! Was erfinden die Literaten nicht alles, um das Publikum zu fesseln. Ein Hund-Dichter. Meint ihr etwa, ich übertreibe? Ich habe früher wirklich einmal gehört, wie ein junger Mann einen Dichter als Schwein bezeichnete. Als Schwein, das die Luft seines Vaterlandes verpestet. Nicht wahr, wie flach und prätentiös das alles klingt? Zu was für einem Leben habe ich mich verurteilt? Wer hat mich zu diesem Leben verurteilt? Ich habe das nicht selber gewählt. Ich wurde auserwählt. Von wem?

Ich will versuchen, diese Frage klar zu beantworten. Ich kann mich nicht erinnern, wann ich mein erstes Gedicht geschrieben habe und worüber es war. Ich erinnere mich auch nicht mehr daran, weshalb ich dieses erste Gedicht geschrieben habe. Ich will keine »Legende« schaffen. Niemand hat mich »auserwählt« noch »berufen«. Das einzige Sichere ist: eines Tages habe ich das erste Gedicht geschrieben. Habe ich seit dem ersten Gedicht an seiner Form, an seiner Gestalt gearbeitet? Ich weiß es nicht mehr. Wann und weshalb habe ich damit begonnen, an der Form zu arbeiten? Ich weiß es nicht mehr. Wer hat mich dazu gezwungen? Ich weiß es nicht mehr.

Formale Vollkommenheit, jegliche Form sind Mystifikationen? Poesie betreiben kann man nur durch fortwährende Kompromittierung. Soll sie doch verrecken. Ungeschickt, ver-

schreckt, korrupt wie sie ist, mit der Narrenkappe auf dem Kopf. Ihr seht einen Kreuzweg. Einen Kreuzweg im Lunapark. Ist das der Weg der zeitgenössischen Dichtung?
Wie lächerlich sind doch die Dramen der Dichter. Sie sind sich selbstverständlich dessen bewußt, daß sie überflüssig sind. Nur ein Blinder schreibt heutzutage noch Gedichte und erreicht damit etwas. Ein Schwätzer, ein Narr, ein Egoist, ein Schmierenschauspieler. Das wär's also. Nach zwanzig Jahren. Sieht die Bilanz wirklich so aus? Noch nicht abgeschlossen!
Aber warum fürchten uns die Herrschenden? Warum fürchten sie sich nicht vor den Wissenschaftlern, den Astronomen, Zahnärzten, Sängern, Tänzern, Ärzten ... sie fürchten sich vor den Schwächsten. Sie fürchten sich vor denen, die für das Wort zuständig sind, für dieses dreckige, getretene, verschlissene Wort. Sie fürchten sich. Sie wissen, daß das Wort am Anfang war. Nein, das ist nicht wahr! Das ist falsch.
Laßt mich. Ich bin kein Dichter. Ich habe zu diesem Thema nichts zu sagen. Ich muß bis Ende Dezember einen Prosaband abliefern. Ich habe mit dem Verlag einen Vertrag unterschrieben. Das ist immerhin meine Arbeit, davon lebe ich. Ich bin einer, der sich seinen Unterhalt mit Schreiben verdient. Mit der Feder. Das hört sich gut an. Da klingt etwas von einem Vogelmenschen mit. Ja, es stimmt, in einem Werk werden die einzelnen Zeilen ausgezählt: Zeilenhonorar.
Weshalb flüchte ich aus dieser Werkstatt, vor diesem Gedicht? Ich habe Angst, ich habe Angst vor dieser Arbeit. Dabei bin ich stets bereit, jedes andere Vergnügen, jede freie Minute für sie zu opfern, auf jeden Tag und jede Nacht zu ihren Gunsten zu verzichten. Ich habe Angst. Wenn ihr wüßtet, was für eine Angst ich vor den Wörtern habe, die ich geschrieben habe. Ich will sie nicht mehr sehen. Seit einiger Zeit sind sie tot, im Verwesungszustand. Auch das ist bereits konventioneller Dekor. Wörter. Neue Romantik. Wahrheit. Künstliche Verzweiflung ist *in.*

Und das Warten auf die Meinung der Kritiker, der Experten, der Freunde und Feinde. Was werden sie dazu sagen? Ich erinnere mich, nach der Veröffentlichung eines bestimmten Buches, das ich erstarrt vor Verzweiflung geschrieben hatte, nach Erscheinen dieser Gedichte schrieb mir eine gewisse Dame, ich würde mich lächerlich machen, meine schwarze Verzweiflung sei so schwarz, daß sie unglaubwürdig erscheine... Ich war betroffen von diesem Urteil... Meine Verzweiflung war doch echt.

Schluß damit. Schluß!

So sieht das Land der Poesie aus. So ist die Poesie in mir. Einmal im Leben alle Namen, die Namen und die Titel ausspucken. Alles. Gedichte müßten anonym erscheinen.

Soll ich damit vor den Jugendlichen auftreten? Mein Inneres ist voll von Exkrementen der literarischen Feiglinge und Impotenzler. Dieses Stück Toilettenseife, dieser geschniegelte Literat der mittleren Generation. Von innen geschniegelt. Der hat bei uns auf Dostoevskij gemacht. Er hat sein Bedürfnis auf den Spalten einer Literaturzeitschrift verrichtet. Hat sich total entleert. Sein Inneres ist aus Papier. Dieses Platin-Urnormal des mittelmäßigen Literaten gehört in ein Gruselkabinett. Man muß ihm endlich einen Tritt versetzen, damit er sich als Mensch empfindet. Verzeihung, ich habe mich erregt. Ich soll euch von Poesie und Schönheit erzählen. Dabei rede ich von etwas völlig Undefinierbarem, von Mittelmäßigem. Vom Obszönen in Leben und Kunst. Verzeiht, aber ich bin erfüllt von häßlichen Gefühlen, ich gehöre nicht zu jenen Glückspilzen, die von »Poesie« erfüllt sind, ich habe meinen Gefühlen freien Lauf gelassen. Ich habe so viele Jahre geschwiegen...

Das Programm dieser »Dichterlesung« wollte und wollte mir nicht gelingen. Ich quatschte und quatschte. Es stellte sich heraus, daß ich nichts zu sagen habe. Es stellte sich heraus, daß das halb so schlimm ist. Ich rede zwar Stuß, aber ich rede. Ich muß alles ausspeien. Ich muß ihn ausspeien. Hier in

diesem Saal. Hier in aller Öffentlichkeit werde ich diesen lauen Literaten auskotzen.
Sie sagen, daß sei sein persönlichster Text? Sein wahrhaftigster? Der Mittelmäßige ist nicht wahrhaftig. Er mimt Reue, Zorn. Dieser Geschniegelte hat nie einen einzigen wahren persönlichen Ton von sich gegeben. Als er sich zu seinen Sünden bekannte, war er genauso wenig wahrhaftig wie im Augenblick, in dem er sie beging. Nicht mal seine Lügen waren echte Lügen. Und Sie behaupten, der Geschniegelte habe endlich einmal etwas »Wahres«, »Persönliches« fabriziert? Er war niemals echt, weder ein echter Sozrealist noch ein echter Rationalist noch ein echter Kommunist, er war stets ein echtes Schwein, nein, er war nicht einmal ein echtes Schwein. Dafür ist er ein viel zu großer Feigling.
Ihr starrt mich verwundert an und fragt: Wen meinst du eigentlich? So nenn doch Roß und Reiter. Meinst du jemanden aus Krakau oder aus Warschau? Warum haßt du ihn so sehr?
Nichts werde ich euch sagen. Der Name? Der Name tut nichts zur Sache, das Phänomen ist wichtig. Wie konnte es dazu kommen, daß der Mittelmäßige, Durchschnittliche, Geschniegelte und Laue zum Chronisten unserer Gegenwart wurde? Gibt es wirklich keine Menschen mehr? Man muß die Wasserspülung in dieser Toilette betätigen. Ich ging im Zimmer auf und ab und schrie. Wasser! Wasser! Runterspülen!
Ich sollte das Material vorbereiten. Irgendein Programm für diese »Dichterlesung« mußte schließlich ausgearbeitet werden. Aber vielleicht gehe ich gar nicht hin. Ich werde anrufen und sagen, ich sei erkrankt. Oder flüchten, die Stadt verlassen. Die Jugendlichen werden dieses Verhalten schon verstehen. Aber ich weiß nicht, wo ich anrufen soll. Im übrigen habe ich gar kein Telefon. Wißt ihr auch, warum ich kein Telefon besitze? Weil ich nichts durch das Telefon zu sagen habe. Was ich zu sagen habe, was für mich von Bedeutung ist, kann ich genausogut heute nacht oder in einer Woche

oder in einem Jahr sagen. Indes stellte sich heraus, daß an der Tür des Studentenklubs seit vierundzwanzig Stunden ein großes handgemaltes Plakat hängt. Morgen um 19 Uhr findet meine »Dichterlesung« statt. Hättest du gern Wasser oder Tee? Ich? Nein. Mir schien, du hättest »Wasser, Wasser« gerufen, da dachte ich, du möchtest vielleicht Kaffeewasser. Nein! Ich habe nur so gerufen. Doch. Ich habe gerufen. Aber ich meinte etwas anderes. Manchmal rufe oder rede ich. Es ging um so einen Typ. Worüber sprichst du? Über gar nichts. Laß mich. Ich bin ruhig. Verzweiflung ist einfacher als Ruhe, sagte Brzozowski, dieser kranke geniale Hysteriker hatte recht. Verzweiflung ist einfacher als Ruhe. Ich werde mich beruhigen. Ich bin schon wieder völlig ruhig. Anstatt eine Abhandlung zu schreiben. Anstatt mit der Schein-Modernität, mit der krepierten verseuchten Ästhetik, mit diesem ganzen Zeug abzurechnen, kritzele ich ein paar schmutzige Worte an die Wand. Ich stelle mir ein sehr schlechtes Zeugnis aus. Ich zeige mich im schlechtesten Licht. Kultivierte Leute machen ein Schwätzchen über Poesie. Und ich schreie.

Ich las das alles noch einmal durch und mußte gähnen. Man vertut seine Zeit, beschäftigt sich mit Abfall statt »Schönheit« zu produzieren. Mein Gott, eine kleine Maschine zur Produktion von »Schönheit« und »Poesie« müßte man werden! Und dann könnte man sein Lebtag lang in dieser »Schönheit« herummantschen, das Schöne melken, aussaugen, ausschlachten, die Menschen mit den Exkrementen von Inspiration und Einbildungskraft füttern. Ein paar Worte über sich selbst, mich selbst, über meine Arbeit sagen. Über die Poesie.

Ich starre die Wand an. Mit düsterem Blick.

Ich holte mein Schulheft aus der Schublade heraus und fing an zu schreiben: »Dichter«, mein Debüt, Auflagenhöhe der Gedichtbände. Diese Notizen ödeten mich an. Ich schaute in die Mappe, in der »neue Gedichte« warten. Entwürfe. Ins unreine. Es stellt sich heraus, daß man Poesie nicht vernichten kann. Sie wird in der groteskesten Form wiedergeboren. Sie lächelt einen an vom Boden der Prosa. Ich mußte gähnen. Dieser Ausbruch war anstrengend. Der Geschniegelte hat mich mitgenommen. Ein Schriftsteller, ein Dichter muß ein wenig Stolz besitzen. Aber gibt es das? Kann man »ein wenig« Stolz besitzen? Wir müssen den Stolz, die Ehre wiedergewinnen. Verschwenderisch überschütte ich die anderen mit Unrat und Anklagen. Aber auch ich knie auf Erbsen im Büßereckchen. Mein Kopf ist mit Asche bestreut, mein Körper steckt in einem Papiersack. In mir ist ein Verbot. Das Verbot, schöne Gedichte zu schreiben. Meine Arme hängen herunter. Doch nichts davon eignet sich als Lektüre auf einer »Dichterlesung«. Immerhin ist es nicht üblich, auf einer Beerdigung einen munteren Volkstanz aufzuspielen. Das kommt alles aus Angst. Man muß ein wenig Würde besitzen. Kann man »ein wenig« Würde besitzen? Gewisse Dinge müssen endlich einmal geklärt werden. Es gibt Ballsäle und Plumpsklosetts. Niemand entleert sich in einem Ballsaal. Obschon einige Autoren seit vielen Jahren genau dies tun, bedauerlicherweise. Auch ich habe diesen Fehler begangen. Die Proportionen nicht aus dem Auge verlieren! Fünfzehn Jahre war ich Sanitäter, Ordnungshüter, Totengräber, Putzfrau, Erbauer, und plötzlich bin ich mit dem Finger im Nachttopf aufgewacht! Belüge dich nicht, kämpfe weiter. Es gibt eine Menge komischer Dinge auf dieser Welt. Man muß die Proportionen einhalten. Das hinter den Zeilen Stehende! Hinter den Zeilen! Einmal werde ich über mich schreiben. Ich werde alles erklären.

Die ästhetischen Werte interessieren mich nicht. Für diesen Bereich ist unser Klassiker zuständig, der große Stilkünstler, der verdiente Übersetzer, der, der seit fünfzehn Jahren kein echtes Wort mehr von sich gegeben hat. Diese ganze gipserne Stilkunst! Der Weise. Ich muß aufhören mit diesem Schreiben. Mit diesem Geschwätz. Ich fange an zu phantasie-

ren. Ich glaube, ich bin krank. Vielleicht nur verzweifelt. Der Ehrgeiz. Die Langeweile. Die Lüge. Aus alledem soll plötzlich »reine Schönheit«, »Poesie« usw. usw. herauskristallisiert werden. Man möchte weinen. Aber man kann nicht. Meine Herrschaften, ich lese häufig in der Zeitung, wie der eine oder andere unserer bedeutenden Poesiesachkenner oder prominente Literaturkritiker über mich schreibt, ich sei ein »vorzüglicher, glänzender, hervorragender Dichter«. Doch keiner dieser Herren ist bis heute auf die Spur eines verwundeten Menschen gestoßen, der Zuflucht sucht. Was sage ich da: Menschen? Auf die Spur eines Geschöpfes. Der Mensch ist in Auschwitz ermordet worden. Ich rede selbstverständlich »symbolisch«. Sie verstehen. Alle diese ästhetischen Betrachtungen, diese Gedichtbände, Lyrikanthologien, Metaphern, »Schulen« – in den Müllsack damit! Hier bedarf es keiner Vergleiche und Metaphern. Hier muß man den Finger anlegen. Vor Wut verdunkele ich alles und füge mir selber Schaden zu. Ich muß diese Notizen abbrechen. Ich kann das nicht verwenden für die »Dichterlesung«.
Ich möchte euch ein paar Worte über meine Generation erzählen. Über die Generation der »vom Tod Infizierten«. Wir leben, Gott, wie töricht ich bin. Ich »liebe die Poesie« doch. Und die Menschen sind ganz anders. Ich denke über die Literaten nach – es sind unglückliche Menschen. So kann man nicht länger leben. Aber wie entsteht in einem diese Riesenverachtung, dieser Riesenhaß auf... Das legt sich wieder. Das geht vorbei.
Ich habe diese Aufzeichnungen soeben durchgelesen, die sich auf meine dichterische Praxis, meine Person, meine Meinung über die Poesie, die krepierte Ästhetik und das Milieu beziehen, in dem ich mit dem linken Fuß stecke. Es gibt natürlich auch Literaten, die stecken mit Händen, Füßen und mit dem Kopf darin, sind darin steckengeblieben. Man kann sagen, sie leben davon, im doppelten Wortsinn. Ich muß meinen linken Fuß drin lassen. Es ist geschehen. Doch kehren

wir zur Sache zurück. Ich habe diese Aufzeichnungen überflogen. Sind sie ein getreues Abbild meines Inneren? Sehe ich wirklich so aus? Ist das nicht alles gefälscht? Sieht so das Innere eines zeitgenössischen Dichters in meinem Lande aus? So und nicht anders? Sieht mein Inneres wirklich so aus? Habe ich ein Recht dazu, mich in diesem Licht darzustellen? Es ist ein Müllkübel. Was geschieht, wenn ich diesen Kübel aus mir herauskippe? Dann wirds leer drin sein. Was werden sie hereinstellen anstelle des Kübels? Was wird in meinem Inneren aufgehen? In mir. Vielleicht der Baum der Poesie? Ich lese euch das Gedicht *Jakobs Kampf mit dem Engel* vor:

Der schatten der flügel wuchs
der engel schrie auf
und seine feuchten
nüstern berührten
meine augen meine lippen
Wir kämpften auf dem boden
aus festgestampften zeitungen
auf dem müllplatz wo
speichel blut und galle
sich mit wörterjauche mischten
Der schatten der flügel wuchs
es waren weiche fellbedeckte
flügel
rosa wie muscheln
und warm spitz
zu beiden kopfseiten
in den wolken
unsere exkremente
bedeckten das stadion
schließlich bezwang
fesselte umwickelte bespie er mich
mit dem wort und stieg
mit optimistischem gebrüll

auf in den himmel der poesie
ich packte ihn am bein
er fiel zurück
auf meinen müllhaufen
vor die mauer
in die ecke
wo der beschränkte sklave
der wirklichkeit
im unrat wühlt
unsere körper
waren schweißbedeckt
unser atem
war schwer und übelriechend

Dieses Gedicht wurde nie beendet. Es ist noch nicht in ein Buch aufgenommen worden. Es lebt in den Papieren und entwickelt sich, reift. Vornehmlich nachts. Alles, was man verbessert, verändert, stilisiert, ist bereits Literatur. Die Literaten haben sich jahrelang einer absonderlichen Sprache bedient, das sollte Poesie sein. Jetzt haben einige bereits zu sagen gelernt, worum es ihnen geht. Aber noch immer beschmutzen sie sich mit jenen »Schönheiten«, die Poesie »ausmachen«.

Zuweilen meine ich, mein Haß auf die Poesie, meine Verachtung gründen in einer romantischen Liebe. Ich habe die Aufzeichnungen unterbrochen. Ich saß an meinem Schreibtisch. An der Wand hing der Kalender. Ja, es ist das Jahr 1959. Ich habe die Wand zwischen den beiden Fenstern mit Fotos vollgeklebt, die ich aus Zeitungen ausgeschnitten habe. Die Dichter empfinden die Ratlosigkeit und Schwäche des Menschen in der heutigen Welt stärker als andere Menschen. Sie albern aus Verzweiflung.

Bevor ich vor euch trete, muß ich ein paar Dinge geklärt haben. Ich kann nicht über Poesie sprechen, die gegenwärtig die Eigenschaft aufweist, sich zu zerstreuen, zu verschwinden.

Man muß sich zuerst mit dem Schicksal der Rezipienten der Poesie befassen, die bei uns die Städte bewohnen. Wenn ich von Poesie spreche, so meine ich die Poesie, die bislang geschaffen wurde. Was geschieht mit den Rezipienten? Die Stadtbewohner, die Beziehungen zwischen den Menschen bilden den Kanevas, auf den wir die grüne Rose der zeitgenössischen Poesie sticken. Dieser Kanevas ist so schwach, daß er unter unseren Händen zerfällt. Die Fäden sind nicht miteinander verbunden, sie verflechten, sie durchdringen und kreuzen sich nicht.

Wir schaffen die »Rose« nicht auf einen festen Kanevas, sondern in der Leere. Die Soziologen haben dieses Phänomen entdeckt. Den Dichtern ist es entgangen. Sie haben es übersehen und spielen weiter. Die Dichtung darf nicht ins Vakuum fallen, sie muß im Fallen aufgefangen werden, muß wenigstens vom Boden abspringen, um wieder an der Oberfläche aufzutauchen. Indessen wächst die Entfernung zwischen den Menschen immer mehr, die Entfernung zwischen Hand und Hand, Herz und Herz, eine unendliche Leere breitet sich aus. Solange die Bewohner der großen modernen Städte nicht damit beginnen werden, einen neuen, festen Kanevas des Lebens zu weben, werden Poesie und Kunst ins Leere fallen. Die infantilen Dichter sprechen weiter. Indes:

Entmenschlichen sich
die großstädte
wachsen die städte
meere von köpfen
ozeane millionen millionen körper
menschenschwärme
so nah nebeneinander
daß man die hautrisse
die zähne und haare sieht
wir fühlen den körper des anderen
die körper hinterlassen abdrücke ineinander

wortbruchteile
manchmal kann man
fragmente fremden lebens wiederaufbauen
aber
wir leben immer einsamer
in diesem sammelbecken
die entfernung von mensch zu mensch wächst
unter den neonlichtern
im licht im gewühl
leben wir wie auf einer insel
die nur wenige menschliche wesen bewohnen
uns bleibt eine handvoll von nächsten
aber auch die gehen fort
jeder in seine richtung
die einen nehmen ihre stellungen
frauen kinder mit sich
motoren kühlschränke fernseher
die anderen ihre krankheiten
ihre sünden
freßsucht faulheit
rudimentäre organe
fingernägel statt krallen
künstliche gebisse statt hauern
reste überreste
von glauben
etwas wie gott
etwas wie liebe
wieder andere
haben gar nichts
andere reden von kunst
plaudern über poesie malerei
andere wiederum
haben brot fleisch messer gabel
gehen weg
wir leben auf inseln

und suchen die spuren des menschen
wohin ging er
wann hielt er sich hier auf
manchmal scheint es uns
jemand ruft uns
ein menschliches wesen ruft uns
wir lauschen
eilen zum fenster
auf die treppe straße auf plätze
reiben uns aneinander
kehren erschöpft zurück
in unsere wohnung
es gibt solche die leben
indem sie sich nur weniger wörter bedienen
bis sie schließlich verstummen
sie ziehen sich zurück in ihre höhlen
mit der beute
die schwächeren bleiben
an bars tischen bierkiosken
noch schwächere
stürzen sich auf schatten von ideen schatten von wörtern
aber diese schatten sind so durchsichtig
daß der tod durch sie durchscheint
wir gehen also fort
und niemand gibt zu daß er stirbt
lieber keine verwirrung stiften
vielleicht merkts keiner
also leben wir ewig
nur durch die ritzen der gesichter
blitzt das weiße
erinnert ihr euch
wir waren geöffnet
in der zeit der größten unterdrückung
drangen fremdes leid und fremde freude
wie von selbst in uns hinein

euer leben lief auf mich zu
es drang von allen seiten in mich
jetzt bedecken uns
panzer undurchdringbare hüllen
nur durch die ritzen die risse der gesichter
schimmert das weiße

DAS WIRD SCHLIMM für mich enden?

nichts wird mir passieren
werde das alles überstehen

wie viel mal kann der heutige mensch
seine würde verlieren

also
wenn diese ganze
kleine geschichte
zu ende ist
mach ich mich
an die arbeit
was? ja
ich mach mich noch einmal an die arbeit
ja! ich werde chinesisch lernen
lohnt sich das
und ob

der große patriot
der dichter Lu-Jou
lebte in den jahren
1125–1210
als die Mongolen
China eroberten

er schrieb
9300 gedichte
damals wurden in china
die gedichte
von oben nach unten
und von rechts nach links geschrieben
man benutzte gar keine zeichen

Januar 1968

Blumentraum, Drachenherz

Fragmente einer Reportage

I

Bevor mich der leise Schnellift bis unter die Spitze dieses Wolkenkratzers in Schanghai brachte, war ich in vielen Tempeln, Gärten, Fabriken, Landkommunen, Geschäften, Schulen, Kinderkrippen ... und auf der Blumenschau in der Stadt Tschengtu. Chrysanthemen. Auf dieser Ausstellung waren zweitausendfünf Chrysanthemenarten zu sehen. Jede einzelne hatte ihren Namen, der älter war als unser tausendjähriges Vaterland. Außerdem gab es dort hundertvierzig Blumenarten, die noch namenlos waren und erst von den Besuchern getauft werden sollten. Die Besucher waren alte Leute, Jugendliche, junge Mädchen. Ich nenne ein paar Blumennamen (in sicherlich unbeholfener Übersetzung). Jede dieser Bezeichnungen war – in Verbindung mit der besichtigten Blume – eigentlich ein kleines, ungemein treffendes und reines Gedicht. Man braucht dem keine »Poesie« hinzuzufügen, es genügt die Namen aufzuzählen: Blumentraum, Tigerpfote, Schatten im Fenster, gelber Kranich, Drachen-

bart, Engel in der Sonne, weiße Ohrringe ... und zweitausend weitere Namen. Unter ihnen gab es die Blume, »die sich erdreistete, ihre Schönheit mit der Schönheit eines Mädchens zu vergleichen«. Ein langer Name. Die Besucher trugen ihre eigenen Vorschläge in ein Buch ein. Dann fand ein Plebiszit statt. Die unbenannten Blumen bekamen ihre Namen für die weiteren Jahrtausende. Auch unsere Vorschläge sind dort geblieben. Mein »Drachenherz«, »Schneetraum«. Das Drachenherz ist eine rote Blume mit einem dunklen, fast schwarzen Kelch, der Schneetraum eine weiße schwere Blume mit rosarotem Schimmer am Kelchrand. Als wir später nach Hause zurückkehrten, sagte mein Gastgeber und Begleiter in Tschengtu lächelnd: »Eure Namen werden Jahrtausende überdauern, sie werden so lange bestehen wie die chinesische Sprache ...«
In Tschengtu trank ich Jasmintee mit einer weißen Jasminblüte. Doch bevor ich die Blumenausstellung in Tschengtu besuchte, saß ich 46 Stunden lang in dem Eilzug aus Paoting. Aus Paoting sind folgende Aufzeichnungen in meinem Notizbuch stehengeblieben:

26. Oktober 1958 abends

In dem riesigen Raum, den ich durchreiste, loderte überall Feuer. Das Volk schmolz Eisen, Stahl. Vor dem Fenster hört man Pfeifentöne und Schritte. Die Leute marschieren zur Nachtschicht. Eine Esel- und Maultierkaravane zieht die Straße entlang. Sie befördert Mandarinen in Körben. Die Früchte glänzen im Laternenlicht. Die Esel sind grau und schwarz. Die Treiber haben hell- und dunkelblaue Steppblusen an. Auf dem Kopf tragen sie Schirmmützen oder Turbane aus Handtüchern. Der Himmel verfinstert sich, erlischt, ein Schwarm schwarzer Vögel kreist im restlichen Licht. Darüber hängt eine dunkelblaue schwere Wolke, der hellere hellblaue Streifen des Himmels und der Nacht. Es wird dunkel. Vor dem Fenster hastet eine Fußgängermenge vorbei, unzählige Fahrradklingeln läuten. Das Volk beeilt sich. Dunkle Bäume vor dem Fenster. In einer großen Thermosflasche Trinkwasser. Auf dem kleinen Teppich vor dem Bett kämpfen zwei Drachen gegeneinander. Kämpfen sie oder lieben sie sich? Vor dem Fenster in der Finsternis das Knarren von Rädern, kehlige Rufe, Glocken.

II

Noch gestern: die aus rotem Lehm geknetete, gebrannte Landschaft. Dörfer, menschliche Behausungen in den steilen Schluchtwänden wie Schwalbennester, spärliche Flora. Die Erde glattgespült, der Lehm von den gnadenlosen Klingen des Regens zerrissen. Winzige kleine Felder kleben an den Bergwänden. Höhlen im roten Fels. Eine Landschaft erloschener Öfen. Noch gestern lichterfüllte Bambushaine, das fahle lehmige Wasser der Gebirgsflüsse. Obstbäume. Blumen. Im Museum des »Dichterfürsten« Tu-Fu: Ich lese eines seiner Gedichte durch die Schaukastenscheibe. Es ist ins Deutsche übersetzt. Ich schreibe das Gedicht ab. Ich weiß nicht, wie viel Poesie die Übersetzung geschluckt hat. Sie kommt mir rein und gelungen vor.

In der Verbannung

Im Gebirge drohen Mauern,
Hochgetürmt aus Eis und Schnee,
Ungezählte Schiffe lauern
Überall auf hoher See.

In dieser Übersetzung zeigt sich das Gedicht Tu-Fus wie in einem beschlagenen Spiegel. Seht euch dieses Spiegelbild an. Vielleicht vermittelt es eine Vorstellung von chinesischer Lyrik... Franz Kafka hat irgendwo geschrieben: »Sehen Sie sich die Klarheit, Reinheit und Wahrhaftigkeit eines chinesischen farbigen Holzschnittes an. So sprechen zu können – das wäre etwas.« Eben so zu sprechen verstanden die chinesischen Dichter. Der Museumsdirektor las uns die Gedichte von Tu-Fu im Original vor. Ich verstand nicht mehr davon als vom Gesang der Vögel in dem alten Garten, der das Museum des »Dichterfürsten« umrankte. Licht lag in dem Garten. Vögel in den Bäumen, ein Schmetterling, der die Flügel öffnete. In der Sonne. Vergilbte Blätter bedeckt mit schwarzen unverständlichen Bildzeichen in den Schaukästen hinter Glas. Die Ideogramme bergen Bedeutungen, die den Chinesen unzugänglich sind. Nur Spezialisten können die alten Hieroglyphen erklären, in denen die Zeichen der Malerei und der Poesie untrennbar miteinander verknüpft sind. Man muß das erst aus dem Chinesischen ins Chinesische übersetzen und dann erst ins Polnische ... das Resultat ist eine Poesie, aus der das Geheimnis des Dichters ausgelaufen ist. Ich glaube fast, es ist besser, wenn man sich das chinesische Original anhört oder dem Gesang der Vögel und der Stille lauscht, der Stille, die der »Dichterfürst« Tu-Fu hier hinterlassen hat. Wir trüben die Stille mit unseren schrecklichen Übersetzungen, schließlich verstummen wir, aber hier ist unser Schweigen nur Silber.

III

Notizbuch: es ist 18.30. In zwei Stunden verlassen wir Tschengtu. Nach Tschungking 12 Stunden mit dem Zug. Der Abend in Tschengtu. Vor dem Fenster Nebel. Im Nebel die Autohupen.

Und dann Tschungking, Hankau, Hangtschou. Da waren Baumwollfelder, der Wasserspiegel der Reisfelder, Bananen- und Mandarinenbäume. Die Baumwolle lag in der Sonne wie Schnee. Im Süden Friedhöfe. Friedhöfe an Berghängen und in Ebenen. Friedhöfe zwischen Feldern. Gräber, Gruften, Steinhügel, die Särge bargen, Gräber zwischen Gebäuden. Auf den Feldern sah man Gräber und Schmelzöfen für Eisen und Stahl. Ich habe kleine Dörfer gesehen, in denen die Zahl der Gräber die der Häuser überwog. Die Gräber zwängen sich zwischen die winzigen Felder, sie nehmen mehr Fläche für sich in Anspruch. Die Toten nehmen den Lebenden den Boden weg. Jedes Feld ist ein Friedhof. Die Toten mußten in ihrer eigenen Erde ruhen. Auf ihrem eigenen Grundstück. Die kleinen Totenhäuser der reichen Bauern sehen den Häusern, in denen sie lebten, zum Verwechseln ähnlich. Dieselbe Form, dasselbe kleine Dach ... nur haben sie keine Türen und Fenster. Ahnenkult. Friedhöfe, die Ackerland wegnehmen, Gräber und Grabmale, die den Aktionsradius der landwirtschaftlichen Maschinen einengen. Ein weiteres großes Problem, das vom ganzen Volk gelöst wird. Die Toten weichen, ziehen sich zurück, die Toten befinden sich auf dem Rückmarsch. Ein Volk, das seine Toten ehrt und ihnen zugleich das Land wegnehmen muß. Die Toten ziehen sich zurück. Zentrale Friedhöfe werden angelegt. Dahin werden Asche und Knochen »umgebettet«. Die Toten verlassen ihre Höfe und Felder. Sie geben auf. Das Land wird von den Lebenden gebraucht. Wäre diese Aktion nicht durchgeführt worden, so hätten sich große Flächen Chinas in Friedhöfe verwandelt. Ich habe Tausende von Gräbern auf den Feldern gesehen. Ich habe Tausende von Schmelzöfen zur Eisengewinnung gesehen. Zwischen tausend Gräbern loderte ein Flammenmeer unter dem schweigenden Himmel.

IV

Die Terrasse eines Wolkenkratzers. Das zwanzigste Stockwerk. Die Sonne ging unter. Über dem Industrieviertel von Schanghai, der Stadt, die 20% der gesamten chinesischen Industrieproduktion auf sich versammelt, kochte der Himmel. Die beiden »Touristen« standen an der Terrassenbrüstung. Einer blickte auf den riesigen erlöschenden Feuerherd, in dem Wolkenkratzer und Fabrikschornsteine standen, der zweite in den offenen Raum der noch hellen Bucht. Dann wechselten sie ihren Standort. Als sie aneinander vorbeigingen, tauschten sie ein paar Worte aus.

»Höllisch«, sagte der eine.
»Himmlisch«, sagte der andere.
Dann versenkte der, der auf die Fabriken und Wolkenkratzer geschaut hatte, seinen Blick in das lichte Wasser, auf dem zwei Schiffe fuhren, ein schwarzes und ein weißes. Der Himmel über der Bucht war offen und rein bis hin zu den Ufern des Ozeans. Nach fünfminütiger einsamer Betrachtung standen die »Touristen« wieder beisammen.
Die Sonne ging unter über Schanghai, über sechs Millionen Menschen, die täglich mit 5500 Schweinen, 500 Kühen, 800 000 Din Eiern, 55–60 000 Din Gemüse versorgt werden müssen.
In dieser Stadt kommen monatlich 20 000 Kinder zur Welt. 240 000 im Jahr.
»Ich bin gespannt, was sie uns hier zeigen werden.«
»Eine Unmenge... Darüber könnte man ein Buch schreiben, oder?«
»Wie man's nimmt.«
»Schanghai besaß die meisten registrierten Prostituierten von allen Städten der Welt, angeblich dreißigtausend.«
»Die meisten Bettler.«
»Die Gangsterbanden sollen besser organisiert gewesen sein als in Amerika.«
»Es hatte die größten Bordellviertel.«
»Aber darüber werden wir doch nicht mit ihnen reden.«
»Wenn wir nicht darüber reden werden, werden wir auch nichts erfahren.«
»Prostitutka njet, njet...«, sagte der Dolmetscher auf Russisch. Er mußte ein Fragment unseres Gesprächs verstanden haben. Er stand hinter uns.

V

Im »Haus des Matrosen« ging es international zu. Sprachen und Hautfarben bunt durcheinandergemischt. Die Matrosen hörten sich im Konzertsaal Lieder an, sahen sich Tänze an,

Körper von Frauen, die mit sanften Bewegungen der Arme, mit Lächeln, Augen und Bauch den Matrosen von der Liebe erzählten. Aber nicht von jener Liebe, die Schanghai einst zu bieten hatte, Schanghai, die Stadt der Prostituierten und Räuber. Hier behandelte man die Matrosen wie brave Schüler. Man sang und tanzte ihnen etwas vor, aber alles war so harmlos wie der Gesang eines Vogels und der Tanz der Zweige, Blumen und Wolken. Aber nicht alle Matrosen sind brave Schüler, sie schneiden Fratzen, zucken mit den Schultern und verlassen das »Haus des Matrosen« oder gehen in die Bar, die es ebenfalls hier gibt. In der Bar stützen sie den Kopf in die Hand und starren den Tisch an. Und trinken. Die Bordelle wurden geschlossen, die Zuhälter erschossen. Die Prostituierten sind in die Gesellschaft zurückgekehrt. Die Unverbesserlichen befinden sich in sicherem Gewahrsam. Die Prostituierten lernen zu arbeiten. Sie gewinnen Stahl. Gründen Kommunen. Sie arbeiten in fernen Provinzen des riesenhaften Landes, gründen Familien, vergessen die Vergangenheit.
In Schanghai erzählt man sich die Geschichte von einem Matrosen, der Lust auf leichte Mädchen hatte. Er verließ das »Haus des Matrosen« und begab sich auf die Boulevards. Er sprach einen Chinesen an und erklärte ihm umständlich gestikulierend, worum es ihm ging. Der Chinese hörte ihn mit höflichem Lächeln an. Dann rief er einen Wagen herbei und stieg mit dem Matrosen ein. Sie fuhren zu einem großen Gebäude. Sie traten ein und gingen an einer Reihe von Türen vorbei. Der Matrose staunte, aber ... wartete ab. Sie befanden sich in einem Amtsgebäude. Da saßen zwei seriöse Herren und eine Frau. Alle trugen hochgeschlossene gesittete Blusen. Grüner duftender Tee wurde serviert, Zigaretten angeboten. Es begann ein freundliches Gespräch. Die Herren waren Beamte einer bestimmten Institution, die Frau war Funktionärin des städtischen Gesundheitsamtes. Stundenlang setzte man dem Matrosen geduldig und höflich ausein-

ander, welche Veränderungen im nachrevolutionären China stattgefunden haben. Man sprach von menschlicher Würde, sauberen Sitten, Familienleben... Man argumentierte unter Zuhilfenahme von Ziffern, führte Fakten an. Es fragt sich nur, ob der Matrose seine Überzeugung und seine Gewohnheiten aufgegeben hat. Angeblich soll er nach der Unterredung auf sein Schiff zurückgekehrt und nie wieder in Schanghai erschienen sein.

Unser riesiges amerikanisches Auto glitt leise durch die Straßen von Schanghai. Wir besuchten das englische Viertel. Aber das ist doch eine durch und durch europäische Stadt! Und die gegenüberliegende Straßenseite gehörte bereits zur französischen Konzession und da begann wiederum eine europäische Großstadt. Die englischen und französischen Maueraufschriften verwischen sich. Aber wo blieb das »chinesische Schanghai«?

Wir bekamen es am folgenden Tag zu sehen. Es war eine Stadt, die aus einer Unzahl von Hütten und Buden, kleinen Verschlägen und Häuschen bestand. Aus Holz, Sperrholz, Pappe, Lehm und Schilf. Wolkenkratzer. Diese schöne bildhafte Bezeichnung kommt aus dem Gebrauch. Man spricht immer häufiger von Hochhäusern. Dabei sind es wirklich Wolkenkratzer, die die Wolken berühren und zerreißen, die Wolken, die niedriger sind als die Häuser. Hier lag das Meer unterhalb der Hütten. Tausend, zweitausend, zehntausend kleine Dörfer auf einem Haufen. Ein Dorf neben dem anderen, ein Dorf auf dem anderen. Dörfer ohne Felder, ohne Wiesen, Bäume und Gras. Ohne Vögel. Ohne Blumen und Schmetterlinge. Wie viele Menschen mochten noch in diesen alten chinesischen Vierteln von Schanghai wohnen? Vierzigtausend, vierhunderttausend? Hier hatte man die Mädchen aus den Häusern und von der Straße geraubt und entführt. Hier waren die »Kulis« auf den Straßen gestorben. Hier hatten die Banditen geherrscht neben Seuche, Ratten und Fliegen. Hier waren die Leute verhungert, hier hatte man Kinderhandel getrieben, hier waren Wasser und Luft vergiftet gewesen. Malarialuft, verseuchtes Wasser.

Jetzt ist alles sauber hier. Die Straßen sind gefegt, man sieht keine Abfälle und keine Bettler. Wir waren in der Verwaltung des Viertels. Sie befand sich in einer kleinen Stube. Holzboden, gekalkte Wände. Auf dem Tisch die obligaten Thermosflaschen mit dem heißen Wasser; zu unserem Empfang. Die Kinder in China laufen nicht wie in Polen in kleinen Gruppen herum, sie bilden dichte Trauben und ähneln wirklich Trauben: sie stehen Kopf an Kopf gedrängt, zwängen sich durch die Tür des »Amtes«, nur, um die Menschen mit den »langen Nasen« zu bestaunen.

Wenn es nicht verboten wäre, mit den Nasen der Gäste zu spielen, wäre das für sie ein Vergnügen wie die Besichtigung eines Tapirs im Zoo. Die kleine Schar fröhlicher Schelme begleitet uns auf Schritt und Tritt. Wir hören das Lachen und die für uns unverständlichen Rufe.

»Was mögen die Kinder nur rufen?«

»Ist doch klar: Langnasen! Langnasen!«

Wir fragen unseren Dolmetscher:

»Was rufen die Kinder?«

Der Dolmetscher antwortet lächelnd: »Sie lassen euch hoch leben!«

Wir lächelten auch und steckten die Nase ins Taschentuch. Leider hat einer von uns auch noch hellblaue Augen. Das ist eine besondere Sehenswürdigkeit. Kein einziger unter jenen 600 Millionen Chinesen hat hellblaue Augen. Mit einem Wort: die Kinder kommen auf ihre Kosten. Und außerdem sind sie so nett. Wir würden ihnen unsere Nasen gern als Souvenir dalassen.

Wir wissen nun, was aus den Prostituierten, Opiumhändlern und Tausenden anderer Verbrecher geworden ist. Doch was ist mit den Fliegen und Spatzen in dieser Stadt und in ganz China passiert? In Schanghai sagte man uns, ein paar Spatzen würden noch im Diplomatenviertel, in den Residenzen der fremden Botschaften und Konsulate leben. Das scheinen die Spatzen zu sein, die wissen, wie man den diplomatischen Status am besten nutzt. Doch es gab nicht allzu viel von diesen klugen Spatzen. In Schanghai habe ich alles in allem drei oder vier Spatzen in der Nähe des polnischen Konsulats gesehen... Wie sah das Schicksal der übrigen chinesischen Spatzen aus?

Während der Besichtigung der »verbotenen Stadt« in Peking haben wir auch einen der kleinen Kaiserpaläste mit dem Namen »Die vier Schädlinge« besucht. Der kleine Palast war gelb-orange. Wir gingen über eine weiße Steintreppe. Ich machte vor dem Eingang noch einmal Halt, um einen Blick auf das schöne Gebäude zu werfen, dessen Form- und Farbgebung an eine kostbare Schatulle erinnerte. Entlang der Wand verlief ein doppeltes Ornament, das aus Elementen bestand, die ich in der chinesischen Kunst und Architektur noch nie gesehen hatte. Ich trat näher heran und überzeugte mich, daß dieses Ornament aus Hunderten und Tausenden von Spatzenflügeln bestand. Die kleinen Flügel waren auf die Wand geklebt worden und bildeten gleichsam das Zierband des Ausstellungspavillons. Die Spatzen waren der Feind Nr. 1. Die Aktion ihrer Bekämpfung hatte das ganze Land erfaßt. Die Spatzen waren binnen kürzester Zeit völlig ausgerottet. »Die kleinen Spatzen, dabei fressen die doch kaum was«, versuchten wir die Vögel mit unserer genuinen polnischen Rührseligkeit zu verteidigen. Immerhin haben die Spatzen bei uns einen hohen Symbolwert, wie die Störche und weißen Adler stehen sie für die Heimaterde.

»Jedes einzelne Körnchen ist wertvoll«, lautete die höfliche und sachliche Antwort.

»Aber so ein Spatz, was kann der schon...«

»Es gibt ganze Spatzenschwärme, wenn sie sich über den Reis hermachen...«

»Und?«

»Jetzt gibt es keine Spatzen mehr. Das ganze Volk hat sich an diesem Kampf beteiligt.«

»Uns erscheint es aber«, opponieren wir »wissenschaftlich«, »daß das ökologische Gleichgewicht auf diese Weise gestört wird, die Vögel werden zwar ausgerottet, dafür werden aber die Pflanzen von den Schädlingen gefressen. Die Spatzen ernähren ihre Jungen schließlich mit Raupen, Larven, Würmern, also?«

»Die Raupen und anderen Schädlinge lesen wir selber von den Blättern und vernichten sie später«, war die Antwort.

»Ach, so«, sagten wir seufzend.

Der Kampf hatte im ganzen Land gleichzeitig begonnen. Die Spatzen wurden mit einer präzisen, man könnte fast sagen wissenschaftlich exakten Methode besiegt. Man weiß, daß ein Spatz nur eine begrenzte Zeit in der Luft ausharren kann, nach einer bestimmten Zeit des Fliegens muß er ausruhen, sonst versagt sein Herz und der Vogel fällt tot zu Boden. Es ging also darum, die Vögel aufzuscheuchen und sie nicht mehr rasten zu lassen. Das Volk begab sich auf die Felder und Straßen, versammelte sich auf den Hausdächern und Balkonen, überall waren Menschen. Sie schwenkten an Stöcke geheftete Fähnchen, spielten alle nur möglichen Instrumente, schlugen Lärm. Es war gleichsam ein Riesenspaß verbunden mit einer gewaltigen »Katzenmusik« auf Trompeten, Pfeifen und Trommeln.

Die Ausstellungsräume waren voller Diagramme, Schautafeln und Ziffern, die den Kampf mit den vier Schädlingen illustrierten. Es gab aber auch Ausstellungsobjekte. Im ersten Saal stand ein Turm, eine Art Pagode auf einem Tisch. Die Pagode war vollbeklebt mit Spatzenköpfen. Kopf an Kopf wie eine Dachziegelstruktur. Im nächsten Raum konnte man in einem großen Glaskasten das Modell eines Bauernhofes sehen mit einer kleinen Kate und Treppe, die hinaufführte. Die Treppe war gewunden, lang und aus grauen Stäbchen montiert. Aus Stäbchen? Ich beugte mich über das Glas des

Kastens... Die Treppe war aus Rattenschwänzen gebastelt. Auch der kleine Zaun, das Katendach und eine Reihe weiterer Gebäude bestanden aus Rattenschwänzen. Im selben Raum gab es weitere Exponate, die aus Rattenfell genäht waren. Es gab beispielsweise einen Esel in Lebensgröße aus Rattenfellen. Im Saal der Nagetiere fiel keine sentimentale Bemerkung mehr. Sie haben die Mäuse und Ratten ausgerottet. Schön und gut. Das ist eine gewaltige Leistung des ganzen Volkes. Das Volk hat die Ratten ausgemerzt. Es hat auch die Pest und die Cholera vernichtet. Wir haben Hunderte verschiedener Mause- und Rattenfallen gesehen. In der Zeit des Kampfes mit diesen Schädlingen sollen Tausende solcher Fallen erfunden worden sein. Jeder Mensch, der gern bastelte, entwickelte oder erfand eine neue, originelle Mausefalle. Auf der Ausstellung illustrierten Zahlen, vierstellige Ziffern den siegreichen Kampf gegen die »vier Feinde«.

»Was sagst du dazu?«

»Was soll ich dazu sagen.«

»Ich versuche zu verstehen.«

»Ich auch.«

»Am Anfang der Reise dachte ich, ich wüßte bereits etwas...«

»Ich denke, nach einiger Zeit wird sich das irgendwie summieren.«

»Glaubst du?«

»Was willst du, es ist eine andere Welt.«

»Eine total andere.«

Nebel

Unser Zug, ein Eilzug, raste durch das »Land der Mitte«. Im Morgengrauen näherten wir uns Peking. Über dem flachen Feld stand noch Nebel. Die Landschaft der chinesischen Ebene, diese sauber gezeichneten Bäume, die gleichsam einsam standen. Felder und dann die Vorstadt von Peking. Ein Garten oder Park, jene einzigartige Transparenz der Landschaft, in der alles scharf, exakt gezeichnet ist, trotz des bläßlichblauen, kalten, vom Boden aufsteigenden Nebels. Und dann inmitten der unzähligen Bäume der dunkle Schattenriß eines Menschen. Der Zug fuhr langsamer und das Bild begleitete uns längere Zeit. Und dann erkannte ich einen Mann im dunkelblauen Drillich. Er stand zwischen zwei kleinen Bäumen. Und es gab keinen anderen Menschen außer ihm weit und breit. Der Mann turnte. Er führte diszipliniert die vorgeschriebenen Bewegungen aus. Ich sehe noch, wie er eine Kniebeuge macht, sich wieder erhebt, auf die Zehenspitzen stellt, die Arme ausstreckt und im Nebel versinkt.

(1959)

Akutagawa

Akutagawa
erreichte
binnen zehn jahren
eine solche klarheit der bilder

daß man ihn
ohne zu erröten
mit einem vogel vergleichen kann
der auf einem blätterlosen baum
singt

im herzen
einer winterlandschaft

Akutagawa
erreichte eine solche durchsichtigkeit
der sprache
daß er die mauer der übersetzer
durchstieß

er war so vollkommen
und einfach
daß er den tod herbeisehnte
sich einschläferte
im alter von
fünfunddreißig jahren

Stimme aus Croisset

»Habe nur einen wunsch
krepieren
um endlich ruhe zu haben«

nachdem er diese worte schrieb
lebte er noch lebte starb
ein altes kind
naschsüchtig träge sinnlich
er verurteilte sich
zu lebenslänglichem zuchthaus

pflegen wir unseren garten

in der nacht
hört ihr
durch das flußrauschen hindurch
das schreien
des einsiedlers
aus croisset

verurteilt zu soundsoviel jahren
schwerstarbeit
durch wen durch nichts
die bestimmung

ohne betäubung
entriß er seinen eingeweiden
den klassischen satzbau
die makellose form

pflegen wir unseren garten

»La fin de *Candide*: ›Cultivons notre jardin‹, est la plus grande leçon de morale qui existe« / Aus dem Brief Flauberts an Edmond de Goncourt vom 22. September 1874 /

Méliès

Illusionist
direktor des Théâtre Robert-Houdin

geboren 1861
gestorben 1938

drehte 400
kurzfilme
darunter
1898
Panzerkreuzer Maine
danach Dreyfusaffäre
Jeanne d'Arc
Faust
Jahrhunderte der Zivilisation

geriet in vergessenheit

den rest seines lebens
verbrachte er in einem kleinen
spielzeugladen

man erinnerte sich wieder an ihn
holte ihn zurück

mich interessiert
der lange
zwischen dem letzten film
und dem tod liegende
abschnitt
den er im spielzeugladen
verbrachte

seine gespräche
mit kindern
denen er altes und neues spielzeug
vorführte

ich bedaure daß ich
1938 kein interview
mit Méliès machen konnte

Gehen Sie ins Kino

Französische Sgraffiti

A

Paris. Musée d'Art Moderne. September 1961. Vernissage. Augen, Lippen, Haar, Vorname. Wer war das? Oktober. Spaziergänge, Kastanien, die rostenden Blätter schurren in den kleinen Alleen. Die Fontäne. Dieser Stutzer mit Schnurrbart. Macht sich an die schöne Engländerin ran. Eine Schabe. Er bekommt einen hübschen klassischen Korb verpaßt. Danach sieht er aus wie ein Hündchen, ein trauriges Hündchen (kann eine Schabe wie ein Hund aussehen? na, na!), das getretene Hündchen geht weiter, folgt dem langen – irgendwo irgendwann endenden – dem sehr langen Bein. Er folgt ihm, sagt noch irgendetwas, macht sich dann endgültig aus dem Staub ... sie bleibt vor dem Denkmal irgendeiner mythologischen Flora stehen. Wirft einen Blick auf den bunten Stadtplan von Paris.

Polizeiwache, unweit vom Panthéon. Unter der Aufschrift: *Égalité, Fraternité, Liberté* prügelten französische Polizisten in ihren flotten Umhängen einen bärtigen jungen Mann. Die Polizisten arbeiteten präzise wie ein Automat, man sah es ihnen an, daß es keine Amateure waren. Der junge Mann, dessen Haar und Bart wie eine Fahne im Wind flatterten, bekam zum Abschied noch einen gewaltigen Arschtritt. Alles das spielte sich unter der besagten schönen Aufschrift und der Trikolore ab. »Na also«, dachte ich, »französische Küche, französischer Geschmack, französischer Esprit, französische Liebe, französische Polizei und französisches Fressepolieren. Alles auf seine Weise vollkommen.«

B

Paris. Fünf Jahre zuvor. Frühjahr 1957. Ich saß auf der Stufe einer Treppe und sah den Soldaten in weißen Strümpfen, roten Pantalons und schwarzen Hüten zu, die sich auf dem gegenüberliegenden Seine-Ufer aufgestellt hatten. Silberlokken wallten glänzend auf ihre männlichen Schultern herab. Perücken. Der Frühlingsabend war kühl. Ich spürte die Steine unter mir auf empfindliche Weise. Doch die Kunst, die Höflichkeit und die Gastfreundschaft der französischen Gastgeber verwandelten diesen Abend in ein zauberhaftes Märchen für die Königin. Mond und Sterne erblaßten wirklich, als alle Neonlichter und Scheinwerfer erstrahlten. Plötzlich sah ich die Königin, den Prinzgemahl und den Präsidenten der Republik. Sie fuhren an Bord eines Schiffes vorbei, glitten auf einem verwunschenen Schwan über die schwarze Seine. Die weiße Königin mit der Krone auf dem Kopf. Die erste Königin meines Lebens! Ihr Mann, dunkelblau und golden, in der Uniform eines Admirals. Die Königin erhob ihre Hand – leicht wie eine Schneefeder. Die Franzosen stießen Rufe aus und applaudierten. Man zeigte lebende Bilder. Die Soldaten in Perücken und die einfachen Polizisten in Umhängen. Im Hintergrund. Die Soldaten trugen historische Kostüme zu Ehren der Königin. Auch die Polizisten waren verkleidet. Das Licht vom Eiffelturm umfing die Stadt. Die Dächer, die Bäume, die Paläste. Das Wasser. Die Perücken der Polizisten und Soldaten. Das strahlende Schiff glitt jetzt wie eine Zauberflasche mit dem Königlichen Paar und dem Präsidenten in der Mitte dahin. Das Volk ließ sie hoch leben. Die Königin in der Flasche hob ihren Arm, hob die Hand in dem schneeweißen Handschuh. Sie grüßte die Menge, auf ihrem jungen schönen Haupt glänzte die Krone auf und erlosch.

C

Paris. Mai 1968. Aufschriften an den Häuserwänden und Mauern, an den Frontseiten der Regierungsgebäude, Universitäten, Schulen. Hunderte von Aufschriften auf dem »Odéon«. Darüber schwarze und rote Fahnen. Nanterre. Sorbonne: »Charlot! Nous ne sommes plus des veaux. Nous ne sommes plus dévots devant mon général.«

»Un homme n'est pas stupide ou intelligent, il est libre ou il n'est pas.
Je suis venu. J'ai vu. J'ai cru.
Un flic dort en chacun de nous, il faut le tuer.
Cours, camarade, le vieux monde est derrière toi.
Plus je fais l'amour, plus j'ai envie de faire la révolution, plus je fais la révolution, plus j'ai envie de faire l'amour.«

Ich bin in Paris. Ich lese die Aufschriften. Ich gehe am »Odéon« vorbei. Hier habe ich gestern Gedichte vorgelesen. Man konnte die Salven hören. Noch wird nicht scharf geschossen. Es sind Geschosse mit Tränengas, Granaten, Sirenengeheul, Brände. Das Brüllen der Menge. Brennende Autos. Wir lasen am Abend Gedichte. Ein hübsches Mädchen reicht mir einen Zettel. Generalstreik. Ich wate durch die Hügel, über die Straßenmüllhaufen. Die Abfälle faulen. Die Barrikaden wachsen. Die Karikaturen des Generals. Der Hotelbesitzer sagt mir: »Paris bricht zusammen, und dieser alte Idiot fährt nach Rumänien.« Revolution. Revolution. Am folgenden Tag lesen wir wieder Gedichte im »Odéon«. Jemand hat ein großes weißes Blatt mit grüner Schrift vor uns ausgebreitet:

gardez la voix forte –
s'il vous plaît

Pierre Emmanuel. Beherrscht, mit dem Gesicht eines Bergbauern. Lächelnd. Durch die Mauern dringen Schreie, man hört Explosionen, das Grölen der Alarmsirenen. Poesie? Ich gehe durch eine ätzende gelbe Gaswolke. Meine Augen tränen. Barrikaden. Brände. Am nächsten Tag haben die revolutionären Komitees das »Odéon« besetzt. Ich gehe an der Mauer entlang, lese die Aufschriften an der Wand. Mit rotem Lippenstift, Teer, Bleistift. Gedichte? Dramen? Literatur? Ich schreibe eine Aufschrift ab. Um sie zu behalten.

L'art c'est de la merde

D

Das Schreiben ist eine große Beruhigung, daher schreibt man nicht »lebend«. Das Schreiben ist Ausblendung. Auskühlung. Das ist eine alte und triviale Weisheit. Daher ist der Beruf des Schriftstellers in unserer Zeit unmöglich. Leute wie Bekkett kämpfen verzweifelt um Ruhe, lösen sich, verbergen sich, flüchten. Aber auch Beckett haben sie erwischt. Der alte Sartre hat noch rechtzeitig begriffen (nachdem er hunderttausend Seiten vollgeschrieben hat), daß das alles unmöglich geworden ist, er hat das Schreiben an den Nagel gehängt, hat eine Handvoll Flugblätter gepackt und ist mit den Jungs auf die Straße gegangen. Aber angeblich haben sie sogar ihn eingelocht. Sartre hat nie meine Sympathie erweckt, trotz aller Hochachtung für seine Intelligenz, aber jetzt hat er sie. Ein herrliches – *Endspiel!*

Ich lese Paustovskijs Buch »Romantiker«. Ein guter Autor. Ein anständiger Autor. Ein echter Schriftsteller. Er sagt: »Und ich weiß nur eins, daß ich schreiben will.« Ja. Und ich weiß, während ich schreibe, nur eins: daß ich nicht schreiben will. Und ich bin nicht der einzige. Daher die Auflösungserscheinungen, die Groteske, das Absurde, die Reportage... Uns trennt ein halbes Jahrhundert. Uns trennt alles. Paustovskij und mich. Irgendjemand versucht immer noch Bäume und Regen zu beschreiben. Ein Schriftsteller hat heutzutage keine Zeit mehr zum Romaneschreiben, ein Künstler nicht mehr zum Malen, ein Schauspieler nicht mehr zum Theaterspielen, ein Zuschauer nicht zum Zuschauen... Trauungen und Begräbnisse sind schneller geworden. Man ißt schneller und liebt schneller. Es gibt immer mehr Lehrbücher für die Liebe, aber die Liebe wird immer schneller und unachtsamer. Es gibt kaum mehr Zeit zum Sterben, es gibt auch keine Zeit mehr zum Leben. Einige spielen Angler, Jäger, Liebhaber, Globetrotter. Hunderttausende Menschen beten, die Italiener mögen ein Tor schießen. Sie beten zu Gott, denn sie sind gläubig. Und genausoviele Gläubige beten zu Gott, die Italiener mögen ein Tor in den Kasten bekommen. Die Glocken läuten. Eine Million Menschen begrüßt die Sieger. Im Gedränge werden hundert Fans zu Tode getrampelt. Der liebe Gott hat den Italienern ein Tor geschossen.

P.S. Jean-Paul Sartre war der Abgott der Intellektuellen, Literaten und Snobs, solange er nur Philosoph, Dramatiker, Kritiker und Theoretiker war. Seit er zum praktischen Handeln übergegangen ist, wird er von fast allen verdammt (einschließlich unserer polnischen Adoranten). Indes ist Jean-Paul Sartre – meiner Meinung nach – in die interessanteste und glaubwürdigste Phase seines Lebens getreten. Er fürchtet weder »Lächerlichkeit« noch »Naivität«.

Das große Fressen

Tief beschämt saß ich im schummrigen Saal eines Wiener Kinos und konsumierte, verdaute und gab DAS GROSSE FRESSEN – »La grande bouffe« – wieder von mir. Der Autor des Films, Marco Ferreri, wurde 1928 in Mailand geboren. Er hat ein (abgebrochenes) Veterinärstudium hinter sich, eine »Vertretung« für Schnaps, in den vierziger Jahren ging er ans Produzieren von Werbefilmen. 1951 gab er zusammen mit Riccardo Ghione »Documento Mensile« heraus, eine Art Filmzeitung. An den ersten Ausgaben arbeitete er mit Vittorio de Sica, Federico Fellini, Cesare Zavattini und Luciano Emmer zusammen. Dies über den Beginn der Karriere des Regisseurs. Doch zurück zum Film »Das große Fressen«, der 1973 gedreht wurde. In den Hauptrollen spielen Marcello Mastroianni, Michel Piccoli, Ugo Tognazzi, Philippe Noiret, Andrea Ferreel. Worüber ist dieser Film? Es ist ein Film übers große Fressen, übers Kotzen, Rülpsen, Furzen, über Nutten,

Kopulieren und wiederum Fressen, über Musik und Blähungen, Autos und Sichtotfressen... Die Dialoge drehen sich ums Essen, Koitieren und sind im Gegensatz zu den monströsen, genialen, barocken Bildern... banal und allgemeinverständlich... einer der Helden sagt zwischen Essen und Ausscheiden: »Nur das Essen zählt, alles andere sind Nebensächlichkeiten... Du mußt essen, mein Kind, essen, essen, immer fest durchessen, greif nur zu, du Dreckstück, du mußt essen, essen, essen...« Eine der geladenen Nutten sagt: »Ihr werdet verrecken an diesem Fressen.« Ugo überredet seinen Freund Michel, der unter Blähungen leidet, er solle Kartoffelpuree essen: »Noch einen Löffel, mein Kleiner, du mußt essen, Michelchen, du mußt essen... wenn du nicht essen wirst, wirst du nicht... sterben können...«

Der Film stammt zweifellos von einem Meisterregisseur. Aber die Gesellschaft, die solche Kunstwerke erzeugt, ist krank, und der einzige Trost besteht darin, daß ihre Künstler es wissen (und das Publikum sich entweder entrüstet oder »über sich selber lacht«). Wir in Polen sind noch nicht so übersättigt wie die anderen, aber auch bei uns erkranken immer mehr Menschen an Fettsucht, auch bei uns nimmt die Freßsucht zu! Dieser Film, eine bitterböse Satire auf »bestimmte Kreise« in Westeuropa, sollte auch bei uns gezeigt werden. Es geht darum, sich möglichst früh zu vergegenwärtigen, daß man mit den »hochentwickelten« Ländern nicht in jeder Beziehung »wetteifern« sollte. Die Ungeheuer des Films sterben nicht wegen der Explosion der Wasserstoffbombe... sondern als »das Klosett explodiert«. Einer der »Helden« sagt salbungsvoll: »Der Geruch von Scheiße wird uns nicht mehr verlassen.«

Ich saß in der Zuschauermenge, einer aus der »Menschengemeinde«, ein durchschnittlicher »Brotesser«, und wiederholte in Gedanken ein Gedicht, das ich vor fünfzehn Jahren geschrieben hatte:

Strafe

Schon heut
in diesem augenblick
ist ein leben ohne glauben ein verhängnis
die gegenstände werden zu göttern
der körper wird zum gott

es ist ein rücksichtsloser und blinder gott
der seinen bekenner verschluckt verdaut
und ausscheidet...

Behandlungen

unsere körper
sind praktisch veranlagte wesen
ausgestattet mit unsterblichen seelen
aber wenns sein muß
leben sie lange und glücklich
ohne seele

iß
iß obst
iß quark

der körper geht zu behandlungen
der körper handelt sich
körperliches wohlbefinden ein
erreg dich nicht
geh viel spazieren
trimm dich
atme tief durch

unter der erde gibt es
kein tiefes durchatmen

die körper der eltern sagen
den körpern der kinder
iß
damit du groß
stark hübsch feist
wirst

die gute fee auf dem kleinen schirm
sagt süß lächelnd
und jetzt wünsche ich ihnen
eine gute nacht
auch euch liebe kinder
gute nacht
gute nacht
guts nächtle
das leben ist ewig

das programm währt ewig

unser ehrgeiz ist es
lächelnd in die unterwelt zu gehen
wie mit einem ei
im rüssel

Wie man heut fällt

Kleiner Traktat über die vertikalen
und horizontalen Elemente
im Leben der Zeitgenossen

Früher
vor langer langer zeit
gab es soliden grund und boden
man konnte sich zugrunde richten
konnte am boden zerstört sein

der mensch der sich
zugrunde richtete
mithilfe seines leichtsinns
oder mithilfe seiner nächsten
wurde mit entsetzen
haß
freude betrachtet
gelegentlich
erhob er sich wieder
befleckt besudelt
vom boden

Das war solider grund und boden
man könnte ihn
den bürgerlichen grund und boden nennen

es gab einen
für die damen
und einen
für die herren
damals gabs beispielsweise
gefallene kompromittierte

frauen
und es gab bankrotteure
eine heut kaum mehr bekannte
gattung
für jeden gab es einen extra grund und boden
für den politiker
den priester den kaufmann den offizier
den kassierer den gelehrten

zuweilen gab es auch doppelten boden
heutzutage gibts nur noch
die verschwommene erinnerung
aber keinen abgrund
und keiner kann sich mehr zugrunderichten
oder in den bodenlosen abgrund stürzen

der boden an den sich
unsere eltern erinnern
war was dauerhaftes
am boden zerstört
war man immerhin wer
ein bestimmter
verlorener
gescheiterter mensch
man konnte gar nicht
tiefer sinken
konnte sich sogar
vom boden erheben
vom grund aus konnte man
die hände ausstrecken »aus der tiefe« rufen
heutzutage sind diese gesten
fast bedeutungslos
in der modernen welt
wurde grund und boden
abgeschafft

ständiges fallen
begünstigt keine malerischen
haltungen unerschütterliche
positionen

La Chute Der Fall
ist nur noch in der Literatur
möglich
im wunschtraum im fieber
erinnert ihr euch an diese erzählung

vom ordentlichen menschen

der nicht sprang um zu retten
vom menschen der der »wollust frönte«
der log der geohrfeigt wurde
für dieses bekenntnis
der große tote vielleicht der letzte
zeitgenössische französische moralist
der 1957
den preis erhielt

wie harmlos waren die fälle

erinnert ihr euch
der bekenntnisse
des bischofs von Hippo Regius
aus grauer vorzeit

Da stand in nächster Nähe unseres Weinbergs ein Birnbaum, reich mit Früchten behangen, die jedoch weder durch ihr Aussehen noch durch ihren Wohlgeschmack zum Genuß einluden. Wir bösen Buben machten uns nun in später Nacht – so lange hatten wir aus übler Gewohnheit unser Spiel auf den freien Plätzen fortgesetzt – daran, den Baum zu leeren und das Diebesgut fortzuschaffen; es war eine Unmenge von Birnen, die wir da schleppen mußten, doch nicht etwa, um unseren Hunger zu stillen, sondern um sie den Schweinen vorzuwerfen. Und wenn wir schon davon aßen, dann nur, weil es uns Spaß machte, Unerlaubtes zu tun. Schau, das war mein Herz, mein Gott, das war es, und Du hattest Mitleid mit ihm in seiner tiefen Verworfenheit...

»tiefe verworfenheit«

sünder und büßer
heilige märtyrer der literatur
meine lämmchen
ihr seid wie kinder an der stillenden brust
denen das himmelreich gehört
(wie schade daß es nicht existiert)

»Glauben Sie an Gott?« warf ihm Stavrogin plötzlich die Frage hin.
»Ja, ich glaube.«
»Es steht doch geschrieben, wenn du glaubst und dem Berge befiehlst, und so weiter... Aber ich bin doch begierig zu erfahren: könnten Sie den Berg versetzen, Vater?«

solche fragen stellte »das ungeheuer« stavrogin
und erinnert ihr euch an seinen traum
an das bild von Claude Lorrain
in der Dresdener Galerie
»hier wohnten schöne menschen«
Camus
La Chute Der Fall

Ach, mein Lieber, für einen menschen, der allein ist, ohne Gott und ohne Herrn, ist die Last der Tage fürchterlich.

dieser kämpfte mit dem herzen eines kindes
stellte sich vor
die konzentrischen kanäle amsterdams
wären höllenkreise
der bürgerlichen hölle
versteht sich
»wir befinden uns hier im letzten kreis«
sagte der letzte moralist
der französischen literatur
einem zufälligen gefährten
in der kneipe
er trug aus der kindheit
den glauben an grund und boden davon
er mußte einen tiefen glauben an die menschen besitzen
mußte Dostoevskij innig lieben
er mußte daran zugrundegehen
daß es keine hölle keinen himmel
kein lamm
keine lüge gibt
er glaubte den abgrund entdeckt zu haben
in den man nicht tiefer
sinken konnte

Indes
gab es keinen abgrund mehr
unwillkürlich verstand das
ein gewisses fräulein aus Paris
das einen aufsatz schrieb
über das miteinanderinsbettgehen guten tag traurigkeit
über den tod guten tag traurigkeit
und die dankbaren leser
zu beiden seiten
des früher einmal so genannten
eisernen vorhangs
kauften ihre

gegen gold aufgewogene
.....
das fräulein die dame da
das fräulein diese dame da
verstand daß es keinen boden
grund abgrund gibt
keine höllenkreise
und keinen fall
alles spielt sich
in der vertrauten
eng begrenzten gegend
zwischen
regio genus anterio
regio pubice
und regio oralis ab

das was einst
der vorhof der hölle war
wurde von der modeliteratin
in vestibulum
vaginae verwandelt

Fragt mal eure eltern
vielleicht erinnern sie sich noch
wie der frühere reale
grund und boden aussah
der abgrund des lasters
der abgrund des elends
der abgrund des lebens

»Dolce vita«

hat Christine Keller
auf dem abgrund gelebt
der rapport von Lord Denning

kommt zu entgegengesetzten
schlüssen
mons pubis
von diesem gipfel
erstrecken sich weitläufige
wachsende
horizonte

wo sind die gipfel
wo sind abgründe
wo ist grund und boden

zuweilen habe ich den eindruck
grund und boden der zeitgenossen
liegt flach unter der oberfläche
des lebens
aber es wird eine weitere täuschung sein
vielleicht besteht in »unseren zeiten«
das bedürfnis der neuerrichtung
der anpassung
an unsere neuen bedürfnisse
eines bodens

Mondo Cane
weshalb hat dieser film einen
so großen wachsenden
eindruck auf mich gemacht
Mondo Cane ein faustschlag ins gesicht
Mondo Cane ein film ohne stars
Mondo Cane
da wird gegessen getanzt menschen töten
tiere »machen liebe« tanzen beten verrecken
bunte reportage
über agonie
die agonie alter menschen

die chinesische küche
die agonie eines hais
über zutaten
über das abschlachten alter
autos ich erinnere mich: das zermalmen der formen
zerquetschen des metalls
kreischen und knirschen
vernichten der karosserie
die metallenen eingeweide des wagens
autofriedhöfe
eine weitere malweise
von bildern im takt himmlischer musik
in Paris körperabdrücke auf weißer leinwand
schweißtuch der heiligen Veronika
antlitz der kunst
münder der millionäre münder ihrer frauen
geröstete ameisen larven insekten
schwarze häufchen auf silberschüsseln
lippen der essenden
rote lippen in Mondo Cane
leuchtende rote große lippen
die sich in Mondo Cane bewegen

Danach leitete man
die diskussion über kapitel III
des Schemas über Kirche Gottesvolk
und Laienamt ein

kardinal Ruffini
sagte
der begriff des gottesvolkes
sei sehr verschwommen
weil das III. kapitel
keine ausreichende mehrheit erhielt
wurde es an die liturgiekommission
zur umarbeitung weitergeleitet

Da stand in nächster Nähe unseres Weinberges ein Birnbaum, reich mit Früchten behangen, die jedoch weder durch ihr Aussehen noch durch ihren Wohlgeschmack ... bekannte Augustinus

fiel euch nicht auf
das innere moderner gotteshäuser
wirkt wie der wartesaal
eines bahnhofs oder
flughafens

Fallend können
wir keine gestalt annehmen
keine hieratische haltung
die insignien der macht fallen
aus der hand

fallend bestellen wir unsere gärten
fallend erziehen wir kinder
fallend lesen wir klassiker
fallend streichen wir adjektive

das wort fallen ist nicht
das richtige wort
es erklärt nicht diese bewegung
von körper und seele
in der der
zeitgenössische mensch
vergeht

rebellierende menschen
fallende engel
fallen kopfüber
hinab
der zeitgenössische mensch

fällt in alle richtungen
gleichzeitig
hinab hinauf seitwärts
in der form der windrose

früher fiel
und erhob man sich
vertikal
heutzutage
fällt man
horizontal

Kann nichts werden

Morgens aufstehen
schlafengehen
in der speisekarte wählen
handschuh anprobieren
sich küssen
kindergebären
spazierengehen
kartenspielen
plattenspielen
wodka trinken
bohnenkaffee trinken
sich einreiben
sich bürsten
sich massieren
sich schmücken
wattepolster in den schultern tragen
ringe tragen
schnurrbärte tragen

in den spiegel schauen
zwinkern
gute miene zum bösen spiel machen
karriere machen
dies oder das machen

Das ist sterben

sich umgucken
nach frauenhintern
klatschen und schmatzen
witzeerzählen
ort wechseln
leber augen
zähne haar
alle organe kurieren
hunde streicheln
fan sein
feuerwerkskörper bewundern
gähnen
ständig reden
schnellreden
etwas vormachen
tageszeitungen lesen
bilder ansehen
ein nußbaumschlafzimmer kaufen
uhren tragen
kleinen schnurrbart tragen
hut tragen
sich aufblähen und ducken
hereingehen
herausgehen
ausfüllen
lügen

Das ist sterben

elefanten besichtigen
affen besichtigen
sich erinnern
träume erzählen
trompete spielen
augen schließen
stirn runzeln
knie zeigen
augenbrauen malen
blumen kaufen
das alles
und hundert andere tätigkeiten
und hunderttausend andere tätigkeiten

Das alles ist ein wirken
aus dem nichts werden kann

Nichts, oder alles

Unser zeitgenössisches Nichts ist ein anderes Nichts als das Nichts der Vergangenheit. Die Struktur unseres Nichts ist das Gegenteil des Nichtseins. Unser Nichts existiert und ist eroberungssüchtig. Unser Nichts steht nicht im Gegensatz zur realen Welt, zur »Wirklichkeit«. Es *ist* die Wirklichkeit. So verhält es sich mit unserem Nichts. Mit dem Nichts des Menschen der zweiten Hälfte des 20. Jahrhunderts. Dieses Nichts ist konstruktiv, dieses Nichts ist affirmativ. Es ist dynamisch und leistungsstark. Es steht dem Nihilismus völlig fremd gegenüber, indem es sich dem »Nichtsein« vehement widersetzt.

Versunken in die Betrachtung des Schädels des königlichen Narren, hatte sich der junge Mann in das vom Nichtsein erfüllte Nichts verguckt. *Vanitas vanitatum*... Und wenn Julian Przyboś meinen »Nihilismus«, »Desperatismus«, mein »kokettes Lamento« und »Erpressen mit dem Tode« bekämpft, so meint er selbstverständlich jenes Nichts in der Verkleidung des Todes, den Sensenmann. Es sind allesamt Verdammungsurteile, die im Namen des altmodischen und lähmenden Optimismus gefällt werden. Mein Nichts hat jedoch nichts mit der »Acedia« eines Mönches zu tun, es hat nicht die Form eines Totenkopfes. Es hat die Form einer Metropole, die Form der zeitgenössischen Zivilisation. Mein Nichts steht nicht am offenen Grab und rauft sich nicht die Haare, es reißt gemeinsam mit mir die Kalenderblätter ab. Es ist das Leben selbst. Es interessiert sich für die Situation in Nigeria, wo wöchentlich dreitausend unschuldige Geschöpfe verhungern. Es liest Zeitungen, hört Radio und sieht fern... Mein Nichts kämpft gegen Pessimismus und Optimismus als getrennte Phänomene. Optimismus und Pessimismus verbinden sich in ihm zu einer Einheit.

Verdaut

Ich werde gefragt: warst du in Amerika? Bin ich in Amerika gewesen? Zuerst war ich im Flugzeug »Sienkiewicz« der polnischen Luftfahrtgesellschaft, ich erinnere mich an das Porträt des Autors und an die Aufschriften ringsherum: *Quo vadis, Die Kreuzritter, Trilogie, In Wüste und Urwald*... Ich mußte selbstverständlich sofort an die fehlenden Titel denken, *Ohne Dogma, Familie Polaniecki*... Sollten die Titel dieser beiden Romane weniger geeignet sein, um das Bildnis des Autors im Flugzeug zu schmücken? Ich saß neben einem jungen Mädchen mit »mittlerer« Reife, das aus Rzeszów stammte. Auf der anderen Seite saß eine Frau vom Dorf, die lebhaft und eloquent erzählte. Vor mir saß ein junger feister Bursche in einem karierten Sakko mit imposanten »Koteletten« … wir betrachten gemeinsam die Wolken unter uns sowie irgendwelche Wälder und Seen … er war Schlosser von Beruf, reiste auf Einladung seines Cousins nach Amerika, das Ticket hatte er allerdings aus eigener Tasche bezahlt … dann war da noch eine ältere Dame mit einem merkwürdigen Hut, die zum dritten Mal nach Amerika flog … sie lachte viel, aß mit großem Appetit. Ja genau, was gab's zu essen? Huhn? Oder Rindfleisch mit Klößen oder Reis. Und Schinkenaufschnitt, Tortenteilchen, Äpfel, Schokolade. Das Mütterchen vom Dorf erzählte, man habe ihr von der Reise abgeraten, doch ihre Schwester sei achtzig, man wisse also nicht, ob man sich nicht vielleicht zum allerletzten Mal sehe … sie selber sei bereits 75 … habe den Alten allein gelassen, soll er sich um die Kuh kümmern … hätt sie vielleicht besser verkaufen sollen? Wie werden Sie sich zurechtfinden in Amerika? Werden Sie von jemandem abgeholt? Ja, natürlich … Da wartet schon ein Vertreter auf dem Flugplatz, und von New York, da fahr ich halt gleich weiter nach Buffalo, der wird mich schon ins richtige Flugzeug setzen … Die anderen Passagiere? Ich erinnere mich nicht … jedenfalls war es eine bunt zusammengewürfelte Gesellschaft, wie man ihr im Bus auf der Strecke Rzeszów–Kraków oder Skierniewice–Radom begegnet … Das Flugzeug war bereits gestartet. Die Bäuerin erzählte von ihren Krankheiten. Das Mädchen war verschwiegen, plötzlich sagte es, es habe einen Verlobten zurückgelassen und fürchte nun, er könnte bis zu seiner Rückkehr eine andere Freundin gefunden haben … Ich blätterte die Zeitungen durch … Das Flugzeug landete in Irland. 40 Minuten Zwischenaufenthalt. Grünes nasses Irland. Auf dem Flughafen Stände mit verschiedenen Waren, eine Menge Pullover, Schals, Mützen, Jacken, Pfeifen usw. Ich probierte vier karierte Mützen an, Radfahrermützen und eine Skimütze. Ich kaufte mir eine Ansichtskarte mit einem Esel und eine zweite mit einem Schloß. Ich schickte eine nach Hause und die zweite nach Warschau. Dann flogen wir weiter. Uhrenverstellen. Ausfüllen der Kontrollzettel für Amerika. Ein weiterer Imbiß. Um 15 Uhr amerikanischer Zeit Landung. Warten aufs Gepäck. Der Zollbeamte fragt etwas. Ich antworte. Ich gehe hinaus. Vor dem »Zoll« erwarten mich zwei bekannte Gesichter und ein unbekanntes Gesicht. Die Frau, die ich noch nicht kannte, war kleinwüchsig, bräunlich, korpulent, im mittleren Alter. Bei ihr sollte ich zwei Wochen wohnen. Ich hatte geglaubt, »die Amerikanerinnen« seien hellblond langbeinig groß schön schlank und jung... Ich weiß nicht, wie ich darauf gekommen war, daß alle identisch aussehen müßten. Die Illustrierten und Filme mußten schuld daran sein. Etwas in mir knirschte ... ausgerechnet ich mußte auf eine kleine, dunkelhaarige und ältere stoßen ... ich begrüßte sie ... sie sprach deutsch, serbisch und ein bißchen polnisch. Wir stiegen in einen Wagen. Ich habe keine Ahnung von Automarken, mir ist es wurscht, womit ich fahre, Hauptsache, es geht weiter. Ich spürte weiterhin ein leichtes Ziehen in mir, weil sie schwarz und klein war... es stellte sich heraus, daß sie einen achtzehnjährigen Sohn hatte. Sie war höflich, besorgt, eine gute Gastgeberin... Vielleicht war es auch besser, daß sie nicht eine von der Titelseite war, sondern aus dem »Leben« stammte: na, die Männer träumen halt so gern. Wir verlassen das Flugplatzgelände. Sie machen mich auf New York aufmerksam, ich soll sie ja nicht übersehen, die Wolkenkratzer von Manhattan. Ich habe sie nicht übersehen. Dunkle und helle Schattenrisse inmitten von Rauchschwaden. Wir fuhren »hintenherum«, nicht durchs Zentrum ... um diese Zeit beginnt die »Stoßzeit«. Wir fuhren an einem Friedhof vorbei, der auf einem Hang gelegen war ... da Wolkenkratzer, hier eine Art Erdenkratzer. Wir unterhielten uns über die Theateraufführung *Die weiße Ehe*. Was ist hier daraus geworden, unter den hiesigen Bedingungen? Was gibt's in Wrocław? Wir fuhren ein gutes Dutzend Kilometer ... schließlich war New York zu Ende ... obwohl ich das nicht genau sagen kann. Was war unterwegs? Andere Wagen überholten uns. Riesige Wagen. In jedem saß nur eine einzige Person ... es gab allerdings auch welche, in denen mehr als nur eine Person saßen ... aber in der Mehrzahl waren es Wagen mit einer einzigen Person ... Riesige Autos, die eine Unmenge Benzin fraßen, die geringe Geschwindigkeiten entwickelten ... mit einem Wort ... unökonomische Autos ... in der Zeit der Energiekrise? Diese Autos besitzen mächtige Motoren, deren Leistung nicht voll ausgenutzt wird ... ich weiß nicht warum ... angeblich aus irgendwelchen Prestige- und psychologischen Gründen. Auf der Autobahn spürte ich nichts von dem Abgasgestank, der über Europa liegt ... Wir fuhren ein paar Dutzend Meilen. Nach zweistündiger Fahrt waren wir in Port Jefferson, wo sich das Slavic. Cult. Center befindet und das Gebäude, in dem das Stück aufgeführt wird. Parterre- und eingeschossige Häuser. Die Stimmung ein wenig wie in einem schlesischen Kurort, große »Supermärkte«, auch ebenerdig, schwacher Verkehr, auf der Straße sieht man weder Kinder noch Hunde ... Wir fahren noch ein paar Kilometer. Das Haus, in dem ich in den nächsten zwei Wochen wohnen soll, liegt in einem Wald, in einer Siedlung mit einem sehr indianisch klingenden Namen. Ich erinnere mich nicht mehr. Wir fahren durch einen parkartigen Wald, eine kleine Asphaltallee entlang ... lauter Häuser, die hinter Sträuchern versteckt liegen (Villen, wie man bei uns zu sagen pflegt), kein Mensch, obwohl alle Häuser bewohnt sind. Aber wir haben schließlich auch Dezember, nicht Mai. Es ist ein warmer, grüner feuchter Dezember. Am 20. Dezember fiel plötzlich Schnee. Am 21. Dezember sollte ich mit dem Wagen nach Washington fahren ... Viel Grün. Fichten ... Tannen ... vielleicht Platanen ... glänzende Magnolienblätter. Im Haus kam ein junger Mann zur Begrüßung heraus. Er war schlank und dunkelhaarig. Trug ein buntes Tuch um den Kopf, erinnerte mich an einen Indianer ... aber es war der Sohn meiner Gastgeberin. Er sagte »dzień dobry« ... wir gingen eine Treppe hinauf in mein kleines Zimmer. Ich erinnere mich nur noch an zwei Fenster, eine Liege, einen kleinen Tisch, einen größeren Tisch... Das Fenster hatte einen Blick ins Grüne. Sie fragen mich, ob ich mir die Vorstellung ansehen werde. Nein, ich möchte nicht hingehen. Ich erkläre, ich sei zu abgespannt ... die Zeitumstellung, das Klima, die lange Reise ... aber es sind natürlich nur Ausreden. Ich bin zwar wirklich über den »großen Teich« geflogen, aber ich bin weniger erschöpft als wenn ich mit dem Eilzug von Wrocław nach Kraków gefahren wäre... nein, ich bin nicht müde, aber ich werde heut nicht ins Theater gehen ... wie üblich siegen Verdruß und Zweifel über meine Neugierde ... ich war mir nie sicher, ob ich auf die Realisierungen meiner Stücke wirklich gespannt war ... abgesehen von dem Gefühl der Beschämung, das sich stets einstellt, wenn man die eigenen Worte hört, die Schauspieler oder andere Personen öffentlich aufsagen ... und außerdem: so mir nichts dir nichts hereinplatzen in die Menge fremder Gesichter ... nur zwei Schauspieler sind Polen: sie spielen das Elternpaar ... alle anderen Schauspieler sind Amerikaner. Wir trinken Tee in der Küche. Ein riesiger, schrankgroßer Kühlschrank. Daneben ein zweiter, kleinerer.

Sie lassen mich jetzt in Ruhe... Jetzt müssen alle ins Theater ... zur Probe ... die Beleuchtung ... die Kostüme ... der Junge zeigt mir, wo der Fernseher steht, welchen Knopf ich drehen muß etc. 20 oder 23 »Kanäle« ... das beste Programm auf dem 9. oder 13. Kanal ... bis bald ... wir sehn uns nach der Vorstellung... Ich bleibe allein... Sie sind weg. Ich setze mich »glücklich« vor den Fernseher. Der dritte, vierte, fünfte, dreizehnte, zwanzigste Kanal. Nach Sekunden drehe ich weiter ... die Bilder jagen einander... Musik Musik Worte Worte. Ich lasse ein Programm kurz drin ... dann erliege ich wieder der äffischen Versuchung und drehe weiter ... ein Karussell von Bild und Ton. Das Bild ist übrigens nicht sonderlich scharf ... verschneit ... na schön ... ich bin das Beispiel eines modernen Menschen. Ich wollte mich nicht »mitten ins Leben« unter lebende Menschen aus Fleisch und Blut begeben ... die mich erwarteten ... dafür fresse ich gierig Schatten, die in der »Zauberkiste« leben... (wenige Tage später zog ich mir eine schmerzhafte Verstauchung zu ... konnte nicht mehr gehen ... und saß daher Tag für Tag mehrere Stunden vor dem Fernseher ... ich kann wirklich von mir behaupten, das Programm des amerikanischen Fernsehens eingehend studiert zu haben) ... ich drehte den Knopf immer weiter, aber ich war nicht dazu imstande, einen ganzen Film anzusehen. Alles verlief sich: die Filme Reklame für Nudeln Hautcremes Nagellack wunderbare Frauen sangen, während sie zum Himmel aufstiegen (es waren die Frauen, die mich in Amerika erwarten sollten) dann Zahlenspiele, Nachrichten aus aller Welt ... ich hatte nicht das Bedürfnis, etwas »bis zu Ende« anzusehen ... nichts endete von Morgen bis Morgen ... alles trat aus sich heraus wieder in sich hinein erneutes Lächeln ... Militär ... Diplomaten ... Shakespeare ... Staubsauger ... und Lächeln ... Lächeln ... wunderbares Lächeln ungewöhnlich weiß künstliche Haie ... ich hatte kein Verlangen danach daß der Polizist den Mörder schnappte der Liebhaber die Geliebte besaß er unterbricht den Kuß und lobte die Eiernudeln die Seife die Zahnpasta... ich begriff plötzlich was die reale Welt auffrißt ... daß nichts mit nichts verbunden ist oder alles mit allem und daß man danach Selbstmord begehen oder sich zu Tode betrinken jemanden ermorden oder ohne Grund zum Märtyrer werden kann; kein Mensch hält dieser Superpille stand die Fernsehen heißt ... ich aß eine Banane sah zum Fenster hinaus warf einen Blick auf die Bücher die Bücherrücken ... machte die Augen zu ... aß eine Mandarine ... was für ein Geschmack? derselbe Geschmack ... hier in Amerika im Dezember 1975 wie in China im Herbst 1958 ... die Beschreibung des Geschmacks ... der isolierte eingeschlossene Schriftsteller erreichte mit dem Korken die Meisterschaft in der Beschreibung eines Tortenteilchens ... na schön ... das ist wahrer Realismus ... was macht man mit einer so ungewöhnlichen Gabe ... ich aß die Mandarine ... sie kamen aus dem Theater zurück. Ich fragte nicht nach der Aufführung, sie fingen von selber damit an. Ich täuschte Interesse für die Aufführung meines Stückes vor. ... immerhin war ich hierher als Stückeschreiber eingeladen worden. Es war viel Publikum erschienen. Und seriöse Kritiker. Alle haben auf mich gewartet ... auf dich ... also auf mich, ich mußte mir das rasch übersetzen. Und ich saß hier. Wie ein Schimpanse. Mich interessiert das nicht mehr. Ich bin wirklich kein Säufer, aber ich muß ein »Gläschen« trinken, um mich dafür zu interessieren, wie »es geklappt« hat. Es hat Probleme gegeben, mit der Beleuchtung den Kostümen der Musik den Schauspielern. Morgen gehe ich selbstverständlich hin sehe mir alles selber an schließlich bin ich hier seid ihr hier. Alle sind müde. Ich bin müde. Die Umstellung ... es ist immerhin sechs Uhr morgens. Ist. Nächster Tag. Ich sitze in dem kleinen Theatercafé. Wir unterhalten uns. Alle unterhalten sich, in einem Café hat man sich zu unterhalten. Wir trinken etwas. Ich trinke Bier. Es war umwerfend. Ich habe es gesehen. Hinter mir ist etwas Umwerfendes zurückgeblieben. War ich drin? Ich weiß nicht. Ich erinnere mich nicht. Es war gewaltig. Ich habe es gesehen. Gleich am nächsten Tag fing ich an meine schwarzhaarige, kleinwüchsige, gastfreundliche ... Amerikanerin zu triezen ... sie soll mir New York zeigen ... ja genau wenn falls ich möchte dringend noch heute vor dem Theater. Und vor allem die Freiheitsstatue... Sie lächelt ... na schön ... wenn's sein muß ... sie ist ein wenig verärgert. Ich hellbegeistert. Wir fahren zu dritt. Der Regisseur mit Bart. Und was noch? Metropolitain ... Guggenheim ... über den Broadway spazieren ... man darf angeblich rein ... in den

Kopf ... man darf da rein ... wir fahren. Aber ich werde nicht schreiben ... ich muß erzählen ... spüre Verdruß ... jetzt ein Friedhof auf der anderen Seite ... und gleich darauf der sagenhafteste Anblick von der Welt ... heut sind die Wolkenkratzer schwarz und grau und blau ... hellblau ... rote Vororte ... alles Oberfläche ... alles spiegelt sich in einem Spiegel ... kein Erstaunen keine Verwunderung ich habe das alles im Kino im Fernsehen auf Postkarten in Büchern gesehen ich sehe nichts es war zu groß also blieb ich draußen sechs Stunden lang in New York auf den Straßen schwarze und farblose vollgestopfte Müllsäcke seit Tagen streiken die Männer von der Müllabfuhr ... na ja das hat man oft genug in der Presse gelesen bankrottes sterbendes New York und so weiter also dieser Müll und im Müll liegt ein Schatz. Unser größtes Problem innerhalb der nächsten Viertelstunde ist »das Parkproblem«. Wir können ja auf dem Broadway aussteigen einen Rundgang machen währenddessen erledigt sie etwas auf der Bank und dann können wir an derselben Stelle wieder einsteigen und zur Freiheitsstatue fahren. Wir steigen aus. Gehen zu Fuß. Ich sehe nur die Erdgeschosse ab und zu recke ich den Kopf und sehe über mir einen Wolkenkratzer aus schwarzem Glas und Metall silber golden weiß und im Erdgeschoß die Schaufenster. Was ich in den Schaufenstern gesehen habe? Ich weiß es nicht mehr ... Es war sehr viel. Was ich mir gekauft habe in Amerika? Nichts. Gar nichts? Nicht mal einen Kugelschreiber. Dabei kaufe ich mir überall Kugelschreiber. Drei Paar Unterhosen und zwei Paar Socken habe ich mir allerdings gekauft. Was hätte ich mir denn kaufen sollen? Eine Mütze vielleicht. Aber ich fuhr in meiner alten Baskenmütze zurück. Na gut. Die Freiheitsstatue. Nein, erst der Rundgang. Ich kaufte zehn Ansichtskarten. Ein riesenhaftes Gesicht, Zigarettenreklame. Der Rauch strömt aus Mund, Augen oder Nase. Ein großes aufgemaltes Gesicht. Und die Theater? Eben hier. Hab ich nicht gesehen. Auch Nachtlokale, Pornoläden ... in einem Fenster

Hunderte und Tausende von Uhren. Die Mode? Auf den Straßen gibt es sie nicht. Die Jugendlichen tragen vorwiegend hellblau und rot. Vielleicht irre ich mich. Das Haar lang oder kurz ebenso die Beine die Nase und unterschiedliche Hautfarben und Farbtöne. Und auf der anderen Straßenseite? Was gibt's da? Die Straße können wir nicht überqueren, also kann ich sie auch nicht sehen. Und dann der riesige kahle Kopf von Yul Brynner. Alles verschleiert gewaltig. Die Farbe des Himmels über mir? Weiß ich nicht. Die Ausstattung meines Zimmers im Hotel »Pickwick«? Was darin stand? Ein Bett. Ein Nachttisch. Stuhl, Tisch, Spiegel. Nein, ich kann mich nicht erinnern, ob ein Bild an der Wand hing. Das Zimmerfenster ging auf die Straße hinaus, aber es war keine verkehrsreiche Straße. Am frühen Morgen sah ich Fußgänger. Frauen führten Hunde an der Leine spazieren, Hunde, die sich hinkauerten und ihre Häufchen aufs Trottoir pflanzten, auf die Fahrbahn ... das war frühmorgens. Ein andermal habe ich zu einer anderen Tageszeit und in einem anderen Stadtviertel einen Lakaien gesehen ... es mußte der »Lakai« eines Potentaten gewesen sein ... dunkelblaue Jacke mit Silberknöpfen, Handschuhe, eine eigenartige Schirmmütze, mit einem Hund an der Leine. Er führte den Hund spazieren, aber man erkannte sofort, daß er im Dienst war und daß der Hund nicht sein Eigentum war. Ich habe mir nicht einmal die Karte dieses Landes angesehen. Ich habe zu Hause nach einer Karte gesucht, aber ich konnte nichts auftreiben außer einem alten kleinen Atlas, der vermutlich noch aus der Grundschule stammte. Immerhin weiß ich mehr über dieses Land als die amerikanischen Dichter über meine Heimat. Wir stiegen nach einer Stunde wieder in den Wagen ein und fuhren in Richtung Freiheitsstatue. Unterwegs war irgendeine »Grünanlage« mit ein paar Bänken und ein paar Bäumen zu sehen. Es gab auch eine alte Festung zu sehen, ein Fort ... unter Denkmalschutz wir lasen die Tafeln mit Namen und Daten aber ich weiß nicht mehr was das für ein Fort war und wozu es gut gewesen sein mochte. Irgendetwas war da passiert vor hundert oder dreihundert Jahren. Die Statue stand dunkel vor dem Hintergrund des Himmels. Ein Schiff oder eine Fähre fuhr alle zwei Stunden oder stündlich vom Kai ab aber wir hatten nicht soviel Zeit. Meine Gastgeberin fragte zuvorkommend lächelnd, leicht amüsiert, ob ich die Freiheitsstatue aus der Nähe besichtigen und warum ich gern an der Brüstung stehen oder in den Kopf der Statue steigen möchte ... aber ich konnte ihr keinen Grund nennen. Ich lächelte nur und sah in das Wasser hinab und dann wieder zum Himmel empor. Zum ausgestreckten Arm ... dieser dunkle Schattenriß bedeutete mir ... ich kann nicht sagen, was er mir bedeutete ... ich weiß, was die Statue mir bed... aber ich kann das nicht ausdrücken. Wir setzten uns auf eine Bank. Wir saßen eine Weile in der Sonne. Auf anderen Bänken saßen andere Leute. Weiße und Schwarze. Ich betrachtete die Statue immer noch aber mir kam nichts in den Sinn. Kein einziger Gedanke. In der untergehenden Sonne sah ich sonderbar verzierte Wolkenkratzer aus früheren Jahrzehnten, vielleicht aus der Zeit der Jahrhundertwende ... auf dem zwanzigsten Stock Elemente von dorischen und jonischen Säulen... »Sezession« unter den Wolken, nachgerade im Himmel. Der Regisseur flog in drei Tagen nach Kanada. Er erzählte mir, welche Theater Bühnen und Stücke er in New York gesehen hatte, auf dem Off Off Brod. und was ich unbedingt sehen müßte, was ich gesehen haben sollte ... ich hörte mit gespielter Aufmerksamkeit zu. Er merkte nicht, daß mich die Experimentierbühnen kalt ließen. Ich hatte gerade vor drei Monaten aufgehört, mich fürs Theater zu interessieren. Ich bin weggegangen. Wohin? Muß ich antworten? Ich bin ganz einfach weggegangen. Einfach so. Ich besuche den Zoo, gehe in den Park spazieren. Dort mag ich am meisten die kleine Tannenallee oder die Kiefernallee. Ich habe gestern aschgraue Eichhörnchen beobachtet. Sie besitzen natürlich ihre spezielle Bezeichnung, aber ich bin kein

Eichhörnchenexperte, kann es also nicht genau sagen ... und kleine Vögel, die keine Spatzen waren, vielleicht waren es Meisen. Der Regisseur zählte ein paar Namen, Titel, Adressen auf ... er sagte mir auch, welche Kritiker ich anrufen sollte, aber ich wußte bereits während ich ihm zuhörte, daß ich keinen anrufen werde weil die Kritiker mich nicht mehr interessieren, diesen aber kannte ich zufällig ... es war ein ausgesprochen gut aussehender ... aber irgendwie schleimiger Mann, vielleicht hatte er Speichelfluß ... ich rief natürlich nicht an ... ich warf einen letzten Blick auf die Statue ... ich habe sie aber glaube ich nicht mehr gesehen es war ein irgendwo künstlicher Abschied was sollte ich mich groß von ihr verabschieden keiner hat mich ihr vorgestellt. Erneutes Parkproblem und wo soll man Essengehen. Schließlich hielten wir an einem Ufer, in der Nähe einer prächtigen Brücke. Hier gibts eine »Pizzeria«, wir gehen hinein. Wir aßen dort mit der Hand von Papiertellern und ich trank einen Saft dazu, in dem das Eis knirschte. Es war ein ungewöhnlich guter Saft, vielleicht schwarzer Traubensaft. Ich wischte die Hände an einer Serviette ab. Ich bat, sie möchten mich über die Brooklyn-Brücke fahren. Unbedingt. Dieses Bedürfnis konnte ich allerdings motivieren. Ich habe einmal vor Jahren ein Poem von Majakovskij gelesen, der auf dieser Brücke gestanden hat oder darüber gegangen war und der sie daraufhin besungen hat (»Die Brooklyn-Brücke, die kann sich sehen lassen« oder etwas in der Art). Später hat ein polnischer Dichter auf dieser Brücke gestanden und hat ebenfalls etwas darüber geschrieben. Also es war eine Art Brückenschmerz ... oder auch Überlegungen wie: vielleicht schreibst du auch mal was über diese Brücke? Aber ich habe nichts darüber geschrieben, denn ich wußte nicht, was ich darüber hätte schreiben sollen. Andere werden es ganz gewiß tun. Jetzt ist es mir doch auch wirklich ganz egal wer über diese Brücke schreibt. Wenn ich manchmal über die Situation in der Poesie gefragt werde sage ich die Situation ist folgende: man soll nicht darauf achten wer welches Gedicht geschrieben hat oder schreiben wird. Wir fuhren auf die Brücke und ich erkundigte mich eifrig, ob es auch die »richtige« Brücke sei. Es stellte sich nämlich heraus, daß es zwei davon gibt. Eine ältere. Im übrigen fuhren wir sogar eigens zurück und die Missis fragte einen Herren, ob es die richtige Brücke sei oder vielleicht die nebenan. Wie schön eingefangen in Stahlnetze und in den Himmel gehängt. Aber wir fuhren über die Brücke daran war nicht mehr zu rütteln! Später erkundigte ich mich noch einmal aber ich bekam ausweichende Antworten ... ein ungutes Gefühl blieb zurück und ich habe auch kein Gedicht darüber geschrieben was für ein Gedicht hätte man auch über die Brücke schreiben sollen besser man dreht einen Film wenn man eine Kamera besitzt und etwas vom Filmen versteht ... immer wenn ich behaupte nicht schreiben zu können werde ich belächelt ... sie denken ich mache Witze ... O nein! ich werde ich denke nicht daran das alles zu rekonstruieren anhand von Führern, Fotos, bunten Postkarten. Ich habe auch noch andere Brücken gesehen, schwarze und herrliche blaue grüne die Kosciuszko-Brücke die Pulaski-Brücke und die prächtigste von allen ich weiß nicht mehr welche aber ist das nicht wirklich völlig bedeutungslos wenn einer nicht mehr weiß wie diese prächtige Brücke heißt. Wer es wissen will wird es schon erfahren. Das Metropolitan Museum habe ich von weitem gesehen, aber ich werde es noch besuchen. Und ich habe es besucht. Ich war sogar vier Mal dort. Aber ich erinnere mich nur an ein einziges kleines Bild. In der Größe eines Schulheftes. Eine Frau, eine möglicherweise junge Frau mit rotem Hut. Tausende von Bildern, die daneben hingen, an die kann ich mich nicht mehr erinnern. Ich habe dort viele Stunden zugebracht. Tausende von Bildern. Alles verwischte sich. Floß ineinander. Ein Tunnel verband das Metropolitan mit dem National in Washington und das National mit dem Museum of Modern Art zu einem einzigen monströsen Museum; die Bilder verschmierte ein monotones Grau nur an wenigen Stellen brach Rot durch die Bilder in meinen Augen sind weggewischt worden. Wer beschreibt heutzutage Bilder? Das Beschreiben eines Bildes ist genauso absurd wie das Nacherzählen eines lyrischen Gedichts. Bitte sehr, sie können mir den Kopf abschlagen, nein, ich habe mich versprochen, selbst wenn Sie mir mit Köpfung drohten, meine Dame, wäre ich außerstande, auch nur ein einziges Bild aus dem Metropolitan zu beschreiben ... ich habe dort zu lange gesessen habe mir die Bilder zu lange angesehen solange bis sie aus meinem Gedächtnis geschwunden sind. Ich war darüber ein wenig beunruhigt und jetzt ist es mir peinlich. Ich saß dort erschöpft und verließ das Museum wütend um am nächsten Tag wieder zu kommen. Ich betete die alten Bilder an unterhielt mich mit ihnen wurde von ihnen heimgesucht war von ihnen besessen. Doch was habe ich gesehen? Tausende Zehntausende moderner lebender Maler köpft mich, ich bringe es nicht zusammen. Aber ich erinnere mich, im Hintergrund stand ein riesiger Weihnachtsbaum vielleicht 20 Meter hoch gewaltig ich weiß nicht ob er aus Kunststoff war oder echt. Es war ein wunderbarer zauberhafter Baum glitzernd glänzend schillerte vor Silber und Gold und dazu kleine Engelchen im üppigen Grün und Lichter und Kugeln. Strahlend in Musik und Licht. Der Baum war von einer Schar Besuchern umzingelt und von der Liebe der Wärter umgeben, die einen beim Eingang und Ausgang informierten und die Aufmerksamkeit der zerstreuten Schönheitsanbeter in Worten höchster Lobpreisung auf den wunderbaren den göttlichen Baum lenkten; wirklich echt amerikanisch. Zauberhafte Musik und Gesang erfüllten den Raum. Die älteren Besucher saßen auf Stühlen und meditierten. Sie öffneten und schlossen die Augen, schienen zu beten. In den Nebenräumen hingen flämische und spanische Gobelins aus dem 16. Jahrhundert, an einer kahlen Wand war ein Kreuz aus dem tiefen Mittelalter gehoben worden mit einem verkrüppelten, von Zeit und Würmern angefressenen Erlöser. Welch weiten Weg mußte das Boot Petri zurücklegen vom Kreuz mit den beiden Schächern bis hin zu den mannigfaltigen Kardinalshüten den Schweizer Garden den Thronen und Banken zum Hl. Geist ... in unserer Zeit haben das der Mensch Johannes XXIII. und sein armer Nachfolger Paul verstanden hin und hergerissen zwischen Heiligkeit Demut und Angst um das Boot Petri ... ein weiter Weg von diesem zauberhaften »Christbaum« im Metropolitan Museum bis zurück zu Krippe und Stall ... der arme verletzte Mensch der am Kreuz hing ... Wir kehrten zum Büfett zurück. Frau Zosia bestellte für mich einen Kaffee und Käsebrötchen ... Kaffee? Es war eine sonderbare Brühe ... ich war hungrig und hatte Appetit auf ein Paar Wienerwürstchen ... mag sein, daß ich auch wirklich ein Würstchen gegessen habe, aber woraus mochte es gemacht sein? Aus Bohnen? Sägemehl? Pappe? Plastik? Ich weiß es nicht, es ist mir bis heute nicht gelungen, diesen Geschmack zu identifizieren. Ich mühe mich ab, ich will mich an die Bilder im Metropolitan erinnern ... aber nichts, gar nichts ... immer wieder nur das Mädchen in dem roten Hut ... ein Bild, das die »Experten« im übrigen stark anzweifeln. Statt mit langbeinigen amerikanischen Mädchen verbrachte ich viele Stunden mit Bildern ... an einem anderen Tag besuchte ich auch das Museum of Modern Art ... da habe ich ein Bild von Francis Bacon gesehen ... ich habe mehrere Bilder von ihm gesehen ... aber an dieses eine kann ich mich genau erinnern, es stellte einen Wanderer dar ... der einen Feldweg bei Sonnenuntergang entlangging ... Bacon hat diesen Wanderer, der van Gogh war, überpinselt ... ein Gelb oder Rot floß über ihn hinweg, die Farben zersetzten ihn, er zerfloß auf der Fläche ... das Ergebnis war ganz einfach ein schlechtes Bild ... Bacon hat ein paar Bilder gemalt, die man als die Bilder eines Genies bezeichnen kann ... er hat auch viele Bilder gemalt und verkauft, die den Bildern eines Nowosielski, Tchórzewski oder Brzozowski nicht das Wasser reichen können ... wenn dieser (gemäß unseren zeitgenössischen Vorstellungen) große Maler Bilder aus seinem eigenen Nervensystem zu machen versucht, so sollte er sich bei diesen Operationen nicht van Goghs bedienen ... weil dieser Bettler und Märtyrer ... sich selber wirklich zu Bildern verarbeitet hat ... also möge doch Bacon ... seinen Lieblingsmaler Velázquez ummodeln ... der besitzt ein Nervensystem und eine Technik, die so geartet sind, daß man sich davon ernähren kann, sie lassen sich zerlegen ... aber »Hände weg« von van Gogh ... der hat auf dem Gebiet der Zersetzung alles geleistet ... also möge doch Bacon gefälligst nicht herumspielen mit dem Ohr von van Gogh! Es gibt zur Genüge alte Fotos, Zeitungen, Ausschnitte ... meine Verärgerung war groß ... zumal ich Bacon für einen der größten zeitgenössischen Maler halte.

Wurzeln

Lichtempfindliche
ästheten
mit einem auge
van Gogh sagend
malen sie sonnen
rütteln am banalen
zweiglein der mandelblüte

ich seh ihn in der nacht

seh ihn
in Borinage
unter der erde
verschlingt
feuer menschen

mit augen
zunge
schlagendem herz

im zugemauerten
stollen ein knäuel

der himmel ist hoch
steigt höher
augenloser maulwurf
van Gogh
berührt das licht

sonnenblumen sehend
denk ich an die wurzeln
die in der erde begraben
zur sonne treiben
ohne das licht
die krone
zu kennen

Als mitten in der nacht
ein fremder mensch
mir guten tag
sagte

ahnte ich ihn

(1959)

Ordnungsdienst

Beschreibung der Dramaturgie

In diesem Stück tritt eine beliebige Anzahl von Personen auf, der Autor ruft sie ins Leben, ist aber weder für ihr Schicksal noch für ihre Handlungen verantwortlich. Die Anwesenheit dieser Personen auf der Bühne ist höchstwahrscheinlich notwendig. Konstant in dieser Vorstellung ist nur der Ordnungsdienst. Der Ordnungsdienst unterscheidet sich von der übrigen Menge lediglich durch Armbinden. Der Ordnungsdienst besitzt – höchstwahrscheinlich – eine Vorstellung vom Ganzen, er kennt die Handlung und die Wege, die zum sogenannten Ende der Vorstellung führen. Der Ordnungsdienst schreitet konsequent im Interesse der normalen Entwicklung des Dramas ein. Der Ordnungsdienst wird vom Autor inspiriert, und teilweise von seinem Alter ego. Wäre nicht der Ordnungsdienst, so könnte sich das Ganze in ein gewöhnliches Durcheinander oder eine Art »Absurdes Theater« verwandeln. Indessen spielt sich dank des Ordnungsdienstes ein Drama ab. Die Zahl der Menschen, die ins Innere des Dramas und unmittelbar an der Handlung teilnehmen wollen, ist (im Prinzip) unbegrenzt. Die Menschen, die ins Innere des Dramas gelangen und aktiv an der Handlung beteiligt sind, werden auf Passierscheine hereingelassen. Sie sind gezwungen, dem Ordnungsdienst ihre Rolle im Drama mitzuteilen, sie müssen ihre Personalien angeben und die Relationen und Beziehungen erklären, die sie mit den Personen verbinden, die bereits auf der Bühne agieren. Erst nach diesen Erklärungen erhalten die Personen, die sich um eine Rolle im Drama bewerben, vom Ordnungsdienst den Passierschein. Ausgegeben werden zweierlei Passierscheine: gelbe, die ausschließlich zu Gesprächen (Monologen, Dialogen usw.) und schwarze, die zur Handlung, zu Aktionen berechtigen; z. B. zum Verbrechen, Verrat, Essen, Foltern, Wein-, Gifttrinken usw. Es gibt auch Personen, die das auf der Bühne herrschende Chaos und die Unachtsamkeit des Ordnungsdienstes ausnutzen. Diese Personen stürzen individuell oder in Gruppen auf die Bühne und geben ihre Äußerungen ohne Erlaubnis von sich, ja nehmen sogar Einfluß auf den Verlauf des Dramas. Die Wärter intervenieren entweder sofort, oder hören diesen Menschen geduldig zu. Oft sind sich die Wärter dessen nicht ganz sicher, ob das gegebene Individuum tatsächlich zur Teilnahme an der Handlung berechtigt ist oder nicht; in diesen Fällen beraten sich die Wärter miteinander und werfen die gegebene Person erst nach der Beratung von der Bühne. Unter den Personen, die an der Handlung teilnehmen, gibt es welche, die nur ein einziges Mal während der ganzen Vorstellung und andere, die in Abständen von fünf Minuten während der ganzen Zeit erscheinen. Der Ordnungsdienst zerstört und unterbricht alle dramatischen Nebenmotive, sobald diese einen bestimmten Stand von Entwicklung und Eigenleben erreicht haben. Der Ordnungsdienst schließt jedoch nicht aus, daß diese Dramen neben dem Hauptdrama zugelassen werden. Diese Dramen können sich außerhalb des Kompetenzbereichs des Ordnungsdienstes abspielen, ebenfalls auf der Bühne. Unter den Auftretenden gibt es Menschen, die eine öffentliche Beichte über ihr gesamtes Leben abzulegen wünschen, und wiederum andere, die etwas erklären möchten sowie andere, die nur emotionalen Kontakt zu Menschen suchen, es gibt solche, die etwas verbergen und solche, die jemanden denunzieren möchten. Es gibt Männer, die auf Rache aus sind. Es gibt Personen, die anfangen, und Personen, die aufhören. Und außerdem gibt es noch viele, viele andere Personen.

Der Regisseur dieser Vorstellung ist vor allem Inspizient. Der Bühnenbildner sollte seine Dekorationen so aufbauen, daß sie die Schauspieler nicht behindern und die Bewegung nicht stocken. Die Schauspieler sollten weder besonders auf sich selber achten, noch auf die anderen, noch darauf, was sie spielen.

Abgerissen

Alle erinnerungen bilder gefühle kenntnisse
begriffe erfahrungen aus denen ich bestanden habe
verbinden sich nicht mehr ergeben kein ganzes
in mir
nur manchmal fließen sie an mich heran ans ufer
meines gedächtnisses berühren die haut
berühren sie leicht mit stumpfgewordenen krallen
Ich werde nicht lügen
ich stelle kein ganzes dar ich wurde zertrümmert und
abgerissen
wer möchte sich beugen wer wird sich dieser fragmente
annehmen
ich selber bin zu sehr beschäftigt
wer mag sich an die form meines inneren erinnern
in diesem durcheinander in dieser fieberhaften bewegung
auf dem gang in dem tausend türen auf und zu gehen
wer rekonstruiert die form die
sich weder in weiße kreide
noch in schwarze kohle eingeprägt hat
ich selber kann plötzlich danach gefragt
mich nicht mehr erinnern

man sagt von mir ich lebe

Geködert

Prosagedicht

Ich habe angebissen. Ich habe volle Bewegungsfreiheit schwimme vor mich hin tauche auf gehe in die Tiefe. Ich habe volle Bewegungsfreiheit. Nur manchmal wenn ich zu zerren beginne spüre ich einen leichten Widerstand. Manchmal spüre ich ein Gerissenwerden. Bilder, Geschmäcke. Ich glaubte zu sehen. Mein Mund blutet.
Ich täuschte mich.
Ich war es der an der Oberfläche war während Er im Dunkel in der Tiefe mitten im Leben saß.
Ich spürte einen Widerstand. Da machte ich einen Riesensprung. Ich flog in der Nacht mitten unter den Sternen über eine Erde voll von menschlicher und tierischer Asche, voll von verwesenden Pflanzen, die die Erde bereicherten, in lebensspendenden Humus verwandelten. Über eine Erde die im blauen Widerschein der faulenden Stämme und Knochen leuchtete. Die Welt, an die ich mich erinnere, war völlig durchsichtig. Unser hölzernes Haus stand in einer Seitenstraße. Die Straße hieß Langestraße und war voll von schwarzem Schlamm. Der Schlamm trocknete nur nach längerer Dürrezeit.
Ich habe volle Bewegungsfreiheit, also schwimme ich ruhig, verfließe zusammen mit der Zeit, ein Sichlosreißen wäre völlig sinnlos. Ein Sichlosreißen wäre nur möglich, wenn man gefangen wäre, aber ich besitze doch volle Bewegungsfreiheit.
Hier habe ich geplanscht. Also das Haus war aus Holz. Es besaß einen Dachboden. Der Boden war aus hellgelbem geplatztem Lehm. Jahrelang verspürte ich keinerlei Widerstand, wahrscheinlich umspielte ich den Köder ohne anzubeißen. Ich weiß nicht wann das geschah. Ich schwamm in einer

durchsichtigen Welt von Haus zu Haus. Dahinter lag der Hof. Auf dem Hof wuchs ein grüner Birnbaum.
Alles hatte deutliche Umrisse.
Ich aß seit vielen Jahren. Selbstverständlich erinnere ich mich nicht mehr an alle Geschmäcke, doch die frühesten Geschmäcke sind der Geschmack des Brotes, das keinen Geschmack besitzt, der Geschmack des Wassers, das keinen Geschmack besitzt, der Milch, der Früchte.
Dann der Geschmack des Fleisches. Geschaffen wurde ich, also nicht gefischt. Aber wann habe ich angebissen? Vielleicht als ich den lieben Gott herunterschluckte? Oder vielleicht als zu meiner Rechten und zu meiner Linken Engel und Teufel sich postierten. Oder seit ich das Gute und das Böse kennenlernte.

Ich floh ins Kino. Bilder, die ich gesehen habe. Alle Bilder. Mondo cane. Alle Filme. Zirkusse. Farben. Tiere. Kornblumen, Kornrade, Butterblumen, Hahnenfuß, rosarote Distelblüten, Gänseblumen, Brennessel, Mohnblumen, Akazien.

Das Kennenlernen des Wassers. Das Wasser, an das ich mich erinnere, umgab mich stets. Es war das Wasser, das nach dem Regen den Rinnstein entlangfloß. Es waren die Regenpfützen, die sich auf den Wegen gebildet hatten. Die Brunnen. Das Wasser in Torfmulden auf Wiesen, dunkel, wie von rötlichem Licht durchschienen, dunkel wie Bohnenkaffee. Es hinterließ auf dem Körper einen braunen Belag und zarte Fasern, Härchen. Das Flußwasser. Das Regenwasser. Der Geschmack des Regenwassers. Die Dächer waren geteert. Die erste Begegnung mit dem Meer. Die Seen. Die Adria. Das Mittelmeer. Selenga. Der gelbe Fluß. Der Bach den ich entlanggehe.

Ich spüre wie die Schnur sich spannt. Jetzt lasse ich locker, ich bin vorsichtig, ich atme noch, bewege mich nicht, stelle mich tot. Ich bleibe ruhig liegen.

Es war ein langer, sehr langer Weg. Ich ging zuerst durch den Hof, neben dem Holzschuppen war die erste Haltestelle. Der Birnbaum wuchs genau in der Mitte. Es war ein sehr großer Birnbaum, der kleine runde Birnen brachte. Blätter. Ich habe nie ein Zerren gespürt. Offensichtlich war der Faden sehr lang und fein, vielleicht gab es gar keinen. Es steht fest, es gab überhaupt keinen Faden. Es mußte eine ziemlich lange Zeit in meinem Leben gegeben haben, in der ich frei spielte. In dieser Welt war alles klar umrissen. Die Bäume und der Regen. Häuser, Tiere und Menschen. Wörter. Und später. Es vergingen dreißig Jahre. Erst war das Zerren fast unmerklich. Das Wasser trübte sich ein wenig. Ich spürte, wie die Sehne sich in eine Stahlschnur verwandelte. Ich schwamm ganz gewiß in eine ganz bestimmte Richtung. In eine Richtung, die präzise bestimmt war und in die man beharrlich, unaufhaltsam und unaufhörlich schwimmt. Jeder Richtungswechsel ist Selbsttäuschung. Natürlich pflegt man von der Natur selbst auf äußerst geschickte Weise getäuscht zu werden. Ich bin nie darauf gekommen, daß man Nacht für Nacht ins Netz geht und an Land gezogen wird. Dann kam ein starkes Zerren. Ich fühlte Kälte sich im Mund ausbreiten und mein Mund schien durchbohrt worden zu sein. Zuerst schwamm ich verwirrt und reglos meinem Schmerz hinterher. Dieser kam mir vor wie eine feste Schnur. Ich schnitt das Wasser wie ein Geschoß. Die Bilder flogen immer rascher an mir vorbei, schließlich verwandelten sie sich in eine rasende Gegenströmung. Doch nach einiger Zeit besann ich mich. Ich versuchte Widerstand zu leisten. Gezerrt warf ich mich nach vorn. Ich folgte erneut meinem nachlassenden und schwindenden Schmerz. Unmerklich versuchte ich die Richtung zu ändern, schwamm schräg um den Weg zu verlängern

machte dann unvermutet kehrt und floh in die entgegengesetzte Richtung. Ich spürte weder Schnur noch Haken in der Zunge. Ich schwamm immer schneller um vom Ort meiner Bestimmung wegzukommen. Ich fühlte mich frei. Mein Körper entspannte sich, ich hörte auf zu denken. Ich kann nicht sagen, wie lange ich ohne Denken gewesen bin. Ich war erneut unbeschwert. Ich schwamm ungehindert. Änderte immer wieder die Richtung. So schien es mir.
Doch später wurden die realen Bilder, deren Teilnehmer oder Zeuge ich war, von Scheinbildern unterwandert. Es waren Bilder, die ich in Wirklichkeit nie gesehen an denen ich nicht teilgenommen hatte, die jedoch durch die Augen in mich gedrungen waren. Ausschließlich durch die Augen. Während jene anderen Bilder durch alle anderen Sinne in mich gedrungen und Bestandteil meiner Seele geworden waren. Die Gegenwart war in Bewegung während die Zukunft unfertig war nur eine vorausgeahnte Richtung. Jetzt schwamm ich erfüllt von Glaube und Hoffnung ja sogar erfüllt von Liebe. Ich schwamm in die Zukunft.
Je länger ich schwamm, desto kürzer wurde der Fluß, ich schwamm, wie sich herausstellte, in die Vergangenheit, also auf den Anfang zu. Folglich war es nur eine Scheinbewegung. Aber wie angenehm rein besänftigend. Die jedoch zum Verschwinden führte... Wurde ich erneut betrogen? Das ist natürlich falsch. Habe ich mich erneut betrogen? Auch diese Frage ist nicht genau. »Erneut.« Im ersten Fall hatte ich mich immerhin nicht selber betrogen, ich war gezwungen worden. Ich hatte mich dem Zwang gebeugt. Und jetzt, jetzt habe ich mir befohlen umzukehren. Die Welt wurde immer deutlicher und reiner. Ich fühlte mich unbeschwert und frei. Ich glaube, fast habe ich angefangen zu spielen. Mit nichts zu spielen. Aber ich schwamm immerhin auf etwas zu, das es gab. Die Schnur wurde immer feiner und lockerer, nichts zog mich zurück, das heißt zu dem, was Zukunft genannt wurde. Immer mehr Zukunft blieb hinter mir. Ich kehrte zur Quelle zurück.

Der Fluß, in dem ich jetzt schwamm, wurde immer reiner und flacher. Wie groß war mein Erstaunen – man muß »gängige« Wendungen gebrauchen, denn diese eignen sich am besten zur Bezeichnung ungewöhnlicher Ereignisse und Dinge... Ich war erstaunt als sich herausstellte, daß ich in einem versiegenden immer spärlicher werdenden Rinnsal auf eine Quelle zu schwimme, die nicht existiert. Wann war sie versiegt? Wie war das geschehen. Plötzlich zeigte es sich – man muß dieses Wort von allen Seiten beleuchten. – Plötzlich zeigte es sich, daß ich die Quelle war. Und neben den Vergißmeinnichtbüscheln lagen ertränkte Welpen und totgestochene Ratten mit kleinen rosaroten Rüsseln. Und weiter hinten der Feldweg und die Kornähren, die silbrigen oder vielleicht auch nur hellgrauen Staub abwarfen und die nur nach sich selbst rochen. Die Vertreibung aus dem Paradies hatte ziemlich früh begonnen.
Und als ich sah, daß ich die Stelle erreicht hatte, an der die Quelle lag der ich entschwommen war und daß es da keine Quelle gab und daß ich selber die einzige Quelle war witterte ich Verrat. Und an eben jenem Ufer von dem aus ich weggeschwommen war stand der wartende Angler der zu mir rüberschaute als ich von ihm wegschwamm. Er ließ immer mehr Schnur ab und ich konnte immer weiter vor mich her schwimmen. Die Schnur auf seiner Rolle nahm immer mehr ab schließlich spannte sie sich und ich fühlte, daß ich gefangen war, daß mich etwas nach vorne zog, aber das war ein irreführendes Gefühl. Der Unterschied bestand darin, daß ich in jene Richtung schwimmen mußte während ich in diese schwimmen konnte oder es mir eigentlich so vorkommen mochte, daß ich in diese Richtung schwimme. Ich konnte mir das selber vormachen. Aber der Rückweg war ein anderer. Ich schwamm als anderer. Deshalb kehrte ich in der Nacht zurück.

Also er stand da. Also er stand da an der Quelle und an der Mündung des Flusses, in dem ich schwimme. Dieses Bild kann man sich so vorstellen, daß er zu beiden Seiten des Ufers steht. Sowohl auf der, von der ich weggeschwommen bin als auf der, die ich schwimmend zu erreichen versuche oder genau genommen erreichen muß. Und noch genauer: zu der hin ich mit gleichbleibender stetiger Kraft gezogen werde. Niemand reißt an der Schnur, ich selber bin es, der sich aufbäumt und dann fühle ich den Schmerz und dann blute ich. Meine Aufgabe besteht darin, ganz ruhig zu schwimmen, denn sowohl das Wassertrüben wie die Versuche, in die Tiefe zu entweichen, verursachen Schmerzen und Erschöpfung, auch das Hüpfen an die Oberfläche und der Aufenthalt im fremden Element der Luft oder eigentlich im Himmel sind Fehltritte. In Gott läßt es sich nicht schwimmen. Das ist eine Lüge aber vielleicht sind die in Gott Schwimmenden glücklich. Obschon das bedeutungslos ist.

Auch ich schwamm eine Zeitlang in Gott. Und davor schwamm Gott in mir denn ich habe ihn mit geschlossenen Augen heruntergeschluckt während ich mich gegen die Brust schlug und sagte: *Herr, ich bin nicht würdig, daß du eingehst unter mein Dach, aber sag nur ein Wort und meine Seele wird gesund.* Damals war ich kein Bewohner von Erde und Leben, ich war der Bewohner eines fremden Elements, eines Gottes, den man sich ausgedacht hatte.
Und als ich sah, daß ich zurückkehrend nur scheinbar zurückkehre, begriff ich, daß ich dorthin schwimmen mußte, wo mich das Nichts gelassen erwartet. Aber ich war nicht beruhigt. Seit ich die Unruhe in meinen Eingeweiden spürte, begann ich mich aufzubäumen. Blut spritzte aus meinem Mund. Zerfetzt und ermattet schwamm ich scheinbar besänftigt. Schließlich begriff ich: der einzige Ort, an dem ich anlegen konnte, ist die Gegenwart. Doch auch darin sah ich einen neuen Betrug, obwohl niemand beabsichtigte mich zu

betrügen. Ich wollte auf eine Weise in der Gegenwart innehalten, daß der zurückgelegte Weg hinter mir und der noch zurückzulegende vor mir wäre. Doch im gleichen Augenblick entschwand meine kleine Insel unter meinen Füßen und eine neue tauchte an ihrer Stelle auf. Also mußte ich in der Bewegung stehenbleiben. Und mir schien, nur ein einziger Mensch auf der Welt sei dazu fähig. Der Dichter. Er war der Mensch (oder ist es oder wird es sein) der fähig ist sich stillzulegen Widerstand zu leisten ja vielleicht fähig jenen Angler zu verschlucken.

Ich sehe zum Fenster hinaus. Die Birke ist schon voller Blätter. Durch das zweite Fenster sehe ich auf ein Amselnest. Die Jungen warten immer noch mit weitaufgesperrtem Schnabel auf ihren Regenwurm. An einem so gewöhnlichen Vormittag. Wenn man an die Reise denkt, die am folgenden Tag beginnt. Wenn es Frühling 1963 ist wenn man einundvierzig Jahre alt geworden ist an einem solchen gewöhnlichen Nachmittag schwimmt man schneller in die Stille. Der Körper ist ruhig. Nur in den Eingeweiden spannt sich diese verschluckte Feder. Ich muß sie 1938 verschluckt haben.

O große Stille des menschlichen Fleisches. Warum werden mit diesem Wort heutzutage negative Vorstellungen verknüpft. Enthält es nicht vielmehr große Stille. Körper. Der erste Kontakt mit dem Körper. Seine Regungen. Kennenlernen des eigenen Körpers.

Frühling das ist Unordnung. Stürme, Wolken, Blumen, Sonne. Alles wächst. Also erinnert man sich an keinen einzigen Frühling. Daran, wie der Frühling ist. Man erinnert sich an keinen einzigen Winter. Man sagt zuweilen, der Winter sei lang oder streng gewesen. Man erinnert sich an keinen einzigen Herbst. Man sagt: ein schöner Herbst. Ein heißer Sommer. Wir liegen im Sand am Meer. Ich berühre den Hand-

rücken mit den Lippen. Ich berühre die Erde. Die Sonne. Wir graben unsere Arme unsere Beine unsere Körper in den warmen Ameisenhaufen den beweglichen Sand ein. Wir liegen nebeneinander. Berühren uns mit den Gesichtern. Fühlen den Salzgeruch der Körper und den feuchten Wassergeruch. Unsere Lippen verbinden sich.
Erblindet liegen wir in der Sonne.

Schließlich kehrte ich nach langer Wanderschaft, die fünfunddreißig Jahre gedauert hatte, in jene Welt zurück. Um mich nicht von der wirklichen Welt zu lösen, die stets meine einzige Nahrung war; ich will ein Ereignis beschreiben, das mich in die Gegend zurückbrachte, die ich vor so langer Zeit verlassen hatte.
Ich entfernte mich dreiunddreißig Jahre lang von dieser Gegend. Ich bin nicht präzise. Indessen kehrte ich binnen einer Minute, vielleicht binnen zweier Minuten zu ihr zurück. Ich stieg auf dem Bahnhof der Stadt aus, in der ich geboren worden war. Der Bahnhof war ein anderer. Ich ließ den Koffer in der Gepäckaufbewahrung. Ich zeigte einem Eisenbahner mit fremdem Gesicht meine Fahrkarte. Ich ging vorbei an Menschen mit fremden Gesichtern, die am Ausgang auf andere Reisenden warteten. Und ging dann hinaus auf die Straße. Gierig beobachtete ich die Gesichter. Sie waren hohl, ohne Innenleben. Fremd. Oder vielleicht nur ausgewechselt. Man hatte neue Gesichter auf die alten aufgesetzt. Dabei war ich hier aufgewachsen zusammen mit Menschen Mauern Bäumen mit Gras und Tieren und kannte alle. Die Umrisse der Stadt hatten sich nicht verändert. Auf den Straßen standen noch dieselben Häuser. An den Häusern konnte man die alten Aufschriften lesen. Und die Schilder. Die Aufschriften schienen durch den Putz durch. Ich ging die Straße entlang auch die Leute gingen. Niemand stand Wache es gab weder Mauern noch Tore. Aber jene Gesichter konnte ich unter den Gesichtern nicht entdecken. Es waren viele Jugendliche. Ich

ging eine Straße entlang doch ich konnte mich nicht an die Form der Bäume erinnern. Ich habe eine Pferdedroschke gesehen. Ich habe sogar drei Droschken gesehen.
Ich ging über mehrere Straßen bis ich in den Park kam. Am Weiher stand von Büschen umgeben dieselbe Figur des hl. Johannes. Doch sein Purpurmantel, sein rosa Gesicht und seine golden glänzende Krone waren von einer Kalkschicht bedeckt. Er hatte kein Gesicht mehr. Ich saß auf einer Bank unter starken Weiden. Hierher pflegte dieser traurige Mann immer zu kommen. Er hatte einen großen Kopf und ein dunkles Gesicht. Es leuchtete wie wenn es mit einer dicken Schicht geschmolzenen Fettes beschmiert gewesen wäre. Sommers und winters pflegte er in seinem weißen angeschmutzten Staubmantel hierher zu kommen. Er schlenderte die Pfade entlang. Er blieb lange vor einem Strauch oder einer Blume stehen. Doch vielleicht stand er nur und betrachtete seine großen gelben Halbschuhe. Diesen Park besuchten wir immer, wenn wir die Schule schwänzten. Die Mädchen trugen schwarze Schulkittel, dicke Strümpfe, hatten ihre Zöpfe auf dem Kopf festgesteckt. Die Jungs verbargen die Schulbücher unter der Jacke. Der Mann ging mit gesenktem Kopf, ohne aufzuschauen. In diesem Park lachten wir bis es dunkel wurde. In den Abendstunden, nach Sonnenuntergang, als das Wasser des Weihers glänzte wie das Weiße unserer Augen. Hier saßen wir auf den Bänken und erahnten mit Händen und Armen die Form unserer Körper. Hier lag Stille zwischen unseren Lippen. Und der Atem berührte die Lippen. Der Mann benutzte die weniger besuchten Wege. Er sprach mit niemandem. Eines Nachmittags. Als der Park fast völlig menschenleer war. Er blieb vor einer Bank stehen, auf der die Mädchen saßen. Vielleicht wollte er sie etwas fragen. Sie sahen den wuchtigen Körper, den der weiße verschmutzte Staubmantel eng umspannte. Sekundenlang blieb er vor ihnen stehen. Blitzschnell schlug er seinen Mantel auf. Er war nackt darunter. Danach zeigte er sich lange nicht mehr im

Park. Auf Seitenwegen verschwand er in der Dämmerung. Schweigend und in Gedanken versunken. Den Kopf gesenkt, die Arme über dem Rücken verschränkt. Man sah ihn noch eine Zeitlang auf den Straßen und in Grünanlagen. Dann verschwand er für immer. Unter den Weiden wanderte der von kleinen Zweigen in Bewegung gesetzte Schatten über das Gras. Ich saß hier auf der Bank. Der Mann in dem angeschmutzten weißen Mantel lieferte der Schule Gesprächsstoff. Es war ein »Sittenstrolch«.
Auf den Champs-Elysées. BB enthüllt sich auf einem Plakat. Die Nacktheit war uns verschlossen. Nackt waren die Tiere, die Pflanzen, Wasser und Himmel. Nur manchmal entblößten sich Körperteile vor unseren Augen. Je älter wir wurden, desto ängstlicher verbargen sich die Körper, obgleich ihre Bedeutung größer, empfindlicher, schmerzhafter wurde. Die Körper trugen Kleider. Die Körper der Mädchen und Frauen. Nur im Frühjahr im Sommer öffnete sich der Vorhang für einen Augenblick. Nur im strömenden Regen flossen die blumengemusterten Kleider von den Schultern, glitten sie von Brüsten und Schenkeln. Die Körper versteckten sich schlossen sich ein.

Lichtgefüllte Straßen. Straßen von Pompeji. Dort gab es Brunnen, Mühlen, Backstuben. Aber ich konnte keinen einzigen Einwohner entdecken. Nach der Besichtigung verläßt man die Stadt wieder und die Wärter schließen die Tore. Im Bad habe ich ein paar Einwohner dieser Stadt gesehen. Doch der Kopf saß nicht da wo er üblicherweise sitzt. Sie lagen gebrannt oder vielmehr gegossen in Formen, die ihre vom Lavafeuer verzehrten Körper zurückgelassen hatten. Im übrigen ist das unwesentlich. Sie lagen seit zweitausend Jahren in diesem Bad. Die Hitze war groß und die Straßen trafen sich im rechten Winkel. Ohne Bäume. Zwischen den Steinen wuchsen nur Gras und Unkraut, an den Mauern einfache Feldblumen. Ich ging diese Straßen entlang. Ich ging in die

Häuser hinein, es war Mittag. Die Stadt entvölkerte sich allmählich. Am Ende einer Straße erschien ein Wärter in blauer Uniform. Er redete mich auf Italienisch an, ich verstand nur, daß er mir etwas zeigen wollte. Aber ich ging achselzuckend weiter. Ich kam nun in einen Tempel. Der Wärter erschien von der anderen Straßenseite und sprach mich abermals an. In drei Sprachen. Ich verstand, er wollte mir das Bordell zeigen und die Zeichnungen an den Wänden dieses Hauses. Er war ein älterer erschöpfter Mann, der sich den Schweiß aus Nacken und Gesicht mit einem Tuch wischte. Liebe. Dort gibt es allerlei Zeichnungen. Auf ihnen sind verschiedene Figuren der Liebe dargestellt. Er sprach viel mit den Händen und sah mich aus seinen traurigen müden Augen an. Die Hitze stieg immer weiter an. Ich ging weiter. Ich sah Aufschriften an den Häuserwänden. Wahlen. Hier fanden Wahlen statt.

An diesem Tag, in dieser Nacht rückte der Krieg näher. Ich war in der großen riesigen Stadt allein. Ich ging in ein kleines Lokal. Da waren junge und nicht mehr junge Leute in rotem Licht bei flotter Musik. Der Krieg rückte von Stunde zu Stunde näher. Und diese Frau berührte mich mit ihrer warmen Hand. Mich, den, der nicht mehr war, rief sie ins Leben zurück. Die Frau in dem grünen Kleid. Bräunlicher Teint. Üppig. Sie setzte sich neben mich und berührte meine Hand mit ihrer warmen Hand. Und erneut erweckte man mich zum Leben. Die Berührung erweckte das Leben in mir. Ich begann zu sehen, zu atmen. Das geschah in einem kleinen billigen Lokal, in einem von Hunderten von Lokalen in diesem nächtlichen Vergnügungsviertel der großen Hafenstadt. Der Krieg rückte immer näher. Der Untergang. Die Schiffe, die unter Befehl standen, fuhren aufeinander zu. Und dann bat mich die Frau, ich sollte ihr einen Schnaps »spendieren«. Sie sagte, sie wolle aufs Glück trinken. Ihr verdankte ich das Leben. Sie wußte es nicht. Leben, das ist diese Winzigkeit an Wärme, die sie mir schenkte, während sie im übrigen nur an sich selber dachte. Ich war hier einer unter vielen. Ich war mehr ein Objekt, ein Ding. Und es war nur das Geld, welches bewirkte, daß man mir zulächelte, daß man mir Leben spendete, das Geld, von dem ich im übrigen nur wenig in meiner Tasche hatte. Die Frau in dem grünen Kleid. Mit dem dunklen Teint. Und eine Blondine mit langen mit sehr langen Beinen. Und eine weitere Frau schlank jung. Und die Garderobenfrau mit versteinertem Gesicht. Und die jungen sehr jungen Leute, die mit roten Köpfen über ihren Bierkrügen saßen. Der Untergang kam näher. Und die maschinelle Musik spielte in dem roten Licht dazu. Auf der Bühne zog sich eine große Blondine aus. Sie war eine Schaufensterpuppe. Kein Mensch. Als sie sich zu mir setzte, konnte ich ihr direkt ins Gesicht sehen. Besonders in die Augen, in denen so wenig Leben war, daß man sie für künstliche Augen halten konnte.

Es war so ein Laden mit maschineller Liebe. Strip-tease à la Paris. Was früher einmal aus Flirt, Anbändeln, Liebe bestand, wurde einer großen Reduktion unterzogen: »Liebe machen«. Der Augenblick, in dem sie sich auszog, war bis auf die Sekunde genau berechnet. Die Musik spielte. Die Jugendlichen trugen alle helle Anzüge und weiße Hemden, deren Stoff ein gespenstisches Licht ausstrahlte, das mit dem Licht des Raumes verschmolz. Der Augenblick der Entblößung, einst gebunden in das Ritual der Liebe, wurde auf wenige Minuten verkürzt. Jede Bewegung war einstudiert und hundert-, tausendfach wiederholt. Die Brüste, der Bauch, die Schenkel erschienen.

Die Entstehung der ganzen Gestalt war von Bewegungen begleitet, die sich an alle richteten. Anonymität. Sie, die einzelne, war für alle da. Weißes Gesicht, in dem Augen und Mund ausgeschnitten waren. »Liebe machen« kann man in der Pause zwischen zwei Auftritten. Die Flasche Sekt obligatorisch. Für alle Tätigkeiten sind 15 bis 20 Minuten vorgesehen. Die jungen Burschen sitzen vor ihren Bierkrügen, rauchen, reiben sich die verschwitzten Hände.

Ich fuhr also mit dem Zug. Ich fuhr von meinem Wohnort in die Stadt P., wo ich in einem Klub eine Lesung hatte und dann kehrte ich wieder aus der Stadt P. an meinen Wohnort zurück. Erst entfernte ich mich von Zuhause jetzt näherte ich mich wieder meinem Zuhause. Ich war mir dessen bewußt, daß es am einfachsten ist innezuhalten indem man das Leben ausblendet.

Übermaß an Leben, Übermaß an Bewegungen sind nur scheinbare Zeichen von Kraft. Hinter alledem verbirgt sich der Tod. Wer zu lebendig ist, erreicht das Ufer sehr rasch, nimmt sich das Leben. Also muß man auf das Leben verzichten, auf zu heftige Bewegungen. Man muß Bewegungslosigkeit vortäuschen. Keinen Lebenswillen zeigen. Dann beginnt die gespannte Schnur sich zu lockern, dann begegnet ihre Kraft nicht unserer Kraft. Unserem Widerstand. Und dann kann es passieren, daß wir nicht mehr gezogen nicht mehr herausgezogen, ans Ufer geworfen werden. Die Schwächsten leben am längsten. Sie bluten am wenigsten. Sie quälen sich nicht so lange. Sie begnügen sich zeit ihres Lebens mit einem schwachen Pulsschlag, mit flachem Atem. Sie leben von Wasser umgeben. Von Wasser umgeben leben sie in der Gebärmutter. Ich habe immer versucht gegen den Strom zu schwimmen. Ich schwamm also im Strom des Lebens aber ich schwamm gegen den Strom. Ich kehrte zurück in die paradiesische Kindheit, vorbei an der bewölkten und zerbrochenen Jugend. Man blutet nachdem man Liebe, Freundschaft und Haß verschluckt hat.

Man stirbt. Man stirbt stets im vertrauten Kreis, man muß ihn überschreiten, zerschlagen und verlassen. Aber nachdem man ihn verlassen hat hört man auf zu existieren. Ich habe so oft versucht, mich loszureißen, aber ich riß mich vom Leben los. Man muß fliehen vor den Bekannten, den bekannten Namen, Gesichtern, Landschaften. Ich bin bis in die Mongolei geflohen. Dabei ist es viel einfacher, nach Hause zu fliehen.

Nachhause muß man fliehen. Aber dabei kommt nichts heraus. Man schreibt nur leichter. Schlecht. Der lebt nicht, der Bilder betrachtet. Auch der nicht, der mit Appetit ißt. Auch der Betrunkene nicht. Und nicht der, der fliegt. Auch nicht der Schlafende. Nicht der Koitierende. Nur der lebt, der Angst empfindet, der flieht, der wartet.

Wie soll man schreiben in dieser Leere. Nicht einmal der Teufel, der biedere Teufel, der mit Faust, Ivan, Adrian und vielen anderen literarischen Figuren gefeilscht hat, jener Teufel, der die Seele kaufen wollte, findet sich ein zur Versteigerung. Es gibt keine Seele also gibt es auch keinen Teufel. Es gibt nur die große wachsende Zivilisation. Es gibt das Gräßliche, das auf sein Ende wartet. Die Sache ist so hoffnungslos, daß die Menschheit versucht, Selbstmord zu begehen. Und sie macht das seit Jahrhunderten. Immer dann, wenn ein Mensch sich das Leben nimmt, bringt sich die ganze Menschheit um. Die meisten Selbstmörder töten sich ohne Grund. Ich sehe meine Hand Buchstaben setzen. Ich schreibe Sätze. Dabei bin ich durch und durch Papier. Das Heulen eines Papierwolfes.

Ich mimte einen Zornesausbruch. Es war ein Quasi-Zorn, zum echten Zorn fehlte mir die Zeit. Mögen sich die Leute diesem Gefühl hingeben, die den Realitätssinn verloren haben. Ich mimte Zorn um Zeit zu gewinnen, um die Vorwärtsbewegung wenigstens für einen Augenblick aufzuhalten. Die monotone und unerbittliche Bewegung. Immerhin stellen Zorn, Haß, der liebe Gott, Körper, Seele, Kopulation und Beten ja selbst der Krieg eine Unterbrechung einen Aufschub dar, egal ob lang oder kurz, aber immerhin einen Aufschub, einen scheinbaren. Ich habe keine Zeit zu verschenken. Und ich wundere mich, daß es so viele Menschen gibt, die vorgeben, nicht zu schwimmen. Und daß es sich hierbei um Erwachsene handelt. Ich werde gezogen aber ich bin immer noch nicht an die Oberfläche gezogen worden. Soll ich auf halbem Wege in Zorn ausbrechen. Oder mich über Nihilismus und anderen Stuß verbreiten. Ich muß schwimmen und da taucht irgendwo ein Typ auf und versucht mich von meiner Aufgabe abzuhalten. Ich muß schwimmen. Und das immerzu ohne Pause ohne Aufenthalt. Dieses mein Durchschwimmen ist zusammengesetzt aus lauter Aufenthalten. Wie eine Gerade aus einzelnen Punkten. Diese Gerade besteht aus einer Unendlichkeit von Punkten. Bildern, Gesichtern, Geschmäcken, Wolken und Wörtern. Ich warte, bis die scheinbare Bewegung aussetzt und die reine wahre von keinen überflüssigen Gesten mehr begleitete Bewegung einsetzt. Man muß sich völlig verlieren, damit diese Vorwärtsbewegung ihre Scheinbarkeit verliert. Es ist wirklich so, daß in unserer Zeit kein Mensch mehr die Möglichkeit hat, etwas bis zu Ende anzuhören. Die Frau in dem rosaroten Pullover, die mir heute morgen mit ihrer erfrischenden (an das Krachen von Eis unter den Füßen erinnernden) Stimme »Guten Tag« sagte, macht ein großes Drama durch, ich weiß es. Seit einem Jahr seit zwei Jahren. Das letzte Mal war ich ihr vor fünfzehn Jahren begegnet. Ich war damals gerade von einem Treffen junger Schriftsteller oder einem Seminar für künftige Drehbuchautoren zurückgekommen. Sie saß eine geraume Zeit neben mir auf einem Stuhl und hörte sich meine Erzählung an. Im Jahr 1956 oder 1957. Ich erzählte ihr einen Film. *Citizen Kane.* Von Orson Welles. Das Schloß Xandu. Das Eisengitter. Lange Kamerafahrt. Die Zauberkugel. Das Sichöffnen der Hand. Ich erzählte ihr von dieser Glaskugel in der die Kindheit dieses großen Mannes lag. Es schneite in dieser Kugel. Auch ein kleiner Schlitten war darin. Und auf den Schlitten war eine Rosenknospe gemalt. Die Lippen des Sterbenden fügten den letzten Atemzug zu diesem Wort. Rosenknospe. Die Kugel entfiel der geöffneten Hand.

Am 22. Mai 1960 um 10.20 Uhr saß ich im Barberinimuseum in Rom. In einem vergilbten unbequemen Sessel. Vor dem Bild stand ein kahlköpfiger Mann mit prächtigem Bart. Ein zahnloser Führer erzählt etwas geleitet den Bärtigen dann zu dem Bild mit den Hündchen. Eine junge rotbackige Maid tritt ein. Geschätztes Gewicht 80 Kilo. Der Bärtige wendet sich von den kleinen Hunden ab und kehrt zur Fornarina zurück. Ich kann jetzt seinen dunkelblauen weißgestreiften Anzug sehen, über seine Schulter hinweg sehe ich die Augen, das Weiße in den Augen der Fornarina, die Nase, ein ähnliches Gesicht mit großer Nase und hervortretenden Augen habe ich gestern im Bus gesehen. Eine Gruppe ähnlicher Fornarinas habe ich am Samstag in der Straßenbahn fahren sehen. Die Fornarina hat Grübchen auf dem Handrücken – *dorsum manus.*

Ich arbeitete mich durch diesen traum schwer bis zum erwachen
in strömen warmer
tränen wörter
die mutter kam auf mich zu
hab keine angst du bist in der erde sagte ich
niemand kann dir etwas antun dich verletzen berühren
die mutter schmiegte sich mit der angst von damals
an mich
hab keine angst du bist in der erde
du bist in mir dich kann niemand berühren
demütigen verletzen
ich arbeitete mich schwer durch den traum
vor mir stand der SCHATTEN

Wie eilig du es hast du kleiner Ausreißer. Du hast wieder einen Satz gemacht. Bist wieder an die Oberfläche gesprungen. An die Luft. Du gehst über ein Feld. Ringsherum Grün und abermals Grün und Nebel am Horizont. Es ist früh. Ein Maimorgen des Jahres 1963. Ich gehe. Ich habe das Gras mit der Hand berührt. Dieses feuchte rauhe grüne Fell das die Erde bedeckt. Die Luft eine Lerche singt. Der scharfe Düngergeruch. Die Vögel singen. Die Luft singt. Der Mist duftet.

Der scharfe Mistgeruch. Er glänzt golden in der geeggten Erde. Der Wintersaat entsprang ein rostroter Hase. Er glänzt weiß auf in der Sonne und verschwindet. Der dümmliche Hirte, dem ich seit zehn Jahren begegne, treibt seine Kühe. Die Kette klirrt. Ich gehe langsam. Ich blättere in der heutigen Zeitung. Vulkanausbruch in Nicaragua. Nach Berichten aus Nicaragua ist es am Sonntag (heut ist Dienstag) zu einem Ausbruch des Vulkans Conception gekommen, der auf einer der Inseln mitten im gewaltigen See namens Nicaragua liegt. Die Vulkanasche hat die Weizensaat, Mais, Bohnen und andere Bepflanzungen vernichtet, die Lavaströme haben viele Dörfer und Siedlungen in Brand gesteckt. Hunderte von Haustieren fielen ihnen zum Opfer. Starke unterirdische Beben, von denen die Lava- und Ascheausbrüche begleitet waren, wiederholten sich in halbstündigen Abständen. Die Feuer- und Rauchsäulen sind aus einer Entfernung von Dutzenden von Kilometern zu sehen.

Kann man Gabriella festhalten?
Die weiße Blume fiel ihr aus dem Haar während sie sich bückte und schwamm davon. Gabriella. Wie war sie. Ich habe sie nicht einmal jetzt nach ihrem Tod kennengelernt. Sie hatte schwarze Augen, schwarzes Haar mit einem kastanienbraunen Schimmer, einen kleinen Mund. Sie war Römerin. Sie schien wie von einem Schleier abgeschirmt. Doch eines Tages saßen wir zusammen zwischen den Büchern in der Bibliothek da holte sie rasch ein Amateurfoto aus der Tasche. Darauf war ein Junge mit langen dunklen Locken zu sehen. Das ist mein kleiner Sohn, sagte sie er war sieben Jahre alt als er starb. Er liegt jetzt auf dem schönen Friedhof, den du besucht hast.
Sie steckte das Foto schnell wieder ein. Dieser kleine Tote war also in ihr verborgen. Dieser kleine Junge, dessen Foto sie einen Augenblick lang in der Hand hielt.

Heut sah der Friedhof aus wie ein schöner Garten. Die noch durchsichtigen Baumkronen. Darunter kleine Alleen, von Halbschatten durchflochten. So viele Farben, so viele Blumen. Schwarze und weiße Grabsteine. Hölzerne Kreuze. Ich spürte das dichte Gras unter den Schuhsohlen. Ich stieg über einen Drahtzaun. Heut besuchte ich mein Grab nicht. Ich eilte zu meiner Arbeit in meine Werkstatt. Ich hatte den Bericht über die Besichtigung des Bildes unterbrochen und wollte jetzt rasch wieder zurück.

Herbst 1956. Zweite Oktoberhälfte. Die kleine Birke vor dem Fenster färbt sich gelb; ich sitze in meinem Zimmer und betrachte die kleine Statue der Göttin. Sie lächelt geheimnisvoll in ihrem vergoldeten Gewand. Sie ist zusammen mit mir aus der Mongolei geflogen gekommen. Lange Zeit dachte ich, sie berge etwas Außergewöhnliches. Die zeichenhafte Fügung der Finger, die Lotosblüte in der rechten herabsinkenden Hand, die durch Ohrringe verlängerten Ohren, die gesenkten Lider. Sie erinnerte mich an die Klöster, die schweigenden Gongs und Trompeten, die kleinen Rauchsäulen die aus den Räucherstäbchen des Opferweihrauchs aufstiegen, an die kugelrunden elfenbeinernen Köpfe der Lamas. Ihre gesenkten Lider.

In Ostia ging ich über weiße Steine, groß wie Brotlaibe. Die Sonne erhitzte den Weg. Ich schritt über die Steine, die Augen tränengefüllt. Ich weinte nur, weil erneut menschliche Füße den Stein fühlten, über den römische Mädchen gelaufen, Soldaten und Matrosen, Kaufleute und Priester geschritten waren. Ich weinte. Ich faßte die Steine an. Ich ging an leeren Gräbern und Grabsteinen vorbei. Ich wollte mich mit dem Lachen und den Tränen der Toten unterhalten. In den Columbarien waren keine Urnen mehr sie standen verlassen, die Asche war zerstoben. Leere Taubenschläge ohne Seelen. Decumano Maximo.

Ein kleiner Platz. Eine vergilbte wie mit Wachs bedeckte Statue. Minerva. Unter Sträuchern und Kräutern Brombeerbüschel. Ich suchte unter den verfitzten kleinen Zweigen nach Früchten. Sie waren groß, warm und weich. Die Sonne erwärmte sie und keiner pflückte sie hier. Ob diese Sorte bereits während der Blütezeit der Stadt bekannt war oder fand sie erst nach ihrem Untergang Verbreitung? Woher kam sie? Für mich war das plötzlich sehr wichtig. Wessen Lippen? Warme Lippen, Zunge, Gaumen, an dem die Frucht lag, an dem sie zerdrückt wurde, war es derselbe Geschmack wie vor zweitausend Jahren.

Es war eine Art langer verglaster Korridor voller Licht. Ihr rosa im Schlaf gestreckter Körper schwamm im Besucherstrom. Durch das Lächeln der Soldaten, vor den Augen der Kleriker und Nonnen, durch die Lippen der Kenner und Touristen, die es eilig hatten, schwamm die von Tizian erweckte Venus mit der Hand auf dem dunklen Flußdelta. Stille der Nacktheit. Aber auch hier an dem hellgelben mulmigen Arno erwartete er mich. Er erwartete mich am Arno-Ufer. Am felsigen Ufer. Der Blinde. Auch hier erwartete er mich. Er wartete geduldig und ich schwamm ihm entgegen. Ungeduldig.

Ich trank Wein und die Wolken schwammen über den Arno hinweg – dunkelbraune Wolken wie in meiner Heimat. In deinen Augen ist unser Himmel. Unter den Säulen standen außergewöhnliche Frauen. Jung sehr groß. In Ball- und Cocktailkleidern. Sie lehnten sich mit einer Hand gegen eine graue Säule. Sie sprangen in goldenen und silbernen zierlichen Schuhen über Steintreppen. Sie legten den Kopf zur Seite. Sie lächelten, machten ein paar Schritte nach vorn. Blieben stehen. Wiederholten diese Bewegung mehrere Male. Sie blieben neben den Wolken stehen. Das Gesicht zum Himmel erhoben. Sie hatten riesige aufgemalte lichterfüllte Augen. Voll von unerträglichem Glanz. Diese herrlichen Frauen die nie ein Mensch mit Händen berührt hat die keine Eingeweide zu besitzen schienen und nicht schwitzten sprachen kein einziges Wort, folgten einem dicken Mann aufs Wort, der schwitzte und herumbrüllte. Er fuchtelte pausenlos mit den Händen und schrie. Und sie führten wie verzaubert seine Befehle aus. Erneut postierte sich eine junge Frau in einem Kleid in der Farbe einer rosa Hyazinthe neben der grauen Säule. Sie öffnete ihre Lippen ein Lächeln erblühte. Ihre Augen sonderten Licht ab. Eine andere in einem bananenfarbenen Rock, in Schuhen mit flachem Absatz, stellte sich gewagt breitbeinig auf und spielte lässig mit einer schwarzen glänzenden Tasche. Die dritte junge Frau blickte in die Ferne, in die gelbschmutzigen Wellen, ins Grün der Hügel. Noch einmal legte sie den Kopf zur Seite. Noch einmal warf sie den Kopf zurück. Noch einmal trat sie in den Schatten. Noch einmal hob der Atem ihre Brust. Noch einmal flammte das hellblaue Blitzlicht die kleine Sonne über dem Kopf des Fotografen auf. Noch einmal wiederholte sich alles von Anfang an.

Rote, rosarote, lilafarbene Lippen. Sie lächelten. Die Kleider glänzten; man sah Hals und Schultern, sehr weiß, mit Puder abgeblendet. Vielfarbenes Haar, von Klammern zusammengehalten. Sie traten aus dem Schatten ins Licht. Stumm und geduldig. Außergewöhnlich. Schmetterlinge. Die man als Kind sah, auf den Wiesen einfing, auf Lichtungen im Wald. Trauermantel. Vanessa antiopa. Admiral. Callophis rubi. Apollofalter. Baumweißlinge. Abend- und Nachtpfauenauge.

Sie öffneten und schlossen die Flügel. Sie entfalteten sie in der Sonne.

Man lief einem solchen Schmetterling nach immer weiter und weiter. Über die Wiesen. Das helle noch honigfarbene Grün der durchsichtigen Bäume im leichten Nebel, in der blauen vibrierenden Luft. Dicke goldene kleine Blumensterne in dem tiefen von Regen durchspülten Frühlingsgrün. Jetzt schwimme ich mit gleichmäßigen Zügen. Aber noch gestern habe ich nach deinen Händen gegriffen. Du hieltest mich fest. Hieltest mich zurück. Du die du selber Erde bist die du selber einen Menschen gebierst. Du die du Natur bist. Die einen Menschen in sich trägt. Aber ich mußte die Hand wieder öffnen. Diese Strömung ist so geduldig, sanft und unerbittlich. Ich muß mich ihr fügen. Also ließ ich dich meine gute Insel los und schwamm, trieb weiter. Ich ließ dich zurück, deren Ufer ich mit eigenen Worten, Händen zu befestigen versuchte, die ich gestaltete während ich schwamm. Mein Atem vermischte sich mit deinem. Und wir waren ein einziger Körper. Doch man holte mich aus Dir heraus. Man hob mich heraus. Man barg mich aus Dir.

Du wartetest auf mich in der Villa Borghese. Du, von Lukas Cranachs Händen eingefangen. Unter einem grausilbernen Baumstamm. Am Wurzelwerk ein rosaroter kleiner Amor mit lazurfarbenen kleinen Flügeln, der eine Honigwabe hält. Eine schwarze Fliege auf der goldenen Wabe. Schwarze Fliegen sitzen auch auf der kleinen feisten Hand und auf der kleinen Schulter des kleinen Amors. Ich schwamm die Straße davon. Plötzlich, plötzlich mußte man sich trennen von diesem Ort. Von diesem goldbedeckten gestreckten Körper der Venus. In dem das Blut von den Füßen her aufsteigt und unter der Haut als rosa Licht aufgeht. Ich schloß die Augen. Getragen trieb ich. Von den Lippen von der Zunge rann Blut. Du darfst nicht weggehen. Nicht einmal für einen Augenblick. Du solltest heut nicht abreisen. Seit langem bin ich nicht mehr mit dieser entsetzlichen Geschwindigkeit in diese Richtung geschwommen. Man kann diese Bewegung unterbrechen. Man kann die gespannte Schnur durchschneiden ohne abzuwarten, bis man ans Land gezogen wird. Man kann die Schnur heute, in einer Stunde durchtrennen. Was passiert dann? Werde ich losgelöst sein oder wird sich die Vorwärtsbewegung nur noch beschleunigen. Die Bewegung auf den Ort zu, wo er mich erwartet. Mich von der Zukunft lösen? Von etwas, das nicht existiert. Die Zukunft muß sich erfüllen, muß werden. Sie unterliegt der Zeit, dem Raum. Es gibt sie nicht

in diesem Augenblick. Also kann man sich von nichts lösen. Warum bist du nicht bei mir. Es war nicht gut, daß du mich verließest. Ich schwimme ich treibe jetzt sehr schnell. Ich habe angebissen, habe den Köder geschluckt. Ich habe ihn geschluckt mit dem ersten bewußten Gedanken, daß ich dorthin in diese Richtung schwimmen muß, daß ich eingefangen bin.
Heute habe ich mich abgefunden. Ich schwimme ruhig und gleichmäßig. Ich fühle nicht einmal mehr das Element der Welt, in der ich schwimme. Ich fühle keinen Zwang. In der Frühe nach dem Erwachen sang ein Vogel. Man hörte Motorengeräusche.

Jetzt erinnerte mich erneut ein leichtes Zerren daran, daß ich in die Vergangenheit schwimme, daß ich in die Vergangenheit treibe, also ins Nichts zurück. Dort, an der Stelle, wo die Geburt lag, ist nichts. Es hieß umkehren. Ich half sogar mit den Händen die Vorwärtsbewegungen beschleunigen. Das war das einzige Leben das Vorantreiben. In Richtung Zukunft. Ins Nichts. Aber ich konnte tiefer atmen. Ich fühlte, wie die Schnur, die Sehne, die angespannt war, merklich sich lockerte. Ich war es, der die Beschleunigung hervorrief. Auf diese Weise war ich nicht der Gezogene, der Gezwungene. Ich schwamm schneller als nötig. Mein Mund hörte auf zu bluten. Ich öffnete die Augen. Ich beschleunigte so stark, daß ich gleichsam freigelassen wurde. Vielleicht war Er sogar kurz eingenickt vielleicht hatte Er das Ufer verlassen auf das ich mit so großem Eifer hurtig ja beflügelt zuschwamm. Die Bilder huschten unter meinen Flügeln hinweg. Ich schwebte in zehntausend Meter Höhe. Ich sah die Bilder der Taiga, der Städte, Dörfer, Wege. Schließlich der Berge. Der Berggipfel. Und dann das Bild des Meeres. Des blauen Meeres auf dem ein weißes Schiff fuhr. Um diese Bewegung in der unerbittlichen Richtung wenigstens für einen Augenblick zu unterbrechen wurde ich zornig. Aber es war natürlich nur gespielter Zorn, seit Jahren werde ich nicht mehr richtig zornig. Seitdem ich begriffen habe, daß ich schwimmen muß, daß ich nicht in diese einzige Richtung schwimme, daß ich treibe, gezogen werde, an einer Angelschnur.

Man hätte einen Damm, einen Staudamm bauen und das lebende Wasser anhalten sollen. Das Leben zum Stillstand zwingen. Die Bewegung selber war nur noch Bewegung. Was für Elemente standen zu meiner Verfügung. Die Vergangenheit, vor allem die Vergangenheit. Ferner bestimmte Personen, Gefühle, aber vor allem ich selbst. Außerdem die vor langer Zeit gelesenen Bücher.

Erst setzte ich die kleinen Dinge, die Winzigkeiten zusammen. Die Spielzeuge. Und gleich danach setzte ich die ganze Kindheit wie einen großen Baum zusammen. Dieser Damm war vielleicht einer eilig errichteten Barrikade vergleichbar, die man verläßt bevor der Feind anrückt. Ich schwamm die Langestraße entlang. Vom Haus mit den grünlichen Zäunen, deren alte Bretter von Feuchtigkeit wie von einer Moosschicht überzogen waren. Wenn es nicht regnete trocknete das Moos und verwandelte sich in pulvrigen Staub. Es glänzte sog sich im Regen voll schimmerte silbrig und grünte. Zäune hatten stets etwas Geheimnisvolles an sich. Und sie beschützen tatsächlich zumeist irgendein Geheimnis. Der Garten. Der Obstgarten. Der Hof, der Innenhof. Das Stadion. Der Friedhof. Ich schwamm behende auf die Straße hinaus wo die Wasserlachen in dem schwarzen Schlamm in tiefen Fahrrinnen standen. Darüber beugten sich weiße süße Blumen. Über der schwarzen Wasserlache blühten die Akazien auf. Sie summten von Bienen, dufteten und trugen Süße in sich. Wir holten die kleinen braunen Stengel herunter und aßen die Blüte. Die Akazien lieferten auch die elastischen Stöcke, die man für Pfeil und Bogen verwendete und noch früher bastelte man aus ihnen Steckenpferde.

Man lief weg über Wiesen und Felder. Die großen gelben Butterblumen werden in meiner Erinnerung stets auf feuchten Wiesen vor der Stadt wachsen, am Flußufer, bei der Schmiede.

Habe nicht den Mut

Diese welt so fremd
ein in der nacht gefundener gegenstand
mein leben ist uninteressant
aus diesem leben
kristallisiere ich dennoch
unreine poesie

Der kleine dicke mit der brille lächelt
ihr versteht es ist nicht einfach jedem
gewisse damit verbundene schwierigkeiten
zu erklären

die woche hat sieben tage
am samstagabend
öffnet sich die tür
ich habe nicht den mut hinauszugehen

diese gefühle aus papier
mischen schmutziger karten

um 22 uhr kam
der tod und sprach
schreib diese wörter nicht mehr
setz dich gerade hin
leg die feder weg laß die hände sinken

»Der Zauberlehrling«

Ich erzählte, redete, beschrieb. Ich erzähle, rede, beschreibe; ich werde erzählen, beschreiben, bis an mein Lebensende. Ich schreibe, habe geschrieben, werde schreiben, ich werde Wort zu Wort fügen; ich weiß bereits, die Zahl dieser Wörter wird unaufhörlich steigen, ich werde sie nicht mehr aufhalten, nicht mehr töten können. So mögen sie doch an die Oberfläche schwimmen, mögen sie aus mir heraustreten, mögen sie doch auslaufen. Wir werden in Wörtern ertrinken. Laßt uns also schreiben, laßt uns veröffentlichen, laßt uns immer mehr und mehr Gedichte publizieren.

Und was ist, wenn es die »Poesie« gibt? Den für mich verschlossenen Garten? Warum rede ich eigentlich von einem »Garten« und nicht von einem Zimmer, einem Warteraum, einer Garage, einer Markthalle... Aber das ist doch klar, wenn du »Poesie« sagst, mußt du auch (verschlossener) »Garten« sagen. Diese Wortpaare rühren mich immer zu Tränen. Papierene Poesie, papierener Garten, papierenes Drama, papierene Eingeweide. Meine papierenen Eingeweide. Mein Papierschwert. Papierwachstum, Papierwachstumskrise. Ich war mir dessen bewußt, daß ich an der Tötung ganz bestimmter Moden, Snobismen, Gewohnheiten in unserer Poesie arbeitete. Man versuchte mir einzureden, ich hätte den Tod der »Poesie« verkündet. Man machte mir aus dem Umstand, daß ich selber weiterhin »Poesie« produziere, einen Vorwurf. Revolutionen, Stürme, Rebellionen werden klassisch. Das Sich-Erhängen an papierenen Eingeweiden ist eine Clownnummer. Während meiner dreißigjährigen Wanderung durch den »Garten« der Poesie habe ich »Schulen«, »Müllhaufen«, Friedhöfe, leere Gotteshäuser, Lachfässer, Gruselkabinette, Todeszellen, Museen, versunkene Festungen, ausgestorbene Festungen durchwandert... Stets von der ängstlichen Frage begleitet: »Was wird sein, wenn die Poesie stirbt?« Aber

heute weiß ich bereits, die Poesie wird nicht sterben. Es werden neue Dichter und neue Gedichte geboren werden.
Woraus resultieren mein Poesieverdruß, mein Haß und meine Skepsis gegenüber der »Poesie«? Habt ihr nie davon gehört, daß Goebbels mit seinen Mitarbeitern darüber diskutiert hat, wie man die *licentia poetica* für Informationszwecke einsetzen könnte? Er zögerte nie, die Information als Stimulans für die deutsche Kriegsanstrengung zu behandeln und nicht als Tatsachen an sich. In den letzten Kriegsmonaten führte er, nach Semmler, einen neuen Begriff in das Wörterbuch der Propaganda ein, wenn auch nur zum internen Gebrauch seines Ministeriums. Es war die »dichterische Wahrheit« im Gegensatz zur »konkreten Wahrheit«.
Warum diese »brutalen Sachen« in Betrachtungen über »Poesie«? Vielleicht wird es einige Kritiker wundern, aber für mich standen die »schönen Lügen« in einer bestimmten Periode der Geschichte (und meines Lebens) unter Anklage, den »häßlichen, brutalen Lügen« zum Leben zu verhelfen. Und so geriet der Hinkefuß, der Propagandaminister der Nazis, der im Krieg über den »Einsatz der licentia poetica« diskutierte, in mein Gruselkabinett.
Spielt nur weiter, Freunde, spielt weiter. Ich will noch eine Weile an der Mauer stehenbleiben. Vorerst glaube ich immer noch, daß hinter dieser Mauer keine »Gärten« sondern Müllplätze liegen. Ich versuche Bäume und Blumen auf den »Müllplätzen« zu pflanzen. Ist das Nihilismus? Nein. Das ist eine schwere, schmutzige, gewöhnliche Arbeit.

Seit einiger Zeit

Seit ein paar jahren
hat sich der prozeß
des sterbens der poesie
beschleunigt

mir fiel auf
neue gedichte
die in wochenzeitschriften erscheinen
zersetzen sich
binnen weniger stunden

die toten dichter
entfernen sich immer schneller
die lebenden
kippen bücher aus sich heraus
wie wenn sie mit papier
ein loch stopfen wollten

Leidenschaft

Ich bin ein leidenschaftlicher Liebhaber des gedruckten Wortes. Seit ich mit großer Mühe die ersten Buchstaben des ABC entziffern lernte, seit ich im ersten Lesebuch die ersten Sätze lesen konnte, verschlinge ich alles bedruckte Papier. Die Kollegen lachen über mich, ich würde dem »Gedruckten« zu große Bedeutung beimessen; sie haben leider recht ... mein Verhältnis zum »Gedruckten« ist voller Hochachtung. Aber es geht hier nicht um Hochachtung, es ist eine wahre Leidenschaft. Ich stürze mich auf alle Plakate, auf die Zeitungen im

Kiosk, auf die Schaufenster der Buchhandlungen; ich lese in meinem Zimmer, auf Ausflügen, beim Spaziergang, beim Essen, beim Frühstück und beim Abendbrot. Ich lese vor dem Einschlafen und nach dem Aufwachen. Für mich ist der Zeitungsstand das, was der Metzgerladen für einen Hund ist. Ich wittere den Geruch der frischen Zeitungsseiten. Ich bin potentiell dazu bereit, sämtliche Zeitungen und Buchtitel aufzukaufen, nur die Rücksicht auf meine Familie und die Wohnbedingungen halten mich davor zurück. Doch in meinen Schränken und an den Wänden stapeln sich die Jahrgänge der Wochen- und Monatszeitschriften wie geologische Schichten.

Mein Zimmer ist ein Altpapierlager. Ich bin »drucksüchtig«. Ohne die morgendliche Portion von zwei, drei Tageszeitungen fühle ich mich elend; ich kann nicht mehr ruhig sitzenbleiben, werde nervös, suche etwas, ich spüre geradezu Hunger und das Verlangen nach bedrucktem Papier...

Erst wenn ich meine Dosis an gedrucktem Wort mit den neuesten Nachrichten (zur Not können es auch überholte Nachrichten sein; häufig las ich eine Zeitung vom Vorjahr und merkte nicht einmal den Unterschied), also erst wenn ich meine mächtige Zeitungspapierpille geschluckt habe, kann ich mich beruhigt an meine »schöpferische« Arbeit begeben. Es kam so weit, daß ich auf dem Klo die alten Zeitungen las, die ich am Vortag weggeworfen hatte. Oft holte ich sie mir wieder zurück. Sie taten mir leid, diese Behälter von klugen und dummen, entsetzlichen und lächerlichen, interessanten und langweiligen, falschen und wahren Nachrichten.

LÄSST SICH WEICH abreißen
wie zeitungspapier
franst aus

klebeversuche
bringen nichts

er zerreißt
längs
von der kehle
zum after

man riß ihm ein teil
von der anderen seite ab
damit er gleichmäßiger wirkt
und plötzlich
erscheint
die andere seite
länger
er zerfloß unter den fingern
an der wirbelsäule
blieb ein kleiner rest

von zunge
aber dann moderte
auch der gaumen

man stopfte ihn
klebte ihn mit »philosophie«
beseitigte
bereinigte
den papierbrei

Ich sah ein wunderbares Monstrum

der lebende tote
gebiert immer noch
gold

in der sauregurkenzeit
erschien neben dem ungeheuer
von loch ness
häufig
pablo picasso
in der regenbogenpresse

dieses monstrum
aus der prähistorie
der kunst

er schwelgte schmarotzte scherzte
im bauch der welt
auf jahrmärkten

vor einem vierteljahrhundert
tauchte er in krakau auf
in der karmeliterstraße
um zwölf uhr mittags

erst der kahle große kopf
mit schwarzen glühenden augen
am rücken ein trachtenrock aus der tatra
in der hand ein bergstock

passanten umringten ihn
gaffer die sich am unfallort
um einen bierkiosk versammeln

seinen sonnengedunkelten augen
seinen händen entflog die weiße taube
sagenhaft rein
durchsichtig

der taschenspieler
wohnte in vielen häusern schlössern
umgeben von toten lebenden frauen
reproduzierte produzierte kinder bilder
hundert
zweihundert
dreihundert
in peiskretscham und gleiwitz
begannen die maler
die wände à la picasso zu streichen
anstatt »du kleiner tizian«
sagte man »du kleiner picasso«

dann kam die nachricht
er sei gestorben außerdem
seien erbschaftsprozesse im gang
der tote bewegte sich
an den wänden der privatgalerien
der kunstsalons museen banken
und kirchenkapellen blättern die bilder ab

steigen im preis
er diese trächtige
kunstnekropole
die windrose
gebiert goldene dukaten
er lächelt mir ironisch zu
und verschwindet
hinter der straßenecke im kosmos

während ich
siebenundzwanzig jahre jünger
als ich
auf die graupenstraße gehe
und unterwegs
tee zucker
brötchen bockwurst kaufe

zuhause erwartet mich
die aufgabe:
poesie nach auschwitz zu machen

Die Poesie hat rosige Backen

Er schreibt einen brief
unterbricht
zerfetzt das papier
wirft es in den pappkarton
da liegen zerrissene aufforderungen
briefe die er erhält
die er beantwortet nicht beantwortet hat

einladung zum frühling zum herbst zum winter
der poesie zum festival der roten rose
der goldenen feder zum schönheitswettbewerb
zum preisausschreiben bestes gedicht bester gedichtband
zum ball der debütantinnen

er erinnert sich während er
grützwurst mit sauerkraut ißt
daß die poesie gestorben ist

er liest eine einladung
lächelt vergnügt
wirft sie in den papierkorb

nimmt das blatt vom tisch
liest den gedichtentwurf
zerfetzt ihn
formt eine kugel aus papier
ein küglein ein kügelchen
wirft es in den papierkorb

er beugt sich herab
kramt es heraus setzt es zusammen
lächelt
frühling der poesie laichzeit der metaphern
die poesie bekommt rosige backen sie lebt

es schneite er setzt den brief fort
bei mir alles beim alten
war verreist könnte kommen auf einen sprung
vielleicht sehn wir uns bald bei mir nichts
es geht mal besser mal schlechter
regen matsch nebel

über die leute kann ich nicht klagen
sehr verehrte gnädige frau verzeihn sie
mein langes schweigen ich war krank
noch heut dröhnt mir der kopf fürchterlich
verzeihn sie den stil
mir fällt der satzbau schwer
morgens erwach ich wie unter der erde
sie fragen ob man gedichte schreiben soll
er liest legt die karte in den umschlag
klebt ihn zu klebt ihn wieder auf
zerreißt und wirft ihn in den papierkorb
die wird sowieso dichten

fünf körbe
gefüllt mit wort
das wort ist papier geworden
konjunktur der dichter
konjunktur der wörter

die poesie hat rosige backen

Der Doppelgänger

I

Er tobte wegen einer Sendung im Radio aus der Reihe »Meisterwerke der Weltliteratur« ... er kochte vor Wut, mußte sich die Zeitung vors Gesicht halten.
»Vorgelesen wurde eine Passage des mit dem höchsten Preis der französischen Literatursaison ausgezeichneten Romans eines gewissen Michel soundso ... unter dem Titel DER ERLKÖNIG und es war ein Stück ganz sagenhaften Klopapiers. Dieser modische Stuß der allerneuesten (ha!) Saison wurde mit salbungsvoller Stimme von einem unserer Schauspieler vorgetragen... Oh! Michels Meisterwerk verdanken wir der unermüdlichen Vermittlertätigkeit der Übersetzer unseres ›Paris des Nordens‹ (als welches Warschau leider immer noch gilt), in Rekordzeit zugänglich gemacht... Wie bei den Franzosen üblich, spielte in dem Roman eine gewisse Rachela eine Rolle.«
»Was kümmert dich diese Rachela, zieh lieber neue Socken an, du trägst einen blauen Socken am linken und einen gelben Socken am rechten Fuß.«
Er sah mich an, als ob er ein faules Ei ansehen würde...
»Diese Rachela, die ›unser‹ Held, ein Journalist, der sich in die Stellung eines Automechanikers einschmuggelte, per

Zufall kennenlernte und sofort einer geschmackvollen Beschreibung unterzog, war der Typ des ›Knabenmädchens‹, gemäß der 1938 herrschenden Mode ...«
»Was kümmert's dich, was scherst du dich um diesen Modeliteraten, sollte dir doch wurscht sein, wer und warum man ihn uns zugänglich gemacht hat... Das ist einer dieser Romane für unsere ästhetischen Schleimscheißer! Die sind aus ihrem Brutkasten geschlüpft und kacken jetzt sämtliche Wochen- und Monatszeitschriften voll. Ist doch nicht dein Bier, kümmere dich um deines.«
Doch er spuckte weiterhin auf die Sendung und den Autor. Er schäumte.
»Komm, wir gehen ein wenig spazieren«, sagte ich. »Die Sonne scheint! Es wird dir gut tun.« Doch er rührte sich nicht, ereiferte sich immer mehr.
»Und was für einen gerissenen Titel sich dieser kleine Franzose ausgesucht hat, man muß schon sagen: ERLKÖNIG; er gestand in einem Interview, daß er Goethe bewundere und daß sich allein daraus der Titel seines Romans erkläre. Schön, in Ordnung! Aber diese Passage ... nur Geschwafel über Rachelas rundliche Reize, einerseits soll das Mädchen knabenhaft sein, aber der Schleimscheißer trauert doch eindeutig den Rundungen von anno dazumal nach. Rachela nennt den Romanhelden einen Werwolf! Dieser jämmerliche literarische Werwolf! Die Kreuzung zwischen einem französischen Schoßhund und einem echten Steppenwolf, der vor vielen vielen Jahren im genialen Dschungel des deutschen Expressionismus lebte. Der Franzose läuft wie ein Hase im Zickzack und biedert sich an, übergießt alles mit seinem intellektuellen Zuckerguß ... ein gewisser Nestor tritt auf, ein ehemaliger Schulfreund des Helden, aber Nestors Gesicht ist kein gewöhnliches Gesicht, es ist ein ›Zeichen‹, unbedingt muß es ein ›Zeichen‹ sein. Ohne ›Zeichen‹ geht's nicht. Er schrieb auch über eine Initiation. Dabei beschreibt er nur die Schnauze seines Schulkollegen.«

»Warum Schnauze«, unterbrach ich ihn...

»Na schön, meinetwegen beschreibt er also das ›Gesicht‹, aber es ist eben kein Gesicht, es ist ein Zeichen, ja, es besteht sogar aus mehreren Zeichen, und dazu kommt noch diese ›Initiation‹. Er reißt sich dabei ein stilistisches Bein raus, flennt, philosophiert sich einen ab ... dieser ... verdammt nochmal! Können unsere geistigen Flaschen denn nicht endlich ihre Aufmerksamkeit auf Peking, Moskau, Budapest, Tirana, Guadelupe und Guatemala richten, was suchen sie immer noch in diesem Scheißparisersandkasten, wir befinden uns doch immerhin im Jahre 1971! Leute, so erbarmt euch doch endlich ... als hätten sie nie ein Wort von dem gelesen oder gehört, was sowohl Malraux als auch Sartre, Camus und Malaparte, und der geniale verdammte Céline darüber gesagt haben ... sie suchen immer noch etwas darin, buddeln herum, und ganz gewisse Dämchen umkreisen das alles, zwitschern und übersetzen...«

»Wisch die Spucke ab, komm mit spazieren.«

Ich fühlte, daß mein Brustkorb unter einer unerträglichen Last wie ein Brett mittendurch zerbrach, wie unter einem überschweren Stein. So nimm dich doch zusammen, es geht dir ja gar nicht um irgendeinen Michel Turnier, sondern um das Leben, um dein gesamtes Leben. Du fühlst, daß du verspielt hast und deshalb steht dir der Schaum vorm Mund.

»Ich verspielt? Verspielt? Ich habe gegen die Geschichte verspielt. Nicht gegen einen x-beliebigen Halunken oder Halbidioten, sondern gegen die *Geschichte!*«

»Die Geschichte gehst du einen feuchten Dreck an ... und dein Franzose mag wirklich eine Niete sein, aber das hat doch nichts mit seiner französischen Abstammung zu tun...«

»Warum ›mein‹ Franzose? Es ist *euer* Franzose. Mich interessiert dieser Autor überhaupt nicht ... der ereifert sich darüber, daß er bereits tausend Jahre lebt, daß man die Vergangenheit Europas an den Zeichen auf Nestors Gesicht ablesen kann, vorausgesetzt, man versteht diese Zeichen zu deuten, dann vertieft er sich wiederum in Rachelas Rundungen, mit einem Wort, ein grauenerregender Mumpitz, nur eben französisch, und deine frankreichsüchtige Claque...« er geiferte weiter, war nicht mehr zu retten.

»Der ist übergeschnappt«, dachte ich, doch er erriet meinen Gedanken.

»Ich bin nicht übergeschnappt, noch nicht, aber so begreif doch, ich setze groß und breit auseinander, ich bitte, ich drohe, und die fabrizieren vor meiner Nase aufs neue diese ›schöne Literatur‹, na gut, meinetwegen soll sie doch schön sein, aber ich kann einfach nicht zulassen, daß die hier Seifenblasen aus der Nase, den Ohren und gottweiß woraus noch aufsteigen lassen ... sogar unser Dorf sieht in diesen pseudofolkloristischen Erzeugnissen aus wie eine Seifenblase, die irgendsoein Chagall erfunden hat ... da schwirren die Kühe durch die Luft, kein einziges Wort über die wahren Probleme unseres Dorfes ... da stürzt einem in Wirklichkeit zwar das Scheißhaus überm Kopf zusammen, aber die beschreiben alles in der Manier von Butor und so weiter ... es gibt bestenfalls zwei oder drei, die bei Verstand geblieben sind, aber der Rest *lyrisiert* ... Schade!!! Schließlich habe ich die Tür hinter mir zugemacht und war auf der Straße. Die Schornsteine qualmten wie wahnsinnig und die ganze Luft war voll von süßlichem Rauch. Krepierende Stadtluft. Warum zum Teufel bist du nicht auf dem Lande geblieben? Gestern warst du noch dort, du Idiot! Du hast diesen Aufenthalt vier Monate lang geplant, solltest mindestens eine Woche dort bleiben, und dann bist du nach vierundzwanzig Stunden abgehauen und direkt aus dem Dorf in diesen qualmenden Schlot zurückgekehrt. Warum regst du dich jetzt darüber auf und knirschst mit den Zähnen. Du läßt dich an einem unschuldigen französischen Modeschreiberling aus... Ihr könnt mich mal. Von nun an rede ich mit keinem mehr. Schnapp die Leute, beiß sie, mein Hündchen! Ein altes Mütterchen kletterte mit einem Korb voller Eier in die Straßenbahn. Sofort sprang ich auf und bot ihr höflich meinen Platz an. Er rührte sich nicht. Er sah die alte Frau spöttisch an. ›Warum die jetzt auf einmal alle herumreisen müssen. 100 Jahre haben sie stur auf ihrem Arsch gehockt und plötzlich kam Bewegung in die Meute.‹ So begreift denn keiner, daß dieses beschissene Werk meines beschissenen Lebens aus zwei Blättern besteht. Ja, wer wartet denn auf dieses Lebenswerk, als ob die Mitglieder dieses vermaledeiten Verbands nicht ohnedies Zigtausende von Schinken verbraten würden, ganz zu schweigen von den schreibenden Journalisten Amateuren Dozenten Assistenten Generalen. Herrgottnochmal, alles schreibt und schreibt, die haben nur noch gewartet auf dein Lebenswerk. Auf tausend Seiten. Grandios. Wären 10 nicht genug gewesen? Ich habe Angst, ich krepiere vor Angst und du plauderst?«

Ich fuhr ihn in den Park. Sieht so aus, als bedürfe er jetzt zärtlicher Fürsorge. Er kriecht herum wie herrenlos. Er setzt mir umständlich auseinander, er nähere sich jetzt dem lieben Gott. Ohne Glauben, sagte er, könne man nicht länger leben! Ich nähere mich Gott beschämt und gehemmt. Ich schäme mich meines ganzen törichten Dünkels. Doch wie soll man es anstellen. Ohne Gott kann man weder sich noch seinen sogenannten »Nächsten« lieben. Alles verwandelt sich dann in Traurigkeit und wilden verdrängten Haß. So weit ist es mit mir gekommen, aber ich ziehe keine Schlüsse daraus, weil ich mich für dich schäme. Du schämst dich für mich? Laß diese Sachen. Willst du dich etwa in der Straßenbahn über die Rückkehr Gottes unterhalten? Das ist lächerlich. Warum? fragte er, über Gott kann man sich überall unterhalten. Das ist meine einzige Errungenschaft, diese Überzeugung. Gut, antwortete ich. Wollen wir nicht in den Zoo gehen? Ich war lange nicht mehr im Zoo. Du bekommst einen Elefanten zu sehen. Der Frühling hatte die Bäume, Sträucher und Rasenflächen bereits erfaßt. Ich kaufte ihm eine Eintrittskarte. Wir gingen in den Zoo hinein. Er blieb vor dem Gitter mit den Kamelen stehen. Er verlor rasch das Interesse und sagte: »*Wenn man nicht glaubt, können einen auch keine Kamele interessieren.*« Ein Elefant ist zweifelsfrei ein außergewöhnliches Phänomen. Er steht mitten am Mittag in einer Großstadt und reicht sich mit seinem Rüssel zarte Zweige. Doch ein Elefant hat seine eigenen Probleme und sein eigenes Leben und ich habe meines. Ich muß was aus meinem Leben machen. Und zwar auf der Stelle. Ich werde mir die Affen Löwen Schildkröten und Nilpferde nicht ansehen. Er war in den Zoo gekommen und wollte ihn sofort wieder verlassen. So macht er es immer. Wenn ich ihn dafür gewinnen soll, doch länger bei den Giraffen zu verweilen und sie aufmerksam zu beobachten, muß er unbedingt zu den Affen, dort reizen zwei Säufer einen Pavian mit einem Taschenspiegel, der Pavian prustet, spuckt und bewirft sie mit Mohrrübenresten und Apfelgripsen, schließlich gibt ers auf und fängt an zu onanieren, während die versammelten Besucher ganz still werden ... nicht einmal das kann ihn interessieren, er läuft weiter zu den Reptilien und Lurchen. Soeben verschlingt eine Pythonschlange ein lebendes Huhn. Seine Gedanken laufen wie Pumas und Hyänen in einem stinkenden Käfig hin und her. Plötzlich fragte er mich ob ich informiert sei darüber daß sich Dostoevskijs Todestag nähere ich wollte mich mit ihm auf kein Gespräch darüber einlassen ich hielt ihn für einen Ignoranten auf diesem Gebiet ich lese Dostoevskij immerhin seit dreißig Jahren ununterbrochen kenne ihn seitenlang auswendig und er besitzt nur arbiträre Kenntnisse anhand abwegiger Anekdoten Klatsch Memoiren Zeitungsartikel ich wollte mich nicht mit ihm darüber unterhalten ich wußte er vulgarisiert reduziert alles wie nicht anders zu erwarten fing er an mir Zeitungsausschnitte vorzulesen »Vor mir stand ein Mann geringen Wuchses doch ziemlich untersetzt der nicht aussah wie zweiundfünfzig mit einem schütteren hellen Bart hoher Stirn und sich lichtendem noch nicht völlig ergrautem Haar ...« usw. nur diesen Mumpitz ja was haben die Leute eigentlich immer mit ihrem Bart ihrer Glatze ihrem Bauch. Es ist der Körper, in dem Dostoevskij in einem bestimmten Lebensabschnitt vor die Leute trat und damit hat sich's. Heute nacht träumte ich von einer offenen Bauchhöhle voller Krebsgeschwüre im Traum war das alles sehr wichtig deutlich schwarzweiß und in Farbe ich betrachtete eine komische Illustration ein Mann in Hut mit herausgestreckter mit gelben Beulen bedeckter Zunge darunter die Unterschrift »So fängt es an«. Ich wachte auf mit dem Geschmack des eigenen Aases im Mund. Der Tag erhob sich faulig ohne Gott ohne Teufel und Engel ohne Liebe Glaube und Hoffnung *Dvojnik* der Doppelgänger. Er war es der mir dieses Wort vorsagte das Wort aus seinem Repertoire er sagt mir häufig Wörter vor wie »ich will mich ändern« und zwar sofort nicht erst »ab morgen« ja worin besteht dieses Sichändern Sichbessern ich werde also besser sein als ich bin aber das alles stürzte in sich zusammen. In meiner Brust verglimmt etwas ich spüre den Rauch der mir in die Kehle steigt ich muß würgen bekomme keine Luft in Stockholm unterhalte ich mich mit einer Studentin ich soll einen Ferienplan ausarbeiten einen Monat im sonnigen Sünden verbringen sie muß zwei Monate schuften sie arbeitet in einem Krankenhaus für unheilbar Kranke ihre Kollegin muß für einen Monat sonniges Italien erst mal einen Monat als Tellerwäscherin arbeiten und unsere Jugendlichen denken in Schweden fällt einem alles in den Schoß und Manna vom Himmel obendrein und die schwedischen Jungs und Mädchen haben nichts anderes zu tun als sich zu lieben Musik Mode und Drogen. Steh auf und fang mit den Kleinigkeiten an du mußt dich vor allem rasieren. Du fährst heute abend nach Berlin. Schön, meinetwegen fahre ich auch nach Berlin wenn du meinst, ich werde dort gebraucht. Ja, du wirst dort gebraucht abgesehen davon hast du wegen dieser Reise drei Jahre lang korrespondiert. Ich fürchte nur, ich habe mir die falsche Jahreszeit ausgesucht, Januar, Frost, und außerdem diese hunderttausend oder sogar dreihunderttausend Touristen die ausgerechnet jetzt aus beiden Richtungen über die Grenze strömen wenn ich ehrlich sein soll würde ich diese Reise lieber auf den April verschieben ich habe dir ein Hotelzimmer reserviert und bin gerade auf dem Weg zur Post um ein Telegramm aufzugeben du kommst morgen um 9 Uhr am Ostbahnhof an. Er lächelte. Du weißt genau welchen Ekel mir allein der Gedanke ans Kofferpacken einflößt. Einmal habe ich auf eine Reise nach Amerika verzichtet weil ich mich nicht überwinden konnte schon wieder diese Socken Rasierpinsel Unterhosen und Hemden zu packen dazu kommt noch das Kofferschleppen ich weiß nicht ob es sinnvoll ist dort drüben über die Herausgabe der Stücke zu sprechen. Ich verstehe ich verstehe aber warum hast du bis Januar damit gewartet. Ich weiß nicht. Ich war schonmal in Berlin es muß im Winter 1956 gewesen sein. Unsere »Delegation« bestand aus zwei Personen. Damals reiste LP mit mir ein Dichter und Satiriker. Er lebt nicht mehr. Es war ein strenger Winter. Wir wohnten im Hotel Adlon oder Aldon es war ein Gebäude das an einer Stelle wie mit einem Messer abgeschnitten war. Ein großer Brocken einer mir unbekannten Ganzheit eine seltsame Form. Erst später erfuhren wir daß es wirklich der Bruchteil eines riesigen Hotels war das teilweise von einer Bombe zerstört worden war. In unserem Zimmer war es empfindlich kalt. Es gab kein Heizmaterial ich zog nur Schuhe und Sakko aus und verkroch mich unter der Bettdecke. Vor Ort erfuhren wir daß wir noch am selben Nachmittag an einem Festakt teilnehmen sollten und daß im Namen unserer »Delegation« eine Rede zu halten sei. In Warschau hatte uns kein Mensch darüber informiert daß eine Rede vorzubereiten und zu halten sein werde. Alles was wir wußten war daß unsere Reise etwas mit Heine zu tun hatte. LP erklärte er besitze keinerlei Unterlagen außer einer populären Broschüre. Wir machten uns also daran einen Text zu konzipieren. Vor allem die Sache mit der Verbrennung der Heine-Bücher durch die Nazis die brennenden Scheiterhaufen das mußte unbedingt unterstrichen werden und dazu noch irgendwelche Zitate ich hatte den kleinen Gedichtband NORDSEE mitgenommen aber daraus eignete sich gar nichts für die offiziellen Ansprachen am Ende wählten wir ein Motto aus ich weiß nicht mehr genau es mußte irgend ein Vers übers Marschieren und Trommeln sein mit dem Refrain, daß das »die ganze Wissenschaft« sei. Beim Festakt stellt sich heraus, daß alle Redner einschließlich des Kultusministers ein grauhaariger Herr in schwarzem Anzug eben diese Strophe zitierten. Ich muß gestehen ich war sehr froh daß Heine sich das nicht anzuhören brauchte er war ein ungemein intelligenter und bissiger Mann er hätte über uns alle einen bitterbösen Bericht in einer Zeitung veröffentlicht oder hätte uns in einem satirischen Gedicht verewigt. Obwohl seit damals 15 Jahre vergangen sind bitte ich Heine noch heute mit einem schuldbewußten Lächeln um Vergebung ich erinnere mich ich ging damals Unter den Linden in Richtung Brandenburger Tor und Reichskanzlei dort war ein hügliges Gelände ein Trümmerfeld lag unterm Schnee das Tor war grau. Im Hotel war es eisekalt man mußte den Text übersetzen lassen ich war damals auch im Barnum-Zirkus ich erinnere mich noch heute an die schöne Frau mit olivfarbener Haut mit einem Muttermal neben dem Mund die die Manege mit federndem Schritt entlangging und auserwählten Besuchern Äpfel oder Apfelsinen zuwarf genau weiß ich das nicht mehr aber ich erinnere mich noch genau an ihren Gang die federnde Körperbewegung und den Mund ich war auch im Museum wo ich das Skelett eines monströsen »vorsintflutlichen« Reptils gesehen habe und im Theater in dem Stück Der Kreidekreis LP bat mich darum die »Rede« zu halten er fühlte sich plötzlich indisponiert entschuldigte sich mit Unfähigkeit zum Reden oder Unlust ich erklärte mich bereit weißt du ich messe solchen Dingen keine große Bedeutung zu mir war es wirklich völlig gleichgültig ich war vermutlich unrasiert (ich hatte eine schlechte Rasierklinge) aber ich sprach mit großer Vehemenz gebrauchte auch jenes unglückselige Motto mit dessen Hilfe wir Heine in irgendso einen doktrinären Trommler ummodelten einen Tambourmajor oder gar Unteroffizier einen Spieß aber man muß zugeben daß der Rhythmus stimmte das Operngebäude war innen lichterglänzend weiß rot gold ich bekam meine Portion Beifall am nächsten Tag begaben wir uns mit LP ins Kaufhaus am Alexanderplatz ich glaube LP hat sich da einen großen blechernen Wecker gekauft ich irgendeine Kleinigkeit ich weiß nicht mehr genau was wir bekamen Streit wegen irgendetwas kehrten schweigend und feindselig ins Hotel zurück aber die Stimmung war bereits zuvor entstanden auf dem Empfang den die Akademie für die »Delegationen« nach dem Opernabend gab. Das alles ist so langweilig und ich weiß wirklich nicht warum du das erzählst es sind Details Winzigkeiten die die Erinnerung verschmutzen es ist wirklich schade um den Platz den man für die Ablagerung dieser winzigen Bilder verschwendet man wird sie nicht mehr los man könnte ein ganzes Himalajagebirge aus ihnen aufschütten natürlich ein Himalajagebirge aus Abfällen man wird völlig davon verschüttet. Ich habe mein fünfzigstes Lebensjahr beendet und will meine Einbildungskraft meinen Verstand mein Talent tieferen Gedanken Überlegungen von dauerhaftem Wert widmen die unvergänglich wären und du überhäufst mich mit Erinnerungen an nicht sonderlich interessante an dürftige Ereignisse die mit Heines hundertstem Todestag verbunden sind. Wenn dich das langweilt bedenke bitte daß das gesamte Gewebe des Lebens aus solchen Fäden besteht daß es nur von ganz wenigen hellen Saiten durchzogen ist von Saiten die zerreißen es sind das Elternhaus das Vaterland. Liebe Gott bestimmte Landschaften Blumen Regen ... schließlich versinkt alles in einem Dämmer verwandelt sich in ein Glasperlenspiel in eine langweilige greisenhafte Wortklauberei dreißig interessante lesenswerte Seiten auf sechshundert der arme zahnlose Steppenwolf mit der Drahtbrille Das Glasperlenspiel Copyright 1943. Seine Lippen bedeckten sich mit Schaum er bespie das Glasperlenspiel knirschte mit den Zähnen lachte höhnisch. Ich sah ihn aufmerksam an diese wilde Attacke gegen den hervorragenden Humanisten Laureaten Preisträger (bei diesem Wort heulte er auf wasfüreinträgerwasfüreinträger-hosenträgerbrillenträger) erschien mir gänzlich unglaublich. Ich versuchte ihm mit ruhiger Stimme zu erklären, daß es bestimmte Werte gebe daß es Hohepriester unserer Kultur daß es einen Pablo Picasso Pablo Casals gebe. Meinst du Pablo Callas? Was ist denn das für ein Knabe? Fast hundertjährig. Cello. Nie gehört. Violincello. Kniegeige. Was? Kniegeige! Was macht der damit? Ist so eine geschwollene Geige. Hab ich vielleicht zwei Mal im Leben gehört. Klingt irgendwie komisch. Warum spielt kein Mensch auf einer Giraffe. Kniegeige ist scheußlich. Ich ekle mich vor diesem Instrument. Ich kann auf ein Violincello bis an mein Lebensende verzichten. Im deutschen Lexikon »Musik in Geschichte und Gegenwart« nennt man ihn den »größten Cellisten aller Zeiten«. Schön und gut! antwortete er. Man kennt ja die Deutschen, sie haben alles benannt und ausgezählt, aber mich läßt dieser hundertjährige Kefirtrinker mit seinem geschwollenen Knie kalt. Wird denn nie ein Mensch die Wahrheit sagen. Der eine ist hundertjährig der andere ein heiliger Märtyrer der wiederum ein genialer Maler dann gab's noch einen geliebten Führer aber niemand sagt die Wahrheit? Ich lebe noch und alles steht mir zu. Und was ist deine Aufgabe? Er blieb mir die Antwort eine Weile schuldig. Tu etwas. Wie wär's mit einer Reise nach Afrika oder auf den Mond. Am besten du fährst auf den Mond. So eine Reise könnte dich beleben. Weißt du was ich ziehe den A... einer jungen Gans vor der ist für mich interessanter als der Mond. Ich denke ich bin selbstmordreif und verstehe nicht warum ich diese wenigen schlichten Handgriffe nicht vollziehe meines Erachtens erfordert das keinerlei Vorberei-

tungen und Vorbereitungen verzögern verhindern diese einfache letzte Handlung eine einzige beliebige Bewegung ein Sprung nach vorn oder ruhiges Zuwarten. Hab dich nicht so sagte ich komm wir gehen in den Park spazieren das wird dir gut tun der Arzt hat dir zwei Stunden Spaziergang täglich verordnet aber er hat es dir befohlen aber du willst und willst nicht spazieren obwohl er es dir bereits vor drei Jahren verordnet hat Quäl mich nicht antwortete er quäl mich nicht. Wer hat dir gesagt daß ich gesund bleiben und lange leben möchte meine gesamte Angst ist in meinem Kopf versammelt was für eine Schande ich habe Angst und weiß selber nicht wovor und doch habe ich Angst wir gingen in den Park aber hier war Winter statt Frühling ich ging mit ihm die leeren kleinen Alleen entlang das Gespräch kam immer wieder ins Stocken ich nahm ihn an der Hand und sagte »ich habe es dir oft genug gesagt ich weiß nicht was ich mit dir anfangen soll ich weiß nicht wie ich dir das erklären soll«
»das Schlimmste steht Dir noch bevor«

II

Frage: Am 9. Oktober beendest du dein 51. Lebensjahr. Möchtest du aus diesem Anlaß irgendeine Aussage machen, eine Erklärung, ein Bekenntnis ablegen ... in deiner Eigenschaft als Dichter?

Antwort: Ich weiß nicht, ob der Umstand, daß jemand 50, 51, 60 oder 80 Jahre alt wird, ein Anlaß für irgendwelche »Erklärungen« sein kann? Vielleicht, wenn man 100 wird. Oder ... wenn man ... sieben wird?

F Schreibst du noch Gedichte?

A Mein letztes Gedicht habe ich vor ungefähr zwei Jahren geschrieben, an den Titel kann ich mich allerdings nicht mehr erinnern. Vielleicht hieß es *Aus der Lebenschronik von Leo Tolstoj*?

F Was hältst du von der jungen (bzw. jüngsten) Lyrik?

A Ich habe keine dezidierte Meinung über diese Lyrik.

F Warum?

A Das, was sie schreiben, interessiert mich nicht. Viel interessanter scheinen mir ihr Verhalten, ihre »Verhaltensweisen« und vielleicht das, was sie nicht schreiben... aber ich habe keine Ahnung, was sie verschweigen.

F Es ist doch auf eine Art bedauerlich, daß ein älterer Dichter sich nicht für das Schaffen der jüngeren interessiert, für die junge Lyrik.

A Ich würde es lieber sehen, wenn sie sich weniger für sich selbst interessierten, manchmal habe ich den Eindruck, sie posieren zu sehr.

F Dabei hast du im vergangenen Jahr eine Art Preis oder Auszeichnung bekommen... und zwar ausgerechnet von den jungen Dichtern. Wie hast du darauf reagiert?

A Ich weiß nicht, warum sie mir diese Sache zuerkannten, ich war überrascht und auf eine Art »erfreut«.

F Glaubst du, daß es eine Krise der Poesie, der Lyrik gibt?

A Nein. Es werden auch weiterhin interessante Gedichte veröffentlicht. Aber mich interessiert das nicht.

F Was interessiert dich denn jetzt?

A Alles, absolut alles.

F »Alles« oder »Nichts«, wie du einmal geschrieben hast?

A Das war ein Versuch, bestimmte Mißverständnisse auszuräumen... aber ich interessiere mich wirklich buchstäblich für alles.

F Nur nicht für die »Poesie«?

A In letzter Zeit gehe ich häufiger auf den Marktplatz, in unsere »Markthalle«... kaufe Obst, Pilze, gelegentlich Radieschen, Blumen, das ist wirklich interessant. Ich suche auch Ärzte häufiger auf als früher. Die Ärztegenossenschaften oder die Klinik. In diesem Jahr bin ich zum ersten Mal im Leben für ein paar Tage in einem Sanatorium gewesen. Ich habe mir zum ersten Mal im Leben ein EKG machen lassen. Das ist eine sehr interessante Welt. Die Welt der Ärzte, Krankenschwestern, Pflegerinnen.

F Und das Theater, die Dramatik? Die Realisierungen deiner Stücke?

A Am meisten gefallen mir im Theater die Proben. Wenn der Regisseur mit allem und gegen alle kämpfen muß. Das Drama und die Gestaltung der »Aufführung«. Ich kann 100 Aufführungen nicht zusammen beurteilen, jede Aufführung ist etwas Einmaliges, die Beschreibung einer Einzelaufführung ist die Rezension eines einmaligen Ereignisses, eines einmaligen Phänomens. Das Theater ist kein Kino, das Ensemble lebender Menschen nicht die Projektion einer Filmkopie. Ein großes Erlebnis für mich waren die Probe zur »Mutter«, die der Regisseur Jarocki im Teatr Stary in Krakau leitete. Der Entstehungsprozeß, das war schon eine sehr intensive Sache: ich stehe immer noch unter dem Eindruck dieser Proben. Dieses dramatischen Kampfes. Eine Vorstellung wird geboren. Das »geniale« Palaver ist halb so viel wert.

F Woran schreibst du?

A Ich schreibe an etwas, aber es geht schwer von der Hand ... man muß ständig neu beginnen.

F Und die fünfzehn Jahre Erfahrung als Stückeschreiber?

A Die habe ich nicht. Diese Erfahrungen sitzen sehr tief in mir versteckt. Und das ist besser so. Man muß also immer wieder versuchen. Schrecklich ... richtige Knochenarbeit.

F Aber du liebst das?

A Ja, ich liebe das ... doch ich ziehe es vor die Augen zu schließen oder mit offenem Mund einfach dazusitzen ... mit den Erfahrungen der anderen Autoren kann ich wenig anfangen. Früher war das vielleicht anders ... jetzt geht das nicht mehr. Das heißt, ich denke an mich, nicht an die anderen. Ich rede nie über eine Situation im allgemeinen, über die Situation *der* Lyrik, *des* Dramas, *der* Prosa usw., ich kann nur über mich selber reden und zuhören, was die anderen über sich selber zu sagen haben (aber nicht mehr, was sie über mich sagen! damit höre ich allmählich auf).

F Du veröffentlichst »Romanfragmente«, was ist das für ein Roman, hast du vor, ihn zu beenden?

A Ich weiß nicht, warum sollte ich ihn »beenden«?

F Spielen materielle Motive gar keine Rolle?

A Doch, ich lebe vom Schreiben... aber das sind sehr komplizierte Probleme. Mir scheint, man ist manchmal ein inspirierter Dichter und manchmal ein guter Handwerker, wechselweise... aber die Form hängt nicht vom Honorar ab, der Inhalt vielleicht schon...

F Was liest du gerade?

A Sehr viele Bücher, langsam wird das zu einer Art Droge, aber ich profitiere kaum etwas davon. Ich igle mich langsam ein. Ich glaube manchmal, daß mich das Fernsehen vergiftet. Ich sehe seit vielen Jahren fern. Manchmal mehrere Stunden pro Tag. Das Fernsehen ersetzt allmählich das Leben. Aber ich bin ja kein Einzelfall.

F Hältst du das Fernsehen für schädlich?

A Ja. Das Fernsehen ersetzt nach und nach die konkrete Wirklichkeit... eine »Fernsehwahrheit« setzt sich durch... eine Wahrheit, die sich manipulieren läßt...

F Dieses mechanische Kommunikationsmittel? Dämonisierst du da nicht ein wenig?

A Das Fernsehen ist kein Kommunikations*mittel*, es ist mehr als das...

F Es hat die gute Eigenschaft, daß man es jederzeit abschalten kann.

A Das ist eine weitere Illusion... alles andere läßt sich schließlich auch abschalten, unterbrechen... nicht nur das Fernsehen... das Fernsehen verdrängt die »Seele«... die »Seele« hat sich gleichsam in das »Schwarze Loch« verwandelt, das so populär geworden ist auf dem Gebiet der Astrophysik... in dieses schwarze Loch dringt das Fernsehen ein ... bedenk doch nur, im Fernsehen kriegst du Vollidioten zu sehen und manchmal auch zu hören, die hirnrissigsten Kommentare, die miesesten Gedichte, die schwachsinnigsten Lieder... im echten konkreten Leben würdest du das alles nie schlucken... aber wenn's ›vom Bildschirm‹ kommt... dann ist das eben nicht mehr die beliebige dumme Gans oder der gewöhnliche Schwachkopf, dann ist es das Fernsehen... und vergiß bitte nicht, heutzutage verbringen Arbeiter und Bauern mehr Zeit vor der Glotze als die sog. »Intelligenz« und die »Intellektuellen«... das geht klar aus der Statistik hervor... Und erst die Kinder!

F Ich muß gestehen, daß mir deine Ausführungen über die »Seele« und das Fernsehen alles andere als klar erscheinen, sie sind ein wenig verschwommen, um nicht mehr zu sagen...

A Ja, ich bin ganz deiner Meinung... es ist verschwommen ... denn es sind die Vorahnungen eines »Dichters«. Weißt du, da entwickelt sich erst etwas, da ist etwas im Kommen. Aber ich möchte noch einmal unterstreichen, die Behandlung des Fernsehens als eines schlichten Kommunikations*mittels*, eines Massenkommunikations*mittels* stellt für mich eine Vereinfachung, eine Fehleinschätzung dar. Hoffentlich erweise ich mich als falscher Prophet. Selbstverständlich kann man es ausschalten, »kaltstellen«...

F Aber dem Fernsehen verdanken wir doch viele schöne, interessante, ergreifende Erlebnisse...

A Ja, das ist leider wahr.

III

Ich habe dein »drittes Gespräch« durchgelesen und mußte so lachen, daß mir die Tränen kamen, sagte er, während er mir direkt in die Augen sah, ein Auge war gelb und gerötet, er zwinkerte, das kommt bestimmt von der »Glotze«, dachte ich schadenfroh, und er sprach weiter – daß mir die Tränen kamen. Du kamst mir vor wie ein mieser Schmierenschauspieler, der sein kleines Geschäft in aller Öffentlichkeit erledigt. Du immer silbriger werdender kleiner Esel, hör nur, was ich dir zum Thema deines »Gesprächs« sagen möchte.

Mumpitz ist das! du hast dich mit dir selber unterhalten und jetzt werde ich mit dir reden und du wirst dich rechtfertigen müssen für dieses »Gespräch«. Da! Schon deine erste Frage diente der Effekthascherei und außerdem war sie durch das ungesunde Bedürfnis motiviert, daran zu erinnern, daß du 50 oder 51 Jahre alt wirst, wie alt auch immer, das ist völlig bedeutungslos... Ich stimme dir zu. Du stimmst mir zu, aber nur scheinbar und des Effektes wegen. Dieser Effekt sollte in der Antwort »explodieren«. Die Antwort war »effektvoll«, aber bei weitem nicht so witzig wie du glaubtest. Und darüber hinaus gabst du »diskret« zu verstehen, daß alle Jubiläen (50-, 60-, 70–100jähriges Arbeits- oder sonstwelches Jubiläum) Quatsch wären. Ich bin zutiefst davon überzeugt. Das bist du nicht, mein Lieber! Nein, du bist ein ganz gewöhnlicher Dummkopf, der ziel- und sinnlosen Stuß daherredet. Das ist die einzig richtige Diagnose, sagte er lachend. Die zweite Frage und Antwort waren noch falscher. Die Frage: schreibst du neue Gedichte? Deine Antwort: das letzte Gedicht habe ich vor zwei Jahren geschrieben... ich weiß nicht mehr genau wie es hieß... *Aus der Lebenschronik von Leo Tolstoj?* Erst kloppst du große Sprüche, daß du nicht mehr schreiben kannst. So schreib doch einfach nicht, rede nur nicht darüber... Du schreibst oder du schreibst nicht... Schwamm drüber ... Feierabend ... dieser Stuß, und dabei verquasselst du dich und verrätst auch gleich den Titel dieses Gedichts. Ich weiß wirklich nicht mehr genau wie der Titel war. Du weißt es ganz genau. Das alles ist sinnlos. Öde mich nicht länger an. Sinn, Unsinn, alles hat einen Sinn. Du weißt doch genau, wie fieberhaft du suchst. Erinnere dich an das Gespräch, das letzte ernsthafte Gespräch mit P., sag mal: wer hatte recht, wer war im Besitz der Wahrheit? Was war geschehen? Ihr beide hattet recht in diesem Streit. Heut habe ich die ganze Nacht über geträumt. Ich erwachte stündlich mit dem Gefühl, etwas nicht vollbracht zu haben. Genau wie ich es sage: »nicht vollbracht« und nicht »nicht gemacht«, das

ist ein Riesenunterschied. Erst dieses totgeborene Gedicht »Erwachen«. Erwachen, schrieb ich, wie das Wegrollen eines Steins (ohne Auferstehung) ich der ohne Glauben (zum Leben) Erwachende (trete ein in die Höhle des Lebens) ohne Feuer Licht Schatten (an den Wänden). Mit welcher Wut ich das Blatt durchgestrichen habe. Die Kinder zingeln mich ein in einem monströsen Keis, einem verzauberten Kreis, der meine Kehle zuschnürt wie ein dreckiger Strick. Seit acht Uhr morgens greinen Kinder hinter der Wand, in der »Ambulanz«. Vor dem Fenster liegt dieses Stadion, das sich jetzt in eine Rutschbahn verwandelt hat. Kinder aus drei Wohnblökken veranstalten vor den Fenstern ein Rollschuhrennen.
Der Müllhaufen liegt fast direkt vor den Fenstern meiner »Werkstatt«, die Jungs springen auf den Deckeln der Blechtonnen herum. Die Eltern klopfen Teppiche. Auf der anderen Wohnungsseite liegen der Hof der Vorschule und ein Schulhof der Grundschule. Wenn ich aus meiner »Werkstatt« in das »Eßzimmer« fliehe, kann ich dort das Gebrüll aus der Schule hören. In den Pausen verwandelt sich alles in einen Tierpark... das ist eine Übertreibung. In einem Tierpark ist es still! Die Kinder laufen grölend die Treppe herunter. Die Hunde bellen. Die Kinder klingeln an meiner Tür. Der Bimmelton gefällt ihnen. Sie huschen weg wie Mäuse, sind fort, wenn ich die Tür öffne. Wenn ich sie erwische, sehen sie mich unverschämt und grimmig an. Es gibt ganze Schwärme von Kindern. Wir, die in sog. Wohnblöcken wohnen, müssen uns nicht den Kopf zerbrechen wegen der »Geburtenrate«. Ich gehe zugrunde. Ich verliere Jahre. Natürlich, wenn ich außer Haus arbeiten könnte, fern von meiner Bibliothek und meinen Bildern, würde ich schon seit einem Jahr an irgendeinem Schweizer oder italienischen See sitzen (und leiden, ha, ha!) in der Rolle eines »halben Märtyrers«. Nicht ich bin es, der dem Lied die Luft abwürgt, sondern Horden von Kindern und kleinen Hunden, Mülleimer, Klopfstangen, Straßenbahnen... bei den Wunden Christi, die haben mir die Haut bei

lebendigem Leib abgezogen. Heutzutage laufen die Verrückten zuhauf auf den Straßen herum. Das kommt vom Wohlstand. Sie tragen Pelzmützen, groß wie kleine Häuser. Gestern trat ein Ungeheuer im Fernsehen auf. Aber dieses Stück hast du verpatzt. Welches Stück? Ich weiß wirklich nicht wovon du redest. Na, von dem Stück, das du zum Wettbewerb eingereicht hast. Du hast es nicht geschrieben! Ich habe es geschrieben, ich bin nur nicht rechtzeitig fertig geworden. Und jetzt muß ich mir pausenlos dein Winseln, Schreien, Heulen anhören... Hast es verpatzt, hast es verpatzt. Du denkst an das an die... ja ja ich denke daran. Ich verberge meine Taten nicht. Jetzt, im Jahr 1972 habe ich eine gewisse Story herausgekramt, die ich 1948 und dann 1955 begonnen hatte. »Die Latrine« und der »dumme Waluś«. Eine uninteressante dürftige Angelegenheit, grausam schmutzig. Eine Erzählung aus der Partisanenzeit aus dem »Wald«. Ha aber nicht über Helden Feiglinge Feinde Prachtkerle sondern über einen schwachsinnigen jungen Knecht mit Schweißfüßen, der sich von der Partisanentruppe entfernte [...] Du hast mal ein altes Amateurfoto gesehen, auf dem das Fräulein Salomé zu sehen war, die einen kleinen Wagen lenkt, vor den Nietzsche und sein Freund Rée gespannt waren. Das Wäglein rollt eine Gartenallee entlang, unter Bäumen. Die Pferdchen tragen Schnurrbärte und modische Kleidung. Ein herrliches Thema für Spätentdecker. All diese Klatschgeschichten und Romanzen enthalten etwas Klägliches. Das alles ödet mich an... das ist Literatur! Aa! Da hab ich dich endlich, du falscher Fuffziger! Was soll diese dumme Bezeichnung falscher Fuffziger, du beginnst wieder mit der alten Leier du willst daß die Wörter Eigengewicht besitzen konsistent werden daß sie die Schwere von Steinen Nüssen Blättern und Münzen besitzen jedes Wort ein Pferd Amen daß du nicht aufhören kannst mit dem Unsinn nimm doch Rücksicht auf deine angegriffene Gesundheit... du hast solche Gedichte auf deinem Konto. Otnok Kotno Notko Otkono weißt du was ich möchte so gern ein »konkreter Dichter« werden. Also was diesen dummen Waluś betrifft solche Leute pflegen wir als »Säue« zu bezeichnen also schön mein Stück handelt von einer menschlichen »Sau«. Siehst du mein Pumperlchen mein Pupserlchen was soll dieses künstliche ausgedachte Wort ich bin Dichter sag das diesem pickligen Verbandsmitglied nur nicht nach. Ein Verrückter! Das ist ein Verrückter. Du bist verrückt sagte er und streckte mir die Hand entgegen. Also, du Verbandsmitglied hahahihi ich reife nämlich erst jetzt und konnte früher solche Sachen wie die über den dummen stinkenden schwachsinnigen Knecht Waluś nicht schreiben der in der Zeit des hochkommenden Faschismus geboren wurde gelebt hat und verreckt ist. Ich habe mir keinen Helden ausgesucht sondern ein Stinktier eine menschliche Kreatur die verachtenswert ist und die man schleunigst vergessen sollte. Siehst du, mein kleiner Engel, ich reife langsam, ich reife nach und nach. So viele Jahre mußten vergehen bis ich endlich begriffen habe, daß ein Dichter und Autor kein Recht hat auf Verachtung daß er nur ein Recht hat auf Liebe seitdem Gott das menschliche Wesen im Stich gelassen hat. »Die Geschichte« nein nein nein! »Die Weise von Liebe und Tod des einfachen Soldaten Waluś«, wäre das kein Titel? Dieser Titel enthält eine bewußte ironische Anspielung auf das berühmte, herrliche Prosagedicht von R. M. Rilke *Die Weise von Liebe und Tod des Cornets Christoph Rilke.* Rilkes Weise spricht davon, daß nach dem Tod des Cornets der »Waffenrock im Schloß verbrannt« sei sowie »der Brief und das Rosenblatt...« genau, genau! Hat dich dieses Rosenblatt so erbost? Du scheust die Rose wie der Teufel das Weihwasser. Es war die Lieblingsblume deines Meisters. Ich erinnere mich ich erinnere mich er zitierte diese herrliche prätentiöse Grabinschrift. Die Dichter sind eben doch »ewig« keiner vergißt was der andere mal geschrieben hat und seis so ein Verslein auf einem Grabmal vielleicht hast auch du bereits eins zusammengereimt wer weiß. Nur

Mut Bruderherz... er »schüttelte« sich vor Lachen. Dieser Saukerl hat vor gar nichts Respekt er bringt es fertig eine Rose zu bespucken. Ich begann ihn zu verdächtigen, daß er der Teufel sei. Nicht ein armer anämischer Teufel der die selige Frau Maria in Weimar mit Tintetrinken unterhielt dieser hat sich mittlerweile mit Thomas Manns Hilfe in einen Intellektuellen verwandelt ich habe den Teufel gemeinsam mit Paul VI. entdeckt, dem Papst... Mein Satan hat nichts zu tun mit dem geschämigen Flüstern der modischen Theologen die den Teufel jetzt in ein Symbol verwandelt oder gar liquidiert haben. Der Papst ist unfehlbar nicht die Intellektuellen. Ich weiß, gemeinsam mit dem Papst, daß dieses dunkle unstete Wesen wirklich existiert und daß es bis heute mit heimtückischer und listenreicher Bosheit am Werk ist. Scher dich zum Teufel brüllte ich. Kompromittier mich nicht noch mehr. Muß ich mir wirklich dein Gefasel dein Gestammel anhören ich kriege langsam zuviel. Du schreibst dieses schamlose Zeug nieder und veröffentlichst das Gebrabbel unter meinem Namen. Grauenhaft. Du wirst Wort für Wort jedes Wort einzeln herunterschlucken müssen alle unnötigen Wörter die du ausgesabbelt hast. Alles was du geschrieben hast wirst du eine Ewigkeit lang lesen müssen. Dabei hast du eine so wunderbare Arznei, Pierre Teilhard de Chardin. Er wird dich beruhigen, er wird dich einfangen, wird dich zähmen... »Was die Richtung Ox betrifft, so beweisen die aktuellen Erfahrungen unabweisbar, daß die rein immanente Strömung der Humanisierung nicht nur vom eigenen Inhalt leben kann, gleichsam einen geschlossenen Kreis bildend. Die Welt, die keinen Ausgang besitzt, der das Vermeiden des völligen Todes verhindert, und die des höchsten Brennpunkts der Personalisierung ledig ist, dessen Strahlung die Liebe zwischen die menschlichen Zellen hinauftragen würde. Die Welt, die der völligen Entpersonalisierung unterliegen könnte, die eisige Welt. Das All ohne Herz und ohne Ausgang...« Wie schade, daß der dumme Waluś diese Worte nie wird lesen können. Schade? Für wen? Für wen, frage ich dich. Für den dummen Waluś oder für Pierre Teilhard de Chardin? Aber ich habe die Nase voll von diesem saudummen Palaver, ich mach mich davon. Wohin machst du dich davon. Ich verdufte. Wohin verduftest du? Ich verdufte ins andere Zimmer. Ich werde mir dort die weitere Folge der neuen »Fernsehserie« ansehen. Tiefer gehts nicht. Ich stürze in diesen Abgrund zusammen mit einer Million Verdammter... Verborgen. Er popelte in der Nase. Im Ohr. Er polkte in den Zähnen. Das war er. Ich.

Warum kommst du, mein Sohn? Er verbarg sein Gesicht.
Ich möchte dir meine Gedanken Worte Taten beichten.
Er korrigierte sich. Schnaufte aus. Seufzte, rülpste. So sprich.
Ich habe nichts zu sagen Vater.
Ich bin nicht dein Vater. Du zerstörst dich selber um die anderen zu zerstören du literarischer Satan.
Ich
Fang nicht mit Ich an du faselst bereits seit fünfundzwanzig Jahren
Ich will nichts von dir
Ich will fortgehen warum beleidigst du dich du willst schon gehen
Auch das will ich nicht mehr
Ich fragte ob du die Welt »verlassen« möchtest
Nein ich liebe die Natur und junge Mädchen
Aber als du zweiundzwanzig warst wolltest du dich töten Amen
Ja ich habe die Mündung an meine Schläfe gelegt dort wo diese kleine Ader pocht
Sag was dich quält warum produzierst du diese toten Geschöpfe
Ich will nicht leben und will nicht abtreten ich will nicht reden und ich kann nicht schweigen das Blut

Du bist zu lebendig und versuchst den Tod zu erpressen du ißt gerne Bauernwurst
Mich gibt es nicht Vater andere haben mein Blut vergossen auf daß du krepierst Vater
Nenne mich nicht Vater ich bin der schwarze Jäger
Bitte laß die romantische Literatur aus dem Spiel
Du kannst sie nicht ausstehen
Ich kann sie nicht ausstehen wie die Sonne wie
Vergleich nicht laß das sag was dich zu mir führt
Ich
Ich bin ich ich du Trottel du wirst an diesem Wort ersticken du spielst Komödie
Ich hasse
Wen
Mich und die kleinen Kinder es sind die einzigen Bewohner von Himmel und Erde es sind Satane
Warum bist du gekommen
Ich weiß nicht ich hasse sie sie haben meinen Kopf okkupiert sind eingedrungen durch die Augen die Ohren den Mund
Du hast eine Wunde an der Stirn
Verdammter Erudit ständig dieser Bücherschluckauf genau zu Weihnachten die »Ahnenfeier«
Kannst du weinen mein Sohn?
Nur noch über mich selbst über mich und ringsumher die kleinen Satane Engelchen und Hundehaufen
So wein nicht und kannst du lachen?
Ich weiß nicht
Versuch es
Völlig grundlos?
Versuch es! Lach mal über dich selber. Das soll sehr gesund sein. Du kannst nicht...
Ich unternehme unzählige Versuche ich lache wie eine kaputte Maschine ich knirsche zische das ist kein Lachen mehr das ist

Über gewisse Eigenschaften der sogenannten Poesie

Zum Beispiel

die poesie verliert ihre kraft
schon nach mitternacht
ein wenig erschöpfung
macht sie
unkenntlich
verwandelt sie
in eine handvoll wörter
ohne leben
etwas monströses
wie papierblumen
wie fleischliche liebe

die poesie erblindet
um mitternacht
oder zur mittagszeit
nach dem essen

poesie gibt es nicht
bei der geburt
nicht beim tod

es gibt keine poesie
um 22 uhr
am 1. mai 1961

es gibt keine poesie
im kalten

und keine im heißen menschen
im lauen
ja
da kann sie leben
sich entwickeln

sie sickert aus dem riß
dem makel

Aus der Lebenschronik von Leo Tolstoj

Krisenjahre

im traum
liebt mich meine frau

alles wird
hell leicht
in mir ringsum

dann erwachen

die blinden schläge
der wirklichkeit
immer wieder
ich bin zum leben verurteilt
das untergang ist

nur die kinder
durchbrechen unsere gefängniswände
mit vogelstimmen

nach dem tee
ordinärer streit mit meiner frau
auge um auge
zahn um zahn

das leben stinkt
saugt sich voll wie ein schwamm
mit angst zorn galle
wer hat den geschlossenen mund
berührt

zu hause der gezähmte tod
mit den obszönen backen des lebens
der von tag zu tag wächst

mein herz ist schwer
ich bin ein elender wurm
ich bin ein staubkorn an den sandalen
des fortgehenden gottes

entbehrlich geworden
wünsche ich den tod

Herr befreie mich
löse meine bindungen

das leben erniedrigt mich
ich wünsche den tod
ich bin ein aas
auf der Hellen Wiese

ich entdeckte in mir
eine versteckte eitrige
wunde
gesundheit blühende begierde

umzug nach moskau
im irrenhaus
»etablieren sich« die irren
sie denken nicht an die seele in salons
denken nicht an die auferstehung
bin ich der einzige
bei gesundem verstand

der grausamste monat
meines lebens
bälle besuche toiletten
parfums tänze sinne

ich verstecke die schnur
vor mir
das leben würgt
wie eine schlinge

ich versuche es noch einmal
ich will mich ändern
werde heiter
werde besser werden

nein
das ist unmöglich
beim abendtee
gegenseitige beschuldigungen
zorn mundgeruch lüge

ich versuche zu schreiben
kann nicht

ich verstecke vor mir
den strick

bin ein alter erschöpfter mann
den ganzen tag hab ich mich gesehnt
nach ein wenig wärme zärtlichkeit
ich will mich wie ein kleinkind
an die mutter schmiegen
meine alte erschöpfte seele
sehnt sich nach irdischer liebe
nicht nach kalter himmlischer
göttlicher
ich sehne mich nach der mutter
die ich nicht erinnere
das alles
ist wahnsinn

ich wünsche den tod

bin ein lebender leichnam
mit großen flügeln

Entstehung eines neuen Gedichts

durch die nacht
rasen zwei
gegeneinander geschleuderte
gedichte

die gestalt dieser gedichte
ist modern
präzise
die innenräume sind erleuchtet
funktional avantgardistisch

sie prallen blind
aufeinander

zerschlagung
der bilder
platzen
abschnüren
zertrümmern
durchdringen
das sterben der formen
durchbricht die linie
erdrückt den atem
bricht wörter
schmilzt umrisse heraus

zusammenprall
das neue gedicht
das dritte gedicht
in agonie geboren
fließt durch
das fruchtwasser
der menschheit

rätselhaft lächelnder
tumor
verborgen
zum plötzlichen
wachstum
bereit

Zweiter Vorschlag

Das fertige
gedicht
muß man zerbrechen
und wenn es zusammenwächst
abermals brechen
an den stellen wo es die wirklichkeit berührt
die verbindungsglieder entfernen
die zufälligen
aus der phantasie stammenden
die übrigen
mit schweigen verbinden
oder unverbunden lassen
nach fertigstellung
des gedichts
das fundament entfernen
fundamente schränken
die bewegung ein
dann erhebt sich
die konstruktion
und wird einen augenblick
über der wirklichkeit schweben
mit der sie schließlich
zusammenstoßen wird
dieser zusammenstoß
wird der beginn des lebens
eines neuen gedichts sein
eines der wirklichkeit fremden
es wird sie überraschen
zerschlagen
umgestalten

und wird selber
umgestaltet werden

Didaktische Erzählung

Für Mieczysław Porębski

I

Lektion der Geduld

Die Chinesische Mauer
ich berührte sie mit den fingern beider hände
vogelsang ist die mitte dieser landschaft
frauenlächeln ist die mitte dieser landschaft
die sich auflöst
die stadt fällt ab wie fleisch vom knochen
das lächeln bleibt
die chinesische mauer
ich habe ihren rücken erklommen
wie den rücken eines schlafenden gottes
habe sie mit eigenen augen gesehen
ohne anfang und ende

es gab eine zeit da gebaren frauen sklaven
von kopf bis fuß gefangene
sie gebaren mäusefallen
das meer ist
groß hellblau fesseln die fielen

ich denke an diese mauer zurück
seit heute morgen regnet es
es regnet so lange
daß ich an die chinesische mauer denke
die wirbelsäule der erloschenen dynastie
das lächeln Buddhas
mit den augen der kleinen Tschu-Lin
dem mädchen mit den grünen schleifen im haar

ich sah sie von unten
sie glich dem leben des dichters
und dem leben des beamten
und war mit nichts vergleichbar
ich sah sie noch einmal aus der vogelperspektive
dem kleinen fenster
des flugzeugs

diese mauer trennte nicht
verteidigte nichts zog sich hin
es gab eine zeit da gebaren frauen kleine
und große gefängnisse
käfige in denen das herz schlug
das meer große klirrende fesseln
spuckt leichen aus
mit rosa fersen

diese mauer erteilt musterunterricht
für menschen ohne phantasie
darüber was phantasie
der wirklichkeit ist

Als man mich fragte
wie ist diese mauer
antwortete ich lächelnd
sie ist lang ich sah weder ihren anfang
noch ihr ende
und fügte dann hinzu sie ist sehr lang

II

Träume

Meine träume sind alltäglich
mein farbloser nachbar übergibt mir ein paket
verpackt in zeitungspapier verschnürt
wir wickeln die schnur ab längere zeit
essen dann nudelsuppe
reden übers wetter
in ziemlich abgetragenen anzügen
ich habe realistische träume
nur einmal verwandelte sich eine bekannte
in meinen armen allmählich
in einen kollegen aus dem gymnasium
er hatte hellblaue augen und helles haar
uns verband haß
er schlüpft in meine arme
in der realen welt wurde er zum spitzel
und endete angeblich aufgrund eines todesurteils
fast alle meine träume
erfüllen die grundsätze
der traditionellen dramaturgie

Ich unterhalte mich mit Andrzej W.
das heißt ich rede mit mir selbst
denn er kam tragisch ums leben
diese kleine höhle im gesicht
der eingang zur unterwelt
öffnete sich am dritten tag

blinder maulwurf
dieser goldstreifen im rauch ist Venedig
bewölkter himmel rosarote perle Palazzo Ducale
Andrzej willst du dich erwärmen

du hast in der nacht ein schloß auf eis gebaut
blutspuren an den fingern
du kamst hierher in den Süden geflogen
ich werde dir
von der XXX. Biennale di Venezia erzählen

Moto Luce Rumore
die futuristen von 1912
dachten sie seien dämonen der bewegung
Automobile e Rumore
ihre automobile zu sehen
im Musée du Cinéma
rufen lachsalven hervor
ihr flugzeug erinnert
an eine kreuzung von leiter und engel
Parole in Libertà das jahr 1915
Marinetti Balla Boccioni
Cavalli Correnti Mattoli
Guerre Belle Léger Lourdbimbim
Mort aux Bosches traac craac croc tatatata
das jahr 1919 Esplosione Simultaneita
verdi tam tumb isonzo
paak piing

dann
dadamax ernst
von minimax dada max
selbst konstruierte maschinen
für fruchtlose bestäubung
weiblicher saugnäpfe zu beginn
der wechseljahre und dergl. fruchtlose
verrichtungen

so gingen sie
spielend
in die kunstgeschichte ein

Jean Huizinga sagt in »Homo ludens«
das spielende kind zeigt keinen infantilismus

der pavillon des Königreichs Belgien
aufschrift
EENDRACHT MAAKT MACHT
auf dem bronzehintern einer realistisch
dargestellten frau liegt sonne
die dame stammt aus dem ende des 19. jahrhunderts
damals scheint der kongo
noch privatbesitz des königs gewesen zu sein
wärter in grauer uniform kommen herein
die bilder zu bewachen
aus den gärten dringt vogelsang
im ersten saal negerplastiken
paaren sich mit pseudoklassizistischen ich gehe
im zweiten saal Landuyt
bricht innereien aus auf die leinwand
embryos eier eierstöcke blut
tumore fressen das gewebe

die wärter langweilen sich
um zehn uhr verlasse ich den raum
auf dem realistischen hintern
der bronzefrau
– jede ihrer popobacken gesondert
gezeigt könnte als
gegenstandslose skulptur gelten –
die sonne legt einen kuß nieder
EENDRACHT MAAKT MACHT

meinem herzen nah
steht der müllplatz der großstadt
der dichter der müllplätze ist der wahrheit näher
als der dichter der wolken
müllplätze sind voller leben
und überraschungen
Andrzej du fragst nach der xxx. Biennale
ich sah dort strukturierte
müllhaufen von Burri
zerrissene säcke lumpen
damenwäsche schnüre papier
Burri
hungernd im kriegsgefangenenlager
setzte er aus abfall
eine neue welt zusammen
inmitten von todesfällen und abfällen
schuf er schönheit
das modell einer neuen ganzheit
Burri
ich erinnere noch einmal an die elemente seines weltbilds
große geflickte säcke auf schwarz
netze plus Burris leben
löcher unterschiedlichen formats verschnürt
fäden Burris fünf sinne
stücke schmutziger hemden
bademäntel säcke gips
rauhleinen
in das jemand pinsel und hände abwischte
messingtafel aufschrift
Gift. of G. David Thomson 1957
Dann zerfall entwicklung von Burris tumoren
die tür eines alten aus dem feuer geretteten schranks
sperrholz furnier teerige bretter dick
mit vogelkot beschmiert Burris weiße erde
ein anderes Bild auf rot ein zerfetztes laken

damentaschentuch
alles in rot hunger und feuer Burris
ein dickes mädchen in spitzenbluse lacht unbeschwert
beim anblick von Burris müllplätzen
ein anderes bild aus metallstücken schweigen und rost Burris
Des weiteren hängen bewegungslos fast schön schöne
Romiti Spazzapan Sadun
Music premia Unesco Consagra
Poverelli Leoncillo Vedova Dorazio
Corpora Fabri Afro Lardera

III

Anfang

Eine epoche geht zu ende
es beginnt
eine neue epoche und die künstler fühlen sich bisweilen
verpflichtet
werke zu schaffen die
unserer großen
ungewöhnlichen zeit
würdig wären
indes stellt es sich heraus
daß eine epoche schon zu ende gegangen ist
während eine andere begonnen hat
die einen haben es bemerkt andere
haben es nicht bemerkt

also machen sie weiter
das eine oder andere
nach ende jener epoche
und zu beginn der neuen epoche
etwas ist zuende gegangen
nichts will beginnen
vielleicht hats schon begonnen

im jahr 1957 war ich zeuge zweier ereignisse
Paris frühling
auf der Mondrianausstellung
ging der realistische baum
in den abstrakten über
er starb und gebar
eine neue konzeption
aber das ist eine alte geschichte

die zeitungen veröffentlichten das foto
der schimpansin Betsy
die taschistische bilder malt
es wird berichtet der affe verkaufe
die bilder mit großem Erfolg
ein bild habe den preis
von 350 000 Franc erzielt
angeblich protestieren die maler
die ganze geschichte spielt in Amerika

möchte gern wissen
worüber die journalisten sich freuen
und warum die maler protestieren
Das Spiel mit den Möglichkeiten

IV

Begegnung mit Franciszek

Zum sicheren und langweiligen abenteuer
wurde die poesie
ich arbeite jetzt
an dem langen gedicht
»Begegnung auf der Piazza S. Marco«

Auf dem Markusplatz
traf ich Franek
er schämte sich seiner ausgebeulten hose
hatte hunger haarausfall mimte einen engel
wollte sich unter den tauben verstecken
klappte den sakkokragen hoch
stimmt's Franek
es stimmt Tadek

dann fragte er mich in reinstem italienisch
mit göttlichem akzent
a che ora pare il piroscafo per Capri
Franek erkennst du mich nicht
Tadek was treibst du hier
Franek du bist ein engel
Tadek ich schwör's bei gott
ich komme nicht los
in der zeitung hab ich brot
ein schmalztöpfchen
aber die schnur krieg ich nicht auf
Franek warum quälst du dich so
diese gedanken bringen dich um
ich hab mich in diesen sätzen verstrickt
ich muß alles nochmal abschreiben
ins reine
warte auf mich

V

Rechte und Pflichten

Früher ich weiß nicht wann
früher dachte ich es wäre mein recht meine pflicht
dem ackermann zuzuschreien
sperr doch die augen auf die ohren
Ikarus stürzt ab
Ikarus ertrinkt der sohn des traums
wirf den pflug weg
verlaß die erde
öffne die augen
dort ertrinkt
Ikarus
oder dieser hirte
der dem drama
der flügel der sonne des flugs
der falls
den rücken zuwendet

ich sagte ihr blinden

doch jetzt wann jetzt ich weiß es nicht
weiß ich daß der ackersmann den acker zu pflügen hat
der hirte die herde zu hüten hat
Ikarus abenteuer ist nicht ihr abenteuer
es muß so enden
Und darin
daß das schöne schiff weiter
auf den hafen seiner bestimmung zusteuert
liegt nichts erschütterndes

Altes Foto

heut erhielt ich
aus einem fernen land
eine alte postkarte
die ansicht von erbalunga

hab diesen namen nie gehört
weiß nicht wo erbalunga liegt
will es nicht wissen

erbalunga

gestern hielt ich
das gerettete foto meiner mutter
aus dem jahr 1944
in der hand

auf dem foto
ist mutter noch jung schön
sie lächelt sanft

aber auf der rückseite
las ich von ihrer hand
geschriebene worte
»das jahr 1944 für mich grausam«

1944
hat die gestapo
meinen älteren bruder ermordet

wir verheimlichten der mutter
seinen tod
doch sie durchschaute es
und verheimlichte uns dies

Alpha

meine linke hand
illuminiert
das buch der getöteten geblendeten verbrannten

das lied
blieb nicht unversehrt

meine rechte hand
malt
einen weißen
wie das einhorn
unwirklichen
buchstaben
aus jener anderen welt

Das im Gedicht verborgene Gedicht

Ich sitze also in meiner »Werkstatt« und schreibe Gedichte. Jeden Text korrigiere ich viele Male. Es sind also ausgearbeitete, überprüfte Sachen. Doch zuweilen geht ihnen die Luft aus. Sie atmen nicht. Sie verhalten sich wie anorganische Gebilde. Vor drei Tagen habe ich begonnen, das Gedicht *Schloß auf Eis* zu schreiben. Es war ein Gedicht, das nicht auf einer ›Idee‹ basierte, vielmehr auf einem vagen Gefühl der Unsicherheit.

Mir scheint, alles, was ich mache, hat etwas Vorläufiges, Provisorisches an sich. Als hätte ich nur eines garantiert: die Vergangenheit. »Alles« ist provisorisch, improvisiert. Das gesamte »laufende« Leben. Alles, außer dem Schreiben (dem Bearbeiten) von Gedichten. Ich erinnere mich, wie wir als Kinder über zerbrechliches dünnes Eis liefen. Unter dem Eis, da war das Geheimnis verborgen. Die Gefahr. Der Tod. Aber an der Oberfläche, da ging es lustig, kristallen, glatt und sonnig zu. Das Eis krachte, zersprang, warnte. Doch die Vorsicht langweilte uns. Diese Rutschpartien auf den zugefrorenen Tümpeln enthielten das, was mein heutiges Leben birgt.

Ich gehe übers eis
ich gehe übers eis
über eine scheibe aus eis
über durchsichtiges eis
ich gehe über eis das zerbrechlich ist
und mein ganzes Leben verläuft anders
als das leben derer die sicher auf dem boden stehen
mein schloß ist auf eis gebaut
hat eine schwer beschreibbare form
und alles in ihm wartet
worauf

Hier begannen die ersten Schwierigkeiten. Ich wollte das Schloß auf Eis beschreiben. In meiner Sicht (oder vielmehr in meiner vagen Vorstellung) war es eine sehr komplizierte Konstruktion, voller Korridore, Gemächer, Fenster, Durchgänge. Zugleich war dieses Bauwerk ganz willkürlich »zusammengeschustert«, aus Steinen, Zweigen, Zeitungen, Blättern. Die Beschreibung eines »Schlosses« sollte präzise sein. Plötzlich versinke ich und höre auf zu schreiben. Das, was ich geschrieben habe, stimmt nicht mehr mit dem überein, was ich mir vorgestellt hatte. »Unterwegs« entsteht ein anderes Gedicht, das mich seit 1961 begleitet:

Zwei türme
sprangen
an die oberfläche
und blieben verkehrt
hängen (im leeren)
im blassen himmel
über Chartres
Der steinbruch der kathedrale schwieg

Ich unterbreche die Arbeit mittendrin. Wirklich mittendrin? Das sagt man so dahin. Aber handelt es sich denn um die »Mitte« des Gedichtes (die Mitte der Arbeit)? Ist es nicht vielleicht schon das »Ende«?

»Der steinbruch der kathedrale schwieg«. Mit dem Bild eines Steinbruchs verknüpft sich (in meiner Vorstellung) ein leerer von Felsen umgebener Raum, oder vielmehr ein aus dem Felsen geschlagener und mit Luft angefüllter Raum. Nichts. Ein zurückgebliebener Raum. Wenn ich in diesen Raum, der von dem ausgehauenen und abtransportierten Stein übriggeblieben ist, flüssiges Gold, Silber, Blei, Licht, Farbe (sagen wir Blau, Gelb, Lila) gießen würde, wenn ich dann alles zusammen in die Luft sprengen würde? Wenn ich diese neue Form in der Luft festhalten und einfrieren lassen könnte, wenn ich ihren Abguß auf ein flaches Feld oder an einen Ort über den Dächern der Häuser und den Schornsteinen der Stadt absetzen könnte ... vielleicht wäre dieses neue Phänomen, diese neue Konstruktion der ursprünglichen Konzeption näher als dieser »steinbruch der kathedrale«. Doch auch in dieser barocken Sandform (aus Wörtern) steckt eine »schöne« Übertreibung. Also verzichte ich darauf, Granit, Licht, Musik usw. in die Luft zu jagen. Ich kehre zurück zu dem Satz »Der steinbruch der kathedrale schwieg«.

Das Konzept des Gedichtes »Schloß auf Eis« erscheint mir ein wenig überzogen, fiktiv. Ist das ein Defizit? Wenn man die Poesie als »Sache der Einbildungskraft« versteht, so ist das eher ein Vorzug. Aber wenn man es anders sieht?

Seit vielen Monaten arbeite ich an einem anderen Gedicht. Begegnung auf der Piazza S. Marco. Ursprünglich wollte ich mich mit der Beschreibung der hier herabfliegenden Tauben, Touristen und Toten beschränken. Unter den herabfliegenden Tauben entdeckte ich auch Engel. Nicht nur die gewöhnlichen Engel mit zwei Flügeln, sondern auch vielflüglige Seraphim. Die Seraphim haben goldene, purpurrote und schwarze Flügel. Diese Engel sollten zusammen mit den Tauben herabfliegen. Die Toten sollten zwischen den Touristen auftauchen, sie sollten so gekleidet sein, wie ich sie in meiner Erinnerung behalten habe, sie sollten in Gondeln an der steinernen Landestelle landen. Oder sollten für sich auf den Wellen schaukeln wie Boote.
Auf dem Markusplatz habe ich mich mit Staff, Gil, Tuwim, Gałczyński, mit Andrzej Wróblewski und Janina Mortkowiczowa verabredet. Eine Person aus der fernen Zeit der Kindheit kam zu diesem Treffen. Eine andere kam ungebeten. Jene Personen bat, lockte ich, ich streute ihnen Erbsen aus einer Papiertüte aus. Ich muß auch meinen Freund aus der Partisanenzeit erwähnen und die unbekannte Tote, die vor der hölzernen Barackenwand liegt. Schön, tot, mit schwarzem langen Haar im Schnee.

Nachwort zu einem langen Gedicht

Langsam behutsam
muß man die wörter ablösen
bild vom bild
farben von formen
gefühle von bildern
trennen
bis zum mark
zur sprache des leidens
zum tod

Es gibt
innere gedichte
und äußere gedichte
es gibt abgeschlossene greifbare
durch wissen routine
an die oberfläche
geworfene gedichte
hell kristallen
strahlend
wie licht
und es gibt andere
fließende träge
dunkle

Es gibt Gedichte, die nichts zu verbergen haben. Offen, eindeutig, zeigen sie sich im Tageslicht wie Dinge, sie leben an der Oberfläche. Aber es gibt andere. Diese kommen häufig zu Wort in meiner Arbeit. Sie sind wie schweigende Menschen, die bis zum Schluß ... eine Sünde? Schwäche? Haß? Wahrheit? Gott? in sich verbergen.

Es gibt
innere gedichte
und äußere gedichte
es gibt gedichte
greifbar voll sinnlich
die jene
verborgenen umhüllen
wie schale und fleisch
den samen der frucht
umhüllen und verbergen

Ich habe vor kurzem mit meinem Freund über das »im Gedicht verborgene« Gedicht gesprochen, über das hinter dem Gedicht stehende Gedicht. Ich habe ihm gesagt, daß dieses ungeschriebene, nicht realisierte Gedicht der Dunkelheit

gleicht, durch die das Licht jenes anderen, eigentlichen, geahnten, nicht geschriebenen Gedichtes durchbricht...
Wie soll man es aus der Tiefe an die Oberfläche holen? Zuweilen scheint es durch die Worte und Bilder des realisierten Gedichtes durch. Oder es zerreißt die Hülle des realisierten Gedichtes und tritt zusammen mit diesem ans Tageslicht mit Blut und Wasser. Langsam und behutsam muß man das Bild vom Bild lösen, das Wort vom Wort, das Gedicht vom Gedicht. So wie man ein Bild von einer zerstörten Leinwand, von Holz und Mauer löst.
So verbergen sich hinter meinen Erinnerungen die Toten und so verbirgt sich hinter diesen Worten Zdzisław. Ich kann ihn nicht aufdecken. Ich kann ihn nicht enthüllen. Er ist dort, hinter diesem dichten Vorhang, hinter dem Paravent. Ich kann ihn nicht enthüllen, weil ich weiß, daß es ihn dort nicht gibt, daß ich ihn nicht finden würde.

Dieses geschriebene gedicht
muß man säubern abwaschen
darüberwischen
wie über eine schmutzige scheibe
im zug
dann wird die vorbeifliegende
landschaft
der schattenriß des menschen
in rauchiger sonne

Dieses Gedicht begleitet mich seit langem. »Begleitet« es mich wirklich? Zuweilen fühle ich es hinter meinem Rücken. Es steht hinter mir. Ich spüre seinen Atem und seine Last.

Wenn ich Erinnerungen an einen Toten schreibe, so ist das für mich stets ein Kampf mit der Zeit und gegen den Tod. Es ist der Versuch, den Verstorbenen herbeizurufen. Was ist es für eine Kraft, die den Schriftsteller zu dieser unmenschlichen Aufgabe bewegt? Mithilfe des Wortes möchte er den

Freund, den Bekannten, den Bruder dem Reich der Toten entreißen, anstatt ihm ewige Ruhe zu gönnen. In meiner Vorstellung und in meiner Empfindung gibt es Tote, die rasch ins Jenseits weggehen, und solche, die uns langsam, zögernd, schleppend, unwillig verlassen. Sie kommunizieren nach ihrem Tod noch mit uns, sie sind noch voller Leben, das nicht verlöscht, sich vielmehr in warme Asche verwandelt. Auf dieser Asche wachsen unsere Träume, Erinnerungen, die Blumen des Gedächtnisses.

Der Friedhof meiner Grabstein-Gedichte, der Gedichte für Verstorbene wächst. Diese Gedichte entstehen eines neben dem anderen wie Grabhügel. Gedichte, die den Kampfgefährten, den Freunden aus dem Untergrund und der Partisanentruppe gewidmet sind, Gedichte, die dem Andenken meines Bruders, meiner Mutter, dem Gedächtnis des Alten Dichters (...) gewidmet sind. Sie versammeln sich in Träumen und Nichtträumen, ich schreibe davon –

Die Toten

sind durchsichtig
ich sehe
große städte lippen
den tisch das buch den krug
die gelbe blume
durch sie hindurch
höre lachen
sie tauchen unter
dann flocken sie wieder aus
wuchern in der Welt

Ist es nicht Hybris des Schriftstellers, die ihn dazu bewegt, sich dieser unmenschlichen Aufgabe zu unterziehen? Mithilfe des Wortes einen Toten zu erwecken? Ihn dem Reich der Toten zu entreißen, ihn wiederkehren zu lassen? Warum tasten wir ihren Schlaf an? Leben sie vielleicht nur so lange, wie ihr Bild in unserer Erinnerung? Das sichtbare und materielle Bild. Die einen entfernen sich schneller, die anderen zögern. Die einen versinken im Dunkel, andere sehen sich um, kehren in Träumen wieder, unterhalten sich mit uns. Sie versinken zusammen mit der Zeit, schmerzen nicht mehr, tun uns nicht mehr weh, wenn wir uns von ihnen losreißen, grausam lebendig. Ich glaube an die Gemeinschaft der Toten und Lebendigen in meiner Poesie.

Rembrandt und die »Metaphysik«
(aus einem nicht abgeschickten Brief)

Rembrandt ist gewiß ein Maler der »Seele«, aber die Technik, jenes »mystische Licht«, konnte er nur auf den »kleinen Stilleben« sehen, und sei es bei Claesz – *dasselbe Licht,* das bei dem »kleinen Meister« an der Oberfläche liegt (auf dem Weinglas, den Früchten, der Semmel), ist bei Rembrandt viel tiefer gewandert (also in die Seele), das Licht vom Rotweinglas ist auf das menschliche Gesicht (die menschliche Gestalt), auf den Körper (auch in den Selbstporträts) übergegangen ... und das, was bei jenem *Nature morte* war, ist bei Rembrandt zu etwas *Lebendigem* geworden, aber die *technischen Probleme* waren gemeinsame Probleme, und diese »Metaphysik«, das geheimnisvolle Licht Rembrandts wurde in der Tat aus diesen kleinen Lichtern geboren, die auf den Stilleben der kleinen Meister leben. So sehe ich diese Dinge. So steht es mit der Mystik (nicht nur in der Malerei). Sie bedarf eines Samenkorns, eines realen Tropfens, sonst gäbe es sie nicht, denn sie muß in der *Materie* existieren, erst muß es den *Körper* des hl. Franziskus geben, oder – wenn man so will – den Körper der hl. Katharina, es muß den *Leib* Christi geben, ohne Körper wird es weder Geist noch Seele geben, weder »Stimmen« ... noch Stigmata ... die hl. Johanna mußte einen *Körper* besitzen (vielleicht sogar einen im erotischen Sinne »attraktiven«), hätte sie keinen

Körper gehabt, so hätte es nichts zum Verbrennen gegeben. Ohne Körper gibt es kein Opfer. Doch das wird oft vergessen. Die Mystiker (insbesondere die zweitrangigen) unterschätzen den Körper...

Dieses geraschel
umschütten des lebens
aus der welt voller dinge
zum tod

durch mich
ein loch
in der wirklichkeit
zwängt sich diese welt
in jene welt

ich denke zu ende
der den ich
oben suchte
wartet unten

im koben
die wandlung

lässiges röhren
der trompeten
aus makulatur
gedrehter
zeitungen
gepreßt

auferstehung von den toten
fahrig
vergeblich

Animula

unter den zeitungsannoncen
die traueranzeige
das seelenamt
die überführung

so ist das also

du bist gemeint
deine seele
was wird überführt
aus dem nichts

ein nachtfalter
animula

augen asche
augapfel
blind
schwamm ich in der lebenden

dort wo feuer züngelte
bittet ein schwarzes loch
um einen seufzer um nichts

sie trat plötzlich
nach zwanzig Jahren ein
eine große kaputte puppe
ihr gesicht rot violett
ihr kopf nackt obszön
bedeckt mit dem spinngewebe des haars

wohin mit dem blick
er war drei tage drei nächte in ihr

sie machten sie auf sahen wie's steht
nähten sie wieder zu
sie trat ein in mein leben
trat hinaus

sieh nur faß sie an überzeug dich selber sind sie etwa nicht echt du spürst es sofort sie sind echt kein ersatz keine perücke du kannst ruhig fest daran ziehen zieh nur sie sagen sie seien mir alle ausgefallen ich sei geschlechtskrank daher seien sie mir ausgefallen ich sei ganz kahl trage eine perücke faß hinein sag selber sie neigte den kopf er berührte die oberfläche des zottigen haars mit fingerspitzengriff in die wärme des haars aber warum ist es so spröde das viele färben die sprays das ständige waschen hat ihnen die geschmeidigkeit genommen sie lebten nur zehn jahre gestern waren sie wie honig ganz dicht glänzend jetzt sind sie wie verdorrtes gras oktoberlaub november rost sie atmeten sind echt sind schwer sie sind echt aber tot hör zu ich bin ich war nicht ich komme werde belächelt aber eher argwöhnisch sie zwinkern mir zu sagen ich sei gar nicht daß ich sei gestehen sie mir höflich zu ich brauche ein telefon mein apparat sei abgestellt ich brauche einen sie stimmen mir zu aber alles ist abgestellt abgeschaltet abgetrennt sie reden nicht mit mir wenn ich eintrete ich stelle den wahren sachverhalt dar aber sie nicken nur bieten mir keinen platz an ich werde unruhig komme zur verabredeten zeit aber keiner erwartet mich wann wird mein atelier geöffnet schweigen wir stehen nebeneinander im spiegel weine nicht ich liebe dich doch nein ich bin es der dich liebt warum weinst du jetzt noch nicht führ ihn jetzt ein gut ich sofort sofort und du leg deine hand hier auf diese laß sie dort wir halten uns fest wir halten so inne laß uns gehen wenn das im kino gemacht wird interessiert die ganze zeit über nichts anderes mehr erotik im kino und der ganze film nicht laß deine hand hier liegen warum will sie mich nicht wie ist sie ihr zerbrechlicher hals sie erinnert mich an wasser sie fließt blau weiß kühl sie hat einen kleinen kopf glattgekämmtes anliegendes haar erstaunte augen und einen erstaunten mund wenn ich meine lippen an die stelle legte an der ihr körper sich öffnet mund und lippen ich hatte drei grüne äpfel in der tasche der kleine hügel das ist alles von mir von mir er ging an dem großen palast vorbei in dem theater wurde das stück gespielt er ging die steinmauer entlang da standen die statuen wie lebendig das stück interessierte ihn nicht er wollte sich in der finsternis verstecken er sah das gesicht vor sich die blauen augen vielleicht kommst du mit ins theater wann jetzt gut diese süße wirklich erste begegnung ich bin zutiefst unglücklich allein diese wendung kann tödlich sein ich weiß nicht ich sehe keinen grund ich bin tot und war noch nie zuvor so belebt quirlig vor vielen jahren konnte ein kritiker meine »Absicht« nicht verstehen jetzt hat er sie kapiert wären nur nicht diese stimmen vor dem fenster pure laute nur laute die wörter sind in den wattebäuschen steckengeblieben die ich in den ohren habe ein trüber wörtersatz nur die scharfen penetranten laute dringen ins innere des kopfes ins gehirn das ist das ende sie laufen die treppe herunter jetzt ist anfang juli und eine glut in dieser glut laufen alle halbnackt herum schreib also dieses gedicht über den schnee im kniehohen schnee der schnee liegt weiß auf den fichtenzweigen küß mich weiß tief weiß blau in den mulden es schneit es schneit ich habe das licht gelöscht »sie reizen mich zum Lachen« sagte gestern eine junge frau ich machte das licht wieder aus lag in völligem dunkel nach einer weile aus den fenstern dieses haus ist erbaut worden hier waren hügel fichten dieser block mit nur einem erleuchteten fenster der ganze block vollgestopft mit jungen ehepaaren »sie reizen mich zum Lachen« ich begann mich mit ihr zu unterhalten das ist die fortsetzung des gesprächs mit jedem atemzug schwand ich ich näherte mich ein wenig ergraute und jetzt werde ich grau vor dem fenster schneit es wir unterhielten uns über »die Jugend« vielleicht besuchen sie mich nach mitternacht sie klagte über ihr ständiges frieren ich habe kalte finger kalte füße eine junge frau ich sprach zu ihr aber mir fehlt nichts ich kehre zu jener zurück sie sitzt und lächelt mit diesen lippen sie schlugen sich um sie sie hat jenen in zwischen diesen lippen unsere vereinten zungen also hab ich ihn dort wo sie ihn so schmächtig wunderbar nichts ist übriggeblieben alles herausgenommen weggenommen alles aus dem schrank nur was ich an mir habe es war ein hund ist aber eine katze ist das nicht komisch ich weiß nicht aber der hund eingeschläfert ersäuft überfahren verwandelt katze hund hund katze ist das nicht egal also leer weit und breit keiner den man ansprechen könnte abgetrennt abgeschaltet die klingel klingelt nicht die tür öffnet sich nicht manchmal habe ich hunger du auch du der so prominente berühmte dauernd schreiben sie über dich also darum geht es ich werde dir auch erzählen was mir widerfahren ist was mir zugestoßen ist in der blüte des lebens im besten mannesalter was mich langsam aushöhlte sehn wir uns nicht an verstehst du denn nicht ist fast am ende ich wollte so sehr lockte so sehr es lief allmählich warum jene über blumen Paris meine liebe aussichten vom schloßturm vom palastturm auf meere und ozeane in diesem kleinen hotel ein zimmer groß wie eine koje zum halben preis hier findet uns keiner konntest du ihn nicht ins gesicht schlagen mit welchem recht ich du er hat seine hand auf ihre brust gelegt aber er hatte ein recht darauf niemand hat ein recht darauf du bist ein feigling leg dich hin prahl nicht er wurde immer hart stets dieses wutgefühl sie wartet mach langsam warte daneben immer früher schwarzes grades rauhes haar geruch der haut ja unsere häute ich weiß nicht wir haben uns so liebgewonnen nur unsere häute aber das ist stärker das wirft uns um haut will zu haut will sich reiben beriechen und dann blindlings blindlings du willst nie schmächtige hände arme ich habe deine nie gesehen werde sie nie sehen mit dir nie du mit jenem wohin gehst du ich gehe aber wohin gehst du sag es ihr sie hat so ein frätzchen er hat es geduldet sie trieb es mit allen nur mit mir nicht für mich gesperrt unzugänglich nur für mich ist es unmöglich warum unmöglich jetzt nach vielen jahren nach zwanzig nein dreiundzwanzig jahren seit sie diese hand und jetzt sagt sie daß sie es mit diesem fast unter einem dach und Er drückte ein auge zu in dieser hand hat sie ich fasse deine lieben schmalen kühlen hände deine so lieben hände aber dieser gedanke also warum mit der linken denn in der rechten abscheulich warum hatte Er jahre vergingen er beschrieb alles genau ihren körper alles ich habe alles entschlüsselt dummkopf schuft aber vielleicht gefiel es ihr daß er es publik machte zeigte alle kollegen sagten dasselbe über diese dame beschrieben es Die die ich kannte alle dasselbe es gibt doch grenzen also dieses wort prostituierte unsinn die wunderbare strömt durch fließt trägt das ist so herrlich das telefon sie neigte den kopf er gab nicht zu daß das tabu sei darüber spricht man nicht man spricht über alles man verkauft alles du wirst diese verzweiflung nie wirst du diese verzweiflung verstehen den haß auf die poesie soeben dieser junge erhängt im schrank der andere überdosis an schlafmitteln diese ungeduld sie sind so versessen auf unsterblichkeit auf ewigkeit sie fürchteten die vorzeitige impotenz neunzehn uhr vierzig alle landen letztendlich im gestammel finden erst in tagebüchern memoiren wieder zu sich die oft genug gefälscht sind du wirst noch gekrochen kommen warte nur du wirst sehen wie das kommt was da für ein prozeß im gehirn vor sich gehen wird nichts braucht man zu fürchten nur diesen einen tag berühren also das ist geschehen laß ich nicht zu winzige seele auf dem kleinen blatt und sie weint die arme seele animula wenn er eintritt verlangt ringsum gepreßt ich komme ja wir fahren scheußlich welcher weg führt zur poesie es gibt keinen weg ödes land auch die unterirdischen flüsse sind versiegt dieses belebende meer eintauchen leg dich zu mir der poesie näherte er sich so geht das nicht dürre auf den dünen der wörter also ist gott vielleicht zu groß als daß man ihn mit großbuchstaben ehren könnte aber wasser feuer erde luft nie in Paris wuchsen die müllhaufen auf den straßen erreichten das erste stockwerk wer hat die platanen auf dem boulevard gefällt jetzt ausgedorrt aber wofür das ist die sünde des neuerertums jedes neuerertum ist hochmut der böse geist führt in versuchung sodann nahm ihn der teufel mit auf einen sehr hohen berg zeigte ihm alle reiche der welt und ihre herrlichkeit das woran ich am längsten arbeitete verließ mich wandte sich gegen mich und schlug mich auf den kopf und ins herz siehst du es nicht ich war wie ein kind aber man verwandelte mich ich verwandelte mich ich muß alles wissen und den ehrgeiz aufgeben und weggehen unter diesem baum diesem kastanienbaum warst du hungrig nein diesem öden sand wird kein wasser mehr entspringen was für ein bach also aus unfruchtbarkeit aber die welt zusammenfügen zusammenkleben aus lumpen papier ausschnitten gehörten wörtern niemals sie zerstörten in mir aber du hörst nicht zu berührung der lippen der zunge tierische substanz alle führen ständig dorthin glaub mir leer das ist eine hülle eine scheide hautsack leer leer robbe ich stolz ich erinnere mich nicht nimm deine zunge von dort weg general kardinal professor raumfahrer so tief warum tief in der liebe ist alles gerechtfertigt ich verachtete wie er jenes in poesie verwandelte erstaunliche verwandlung höchste lust in niedrigste und umgekehrt die dame schenkte sie ihm diese dame die verdächtig war die man verdächtigte kaum hatte einer das bett verlassen kam schon der nächste zweideutige briefe aus denen poesie gemacht wurde blut floß also aus blut aus liebe aus angst aber nicht aus wörtern poesie der impotenzler das ausschlecken der poesie mit der zunge von bahnhof zu bahnhof ich gehe mit dir ich folge dir ablegen ausziehen unaussprechliches glück unaussprechlicher augenblick wenn du dich ausziehst warte ich angespannt schließe die augen leicht der nacken geneigt du legst ab stille in keinem anderen beruf dieses monster die fürchterliche leere die die dichter des zwanzigsten jahrhunderts überfällt ekel scharen von kalibans auf kindergartenniveau komm zu mir ich freß dich doch nicht komm komm herein reich deine liebe kühle kleine hand berühr mich dann tritt leben in mich ein im falschen augenblick wie ist es dazu gekommen wie kam es die barrikaden brannten nicht die anarchisten nicht die revolutionäre trotzkisten haben die platanen gefällt das war eine provokation die polypen die elektrischen sägen waren doch vorbereitet und mit diesen sägen schau nur wie glatt die stämme sind das war eine provokation sie wollen die bürger von Paris aufwiegeln also haben sie die alten herrlichen platanen auf dem Odéon gefällt schwarze und rote fahnen teeraufschriften auf dem kunsttempel kunst ist scheiße sie wollen nicht hören sie wollen nicht sehen so endete das Theater der Nationen Baptista ging weg wurde verjagt sie wollten ihn nicht wollten weder avantgarde noch tradition der general das schwein ein kultusminister der ewige revolutionär sagte die revolution die studentenbarrikaden auf den straßen von Paris aber das sind doch kindereien ein panzer genügt und die barrikaden stürzen ein wie ein kartenhaus »doch vergingen wieder viele Tage und auch das nahm ein Ende« ... schnell küß mich hier jetzt gleich was werden sie sagen küß mich auf den Mund gleich lippen feuchtigkeit vertraute lippen zungenbewegung ein jahr zwei jahre sind vergangen was hast du dort gemacht du hast nie geschrieben hast dich nie gemeldet ich habe oft an dich gedacht nichts ist vergangen vergangenheit gibt es nicht dasselbe wieder derselbe kuß genau derselbe kuß ich werde die fenster zuziehen sie passen auf weißt du sie beobachten ich werde mich hinknien und du nein das sofa ist ein wenig zu niedrig hand hand nein nein ich habe mir gesagt nie wieder werden sie mich verlachen keinem kann ich das anvertrauen dein lächeln als du uns die tür öffnetest dieses lächeln aber dann vergingen drei jahre vielleicht vier ich reiste herum aber das lächeln blieb in mir zurück bitte nehmen sie platz mein mann ist nicht zuhause ich weiß er gefällt ihnen nicht na aber vielleicht gefalle ich ihm einen drink ja bitte vielleicht einen kognak diese bilder diese möbel diese nippsachen sind reizend wissen sie was ich habe ihnen einen kleinen kugelschreiber mitgebracht ja bitte schreiben sie schreiben sie mit ihm schöne gedichte auf dem fußboden weiße breite zähne sie starb wann vor einem jahr wußte nichts die notiz in der zeitung sie öffneten nähten sie wieder zu operierten erst gar nicht krebs dieser mann was treibt er dieser kleine kahlköpfige vermutliche lüstling perversling oder einfach trauriger impotenzler sie liegt auf dem roten teppich die betten mit einer roten plüschdecke zugedeckt auf dem fußboden ihr bauch halter. dein lächeln nein das alles ist vergangen ihr inneres in dem vor mir andere bist du eifersüchtig komische frage ich nicht ein einziges mal hastig zufällig und nie wieder warum also dieses gewebe dieses fleisch – so begraben beerdigt zusammen mit den augen mit diesen augen voller licht denk nicht zurück an ihren körper es sind drei jahre vergangen besser nicht alles ist so zerbrechlich an einem seidenfaden die hand die finger unter dem gurt jetzt in sie hinein immer hastig ihre bewegung ihre abwehrenden und ermutigenden hände und diese sehr seltsamen worte glätte des körpers war es eine alte frau wo liegt die grenze sie glaubte sie sei lächerlich aber sie war scheu berühr mich die glätte ihrer haut diese außergewöhnlich glatte haut ich tu alles für dich und wenn alles über mir zusammenbricht ich will jetzt schon gott gott ewige ruhe ewige und das alles ist schon dämmerung ist juli es dämmert abend nacht kommt zu mir holt mich warum hast du mich berührt ich wann denn du hast meinen arm meine schulter berührt ich bitte Dich leg deine hand auf meinen kopf küß mich ich will zu Dir zurück in einem schwarzen kleid ich entsinne mich nicht an deine kleider schwarz du kleidetest dich stets schwarz aber du trugst einen kamelhaarmantel sandfarben geh nicht weg ich halte dich zurück in diesem blinden zerschlagenen dunkelnden spiegel nein ich werde dich nicht zurückhalten das ist eine illusion ich weiß die nacht kommt unerbittlich aber ich werde fliehen werde mich nicht beugen werde dich einholen das ist zu viel außerdem weiß ich es ist eine illusion auf welche weise soll ich dich zurückrufen noch liegt dein haar unter meiner hand die feuchtigkeit der sich öffnenden lippen und das eindringen an der stelle wo der körper mit dem geheimnis des lebens zusammentrifft und mit unserer kurzen armseligen menschlichen unsterblichkeit ... was für ein vorabendlicher vogelschrei feldblumen auf dem fensterbrett kornblumen und kamille im teeglas sie lächelte und sagte unersättlich unersättlich das ist deine wichtigste eigenschaft ich erinnere mich nicht mehr an ihr gesicht ihren mund ihre stimme ihren namen hör zu liebes ich höre bitte nein nein o nein liebes das ist doch übertrieben deine stimme dein körper erfüllt die ganze erde in den körpern aller frauen die sein werden und in den körpern derer die sind bist du vermehrt und gegenwärtig das schwarze haar die glänzenden brüste nein ich bin nicht gestorben ich bin es nur also endlich fiel dieses wort ich begriff das wort flüchtig sich verflüchtigen wie ein geruch und sie entwickelte sich nicht zu selten hat sie in den zehn jahren die augenfällige verheißung erfüllte sich nicht das wort ist nicht fleisch geworden jetzt niemals unwiederbringlich doch heut stand ich auf frei von der last der verstorbenen ging an einem zeltlager von pfadfindern vorbei auf den hügeln bei den kiefern saßen vierzehn bis sechzehnjährige mädchen vielleicht fünfzehn oder zwanzig mit bechern und marmeladebroten in ihren gebräunten gesichtern blitzten blauweiß die augen sie sahen mich an ich hatte lust zu sagen »Guten Appetit« oder »Guten Morgen, Mädchen« aber ich dachte bei mir der strand war leer weit weg beim rettungsturm sah man zwei gestalten vielleicht nein im sand kleine flaschen servietten papier folien verpackungen von eis zigaretten große verlassene sandburgen daneben eine moderne autobahn mit einem spiralförmigen auffahrtnetz mehrstöckig ich glitt ins wasser es war kalt fast bitter ich schwamm die haut brannte wurde taub ich ging wieder heraus zog mich um ging erneut durch den sand einen verschmutzten waldweg entlang über eine wiese mit einem graben hahnenfuß vergißmeinnicht klee steinnelken kamille Und wenn dein auge dir anlaß zur sünde gibt so reiß es aus und wirf es von dir es ist besser für dich du gehst mit einem auge ins leben ein als daß du mit zwei augen in das feuer der hölle geworfen wirst ... ich weiß was Du mir bedeutetest bedeutest und bedeuten wirst aber ich habe nie erfahren was ich Dir bedeutete liebe traurigkeit alles verging wir sitzen auf einem baumstamm oder auf einer bank vor den weißen mauern der kirche des klosters ich habe eine erinnerung behalten die glocke nein nein ich besitze kein foto ich weiß nicht was ich ihr bedeutete ich werde diese selbstvergessenheit diese preisgabe nicht vergessen grenzenlos nur die augen jenseits aller empfindungen außerhalb der zeit des landes der erde und der restlichen menschheit eine lappalie wie viele milliarden milliarden sind seit meiner kindheit und hier in diesen augen auf einmal alle menschen die gesamte menschheitsgeschichte auf unserem planeten in rotwein bei einem italiener gekauft gegoren nach korken riechend du mit dem hörer in der hand nackt ein gespräch nach polen schaust zu mir herüber lächeln weinen ich habe dich verletzt gekrümmt und plötzlich in dich zusammengefallen die arme herabhängend wie kleine flügel das hemd ein einfaches blumenmuster ich bin genau wie alle anderen auch weder besser noch schlechter »mit allem drum und dran« mußt mich nehmen wie ich bin es waren »blöcke«

mehrere blöcke im hafenviertel der eingang mit bunten glühbirnen geschmückt rotes licht negerinnen eine gewaltig wie ein nilpferd aber die geschmeidige graziöse wie eine gazelle und feuchte rehaugen ich umschwänzelte sie ging sogar an sie heran und fragte nach dem preis na ja ich werde das nicht am hellichten tag machen ich weiß nicht ging auf ein bier aß ein würstchen kehrte in der dämmerung zurück die schlanke ranke sah jetzt ermattet aus benommen die schwarze haut mit einem silbrigen schimmer bedeckt blauschwarz mit einem matten silberton wie eine bestimmte pflaumensorte sie war nicht betrunken sie war wahrscheinlich mitgenommen die gäste hier sind anspruchsvoll viele matrosen hafenviertel graziös wie ein reh ich schäme mich das mädchen tut mir leid ich müßte es ihr erklären verständigungsschwierigkeiten weshalb plötzlich in diesem alten schönen hotel was für eine stille kleine straße wieder die lächerliche eifersucht ich war schlecht zu dir aber auch ich habe angst das versteht niemand aber ich liebe Dich wirklich ich kann kein einziges wort keinen satz wiedergeben wieviele begegnungen waren es eine einzige gib mir deine hand schau verzeih mir was geschehen ist ich wollte nicht aber wie kannst du so etwas sagen sie hat tränen in den augen ist gedemütigt es sind die jahre das alter ich wollte nur ein einziges mal mir scheint es daß dieses sie zog sich aus diese erstaunliche haut unaussprechlich atlasfarben seiden alle diese phrasen scheinen sich an diesem unaussprechlichen popochen zu bestätigen ich bin aber worüber sprach ich mit ihr in diesem hotel den ganzen tag die ganze nacht lang der mensch lebt nicht von liebe allein ja sicher doch ich werde gekrochen kommen also was ist geschehen nichts nur zehn jahre sind vergangen es fällt mir so schwer mich abzufinden mit den veränderungen die sich in deinem organismus vollzogen haben die sich vollziehen was ist passiert ich sah plötzlich in der pekingoper die weiße die rote die schwarze maske ich war erschrocken als ich plötzlich dein gesicht sah es verwandelt entzückt vergöttlicht voller wollust das gesicht der ganzen menschheit das gesicht einer glücklichen frau nur der teufel kann diese höllische verwandlung bewirken nein nein die zeit geht nicht vorbei die frucht reift und fault nicht in der zeit sie reift nur in sich man erinnert sich ein lächeln hier wurde nein das ist so nicht erlaubt die gefühle die ich empfand die gefühle rührung mitleid scham was bedeutete ich ihr ich ahne es aber ich werde es nie erfahren die nur erschütterung erwartung schmerz haß und tränen waren was für eine kraft nein nein wiederholte sie wehrte meiner hand so gut was für ein wunderbarer rhythmus die wechselnde bewegung nein nichts mehr genug was für eine qual laß wie es ist ich kaufte ihr einen strauß rosen er trägt einen bart nein früher trug er keinen also so ist das so lächerlich er bat mich ihm den bart zu kraulen zu küssen also küßte ich ihn der viele schnee der in drei tagen gefallen war es schneite ich gehe in richtung des forsthauses den kleinen bach entlang nein ich kann die abende und nächte so nicht verbringen ich komme um ich muß jetzt jetzt auf der stelle ich werde anklopfen und fragen ob sie mich will ist mir ganz egal ob sie mich kennt oder nicht also wird sie meinen ich wäre verrückt geworden »sie reizen mich zum Lachen« na dann eben na wenn schon ich komme dir komisch vor aber hör mich an gib mir die hand das ist eine strafe für jene zurückgestoßenen küß mich ich kann nicht ich will nicht aber warum gefalle ich Dir nicht nein ich kann einfach nicht ich weiß nicht »ich sehne mich so sehr nach dir« was macht es wenn sie unerfüllt ist ich werde nie aufhören zu bereuen wieder abend der das tageslicht verschlingt ich vergehe nein niemals

jetzt muß ich weggehen aber ich weiß nicht dieser gedanke keimte in mir wuchs pausenlos ohne grund ich wollte abschied nehmen und ich fliehe immer noch das sichentfernen verschaffte mir stets erleichterung ich näherte mich angsterfüllt dieses seltsame gefühl daß dort hinter der ecke auf der straße nicht mein haus steht doch hier vergeht die zeit infantile vorstellungen jenes spannt dich warum ist sie eingehüllt in diese kleider anzüge ich halte diesen druck nicht aus also flucht in träume ihr sichöffnen ein glas wein ich denke an das eindringen das sichverbinden diese geheimnisvolle anziehende linie hör zu ich habe gewartet aber mein armes menschliches wesen es ist das größte nichts ist größer aber gerade dieses wurde gleichsam entwertet annulliert und vernichtet für jahrhunderte diese heftigen anfälle mit nichts vergleichbar ich selbst produziere leere die mich quält wie ist es dazu gekommen jetzt dein gesicht du brachtest mir einmal aus Paris bunte glaskugeln mit lippen hier unter diesen lampions auf den baumlosen straßen flanieren sie stehen sie und gehen auf und ab sie haben den erotisch ausgehungerten typ sofort heraus am lächeln am gesicht erkennen sie ihn die schlanke aber jetzt matte ihre müden augen wir fahren mit dem lift in den dritten stock irgendso ein schummriges zimmer eine puppe am fenster waschbecken bunte handtücher mäßig sauberes bettzeug auf dem bett war sie so mächtig herrlich wunderbar und groß eine riesin mit dem lächeln eines kindes die schenkel das kleid bis zur hälfte die schenkel zwischen diesen katzen katzen den kleinen korallen zwischen seltsamen pflanzen kann ich kannst du es ist so heiß ich möchte mich auf dich drauflegen ja ich lege mich hin nein ich werde nicht bewegungslos auf der erde liegenbleiben ich werde dich nicht berühren aber wirst du nicht versuchen mich zu vergewaltigen ich will nicht küß diese kerle nicht auf den mund nein ich werde auch nicht bewegungslos liegen ich lag auf ihr auf der atmenden außergewöhnlichen herrlichen die bewegungen des körpers fast unmerklich dann kam sie in einem seltsamen kleid bis an die knie einem kürzeren orange und schwarz gestreift einzigartig im vestibül dieses theaters eine riesige exotische frucht erschreckend mit brüsten herrlichen schenkeln alle lächelten denn es war wie im zirkus aber sie bemerkte es nicht sie war zu herrlich und um sie herum nur spreu voller tuscheln erbärmliche menschliche sticheleien gehässigkeiten gänse gelehrte hühnchen jene schwarze ich werde nie vergessen wie erschöpft und mitgenommen was haben die schufte mit ihr angestellt ich verlange sie soll ihren büstenhalter ausziehen sie wehrt sich zeigt die kleinen brüste die gleichsam mit hellen schnitten narben bedeckt sind ein hund sagt sie ein hund das hat weh getan ich streichle ihren popo die sagenhafte haut ich streichle den popo der schwarzen nutte aus dem hafenviertel wie eine wunderbare frucht vielleicht hat ihr ein dreckskerl befohlen mit einem hund zu koitieren hat sie für ein foto bezahlt ja ich kann es mir denken wir sitzen von angesicht zu angesicht auge in auge sie ist müde oder täuscht müdigkeit vor vielleicht will sie mich betrügen sie öffnen sich langsam ein eiliger hastiger beischlaf in plötzlichen verdruß mündend das geht nicht mit einer nutte die einem leid tut die man nicht verletzen will der man keinen schmerz zufügen will und die hat einen riecher dafür verschaukelt dich das vergnügen dauert alles in allem eine minute und du blechst für eine stunde für einen tag und schon hat sie ihre klamotten wieder an das wärs sie sieht mich an wir sind beide stumm wir kennen nur ein paar wörter einer gemeinsamen sprache tauschen im lift die namen unserer länder aus ihre afrikanische exotische heimat den namen deines landes hat sie nie gehört weiß nichts von seiner existenz jetzt im lift streckt sie plötzlich ihre schmale liebe hand aus und fährt mir damit zärtlich über den kopf über das gesicht traurig lächelnd ich bin gerührt ich weiß das ist der dank dafür daß ich nicht brutal war daß ich ihr nicht wehgetan habe daß meine hand ihren körper nicht wie eine ware liebkost hat sondern wie ein wunderbares phänomen einen schwarzen vogel der aus seltsamen ländern geflogen kam und sich für einen augenblick hier niedergelassen hat in diesem hafen mit dem bürokratischen bordell mit dem geregelten verkehr plötzlich fühle ich mich wie ein trottel verschaukelt von einer nutte ich bin mein gutes geld losgeworden und hatte nichts mehr davon als ein schmetterling auf einer blume es ging so holterdiepolter daß ich überhaupt nicht auf meine kosten kam geschweige zum zuge reinhalten und schon mußte ich ihn wieder abstreifen und wegwerfen aber vielleicht wird sie den trottel nicht so bald vergessen den sie im lift über den kopf gestreichelt hat o diese gedanken kommen und gehen ich schlucke den speichel herunter heut morgen sprach ich zu dir und nachts auch und auch jetzt spreche ich zu dir hast du für mich auch nur das geringste empfunden damit die hände schnee schnee es schneit die ganze nacht der schnee liegt auf dem fensterbrett auf den kieferzweigen und der schatten im schnee ist blau hellblau durchsichtig und deine lippen augen zähne dein hals ich berühre mein gesicht die stirn nie mit dir bis ans ende der welt nicht und auch danach nicht warum nur ich spüre noch die lippen die feuchten kühlen wie nach innen gestülpten unwilligen so küßt euch doch trinkt bruderschaft zusammen seine hände drücken unsere köpfe sanft zueinander unsere gesichter kühle haut bläuliche schatten an den schläfen dieser komische so eigenartig geschrumpelte typ das gesicht wie aus vollkornbrot die kleinen bösartigen augen er schneidet eine grimasse lächelt schaut empor mimt ein lächeln und unschuld rätselhaftigkeit deines gesichtes und indem er es nachahmt erklärt er nichts stecke dahinter nichts als eine dumme miene und das sei alles ich lächle aber das ist doch ohne jede bedeutung was sollte auch dahinter stecken es sind augen lippen ein gesicht und die vorstellung von zusammengepreßten schenkeln von jungfräulichkeit dabei gebar sie ihm zwei kinder ihre hand auf dem lenkrad nein nicht in handschuhen ich erinnere mich nicht merde sagte sie undeutlich was hast du gesagt scheiße sage ich warum fährt uns dieser trottel nur nach ich mag das nicht ich beobachte dein profil die nase was für eine ungewöhnliche linie von der stirn hinab es wird so viel über die nase gesprochen es ist eine vielgerühmte nase ich beobachte das gern weißt du ich beobachte dein profil weißt du auch was ich daran so anziehend finde es ist eine ungewöhnlich anziehende linie scheiße mir geht das benzin aus und ich muß verstehst du ich muß pünktlich da sein so fahr doch schneller du trottel was für schießbudenfiguren sind doch die männer am steuer die lippen breite lippen breiter mund schwarze augen und das lächeln die brauen fast zusammengewachsen gerade so außergewöhnlich gerade eine saubere gesichtszeichnung hör mal was machen wir weißt du uns geht allmählich der atem aus ich habe nicht gemeinsames zimmer tut mir leid ich kann ihm nicht sagen er soll mich verlassen ich möchte nicht daß das so trivial endet ich habe drei bananen in der tasche bist du vielleicht hungrig aber gut danke nach ein paar jahren weißt du eigentlich daß ich keinen pfennig mehr hatte daß ich völlig ausgebrannt war und verdammten kohldampf hatte na eben und diese banane war mein ganzes abendessen die kastanien blühen an der seine du riechst wie ein feldwebel nach machorka derartige küsse zum letzten mal in der schule vor fünfzehn jahren endlos warum ist alles so zugeknöpft bei dir willst du sehen was ich für brüste habe was für einen bauch eine frau mit lippen die nach tabak riechen ja tatsächlich am vereinbarten tag zur vereinbarten stunde auf dem kleinen ring in dieser kleinen stadt im café am tisch nimm deine hand von meiner schulter das ist hier nicht üblich wird einem verübelt die nachbarinnen sind neidisch überempfindlich ich habe mich völlig verändert habe ein gelübde abgelegt in der kapelle geschworen wenn mein sohn wieder gesund wird werde ich nie wieder du verstehst nie wieder ich weiß nicht das meer du kamst ich weiß nie in diesem hotel er kommt morgen zurück ich kenne ihn das ist ein gewöhnlicher schwanz fotzenlecker was hast du gesagt dieser hervorragende prominente ein alter schwanz fotzenlecker du lachst was ist daran so komisch aus deinem hübschen mund klingt das so seltsam wie bei den partisanen kennst du ihn wirklich persönlich ja ich kenne ihn nichts außergewöhnliches hör zu könntest du dir nicht eine andere hose aber die ist doch sehr schön ja nur die farbe so erschrekkend gelb es war eine schockierend engsitzende hose schokkierend damals gemessen an den damaligen verhältnissen nicht aus heutiger sicht an dieser figur schwarzes haar ausufernde hüften ja so mußte man es wohl nennen und ein provozierend gespannter hervorgewölbter schamhügel heute werde ich auf dieser schönen ausufernden warmen die hand halten ich sah sie an ich schwör's dir ich bin völlig verändert kein vergleich mehr mit früher der zeit vor dem gelübde ausgerechnet jetzt mußte sie dieses gelübde ablegen ich idiot tausende hunderte von kilometern nach so vielen jahren ich habe fünf oder sechs ganze jahre gewartet das ist gräßlich diese hitzewelle ich mache mich davon das idiotische leere hotelzimmer diese verdammte nutte ausgerechnet heute und dabei lügt sie wie gedruckt macht sich über mich lustig das beschissene triste zimmer dieser saumäßige nachdruck die scheißvorhänge ich knirsche mit den zähnen liege allein in diesem ehebett doppelbett französischem bett hol die der teufel hunger irgendso ein brötchen diese verdammten frutti di mare zum kotzen so einen scheiß kann man doch nicht runterschlucken nach einer ganzen flasche weißwein sehe ich immer noch die schwarzen winzigen äuglein der gekochten krebse oder sonstwelcher verdammter shrimps 'nen arsch brauche ich jetzt diese bullenhitze sechs jahre bin ich rumgereist wie ein vollidiot wir sitzen jetzt in dem kleinen café sonnenuntergang die wellen schlagen gegen die steine speien weißen schaum wir reden über bilder über malerei die letzte biennale trinken cola diese widerliche süßliche hure ich weiß bereits ich werde nein ich werde die hand nicht auf sie legen ich werde sie dort nicht anfassen hier ist das völlig unvorstellbar ich zuckele mit diesem schrecklichen bus der schweiß fließt mir übers gesicht den rücken den bauch herab was für ein idiot und so was passiert einem erwachsenen menschen nach so vielen jahren wenn man bedenkt dieses saumäßige hotel ich werde nicht schlafen können aber hier sogar die nutten nein ich werde nicht die nutten weiber haben keine ahnung von unserer männlichen natur manchmal haut einen das problem der eier einfach um und die schwatzt wie wild drauflos mit ihrem püppchenlächeln die worte also stopfte er sich das kissen ins maul und lag so verwundet zähneknirschend die schlimmsten flüche ausstoßend brunft brunft wie im roman wohnen sie alle in mir absolut aber in dieser geheimnisvollen welt gibt es für mich mehr attraktionen und überraschungen als im kosmos die so nahen und scheinbar simplen dinge also gehöre ich zu denen die die dankbarsten gegner abgeben ich bewundere darin liegt ein außerordentlicher reiz ich schrecke zusammen mein körper wird erfaßt von einem schauer wie beim absturz in einen abgrund oder in den sternenhimmel und jetzt die julidämmerung rufe der truppe junges helles lachen also entferne ich mich so oder so ich möchte schön edel und nützlich schreiben ich sehe ihr lächeln kameradschaftlich ein wenig spöttisch und rätselhaft ihr gesicht ist edel klug schöne große hände wir sitzen nunmehr seit zwei drei stunden vor dem fenster dieser stille kleine garten der zum kloster gehört die nonnen gehen darin auf und ab arbeiten ich pflege hierherzukommen um zu sitzen und mich mit ihnen über die schönheit der menschlichen seele zu unterhalten sie können nicht wissen daß ich aus der finsternis hierher komme plötzlich eintrete man muß den toten punkt überwinden an dem das künstlerische schaffen bedeutungslos wird an dem man nicht mehr zu sich selbst vordringen kann das gleichzeitige erlöschen dieser funktionen das absondern von poesie und absondern von blut aufblühen und nein das stimmt nicht alle diese vergleiche das ist literatur tot absterbend schon im entstehen der wörter dabei ist es ein moment des erlöschens die versuchung eine unerschöpfliche quelle zu sein ein kosmos das ist auch literatur das sind wendungen bilder ein bild des jammers und der verzweiflung also wie lange wird das dauern noch ich bin ich bin zeuge des verlöschens dann raffte er sich auf unterwarf sich der anstrengung alles aufzugeben und wegzugehen vor sich hin wohin hier verdunkelt sich das bild die ersten regungen die ersten lippen und brüste offenbart in der stunde des entsetzens so lange lange unter dem fliederbusch auf dem schwarzen gras der julinacht der erste kuß mit geschlossenen augen wenn man nichts sieht ist es blinde liebe küsse atemlos stille der gestirnte himmel über uns die ungeduld der hände die greifen berühren tasten die brüste umfassen stille stille immer tiefere stille das beschleunigte atmen nacht nacht tod tod überall tod vor uns die verbotene stadt so viele junge männer junge mädchen sterben verschlossen dort niemals und immer eben diese wörter können ausdrücken wir jenseits der verbotenen stadt die vom tod gezogene grenze komm nicht zu mir hinterlistiger stets wachsamer du suchst einen sprung in diesen konstruktionen einen riß in den mauern aus wörtern du willst zu mir herein willst eindringen du der du der gegner der unerbittliche gegner der lebenden frau bist ihres körpers ihres geschlechts du zersetzt den körper langsam während du die gedanken und gefühle verschonst ist das jetzt sag ist das die berührung der »wahrheit« die verstohlenen berührungen gestohlener stunden unsere körper angekleidet aber die gedanken gewohnheiten die angst die vorurteile stärker als blut und tod unsere hände in den kleiderhüllen ungeduldig ich will nicht ich kann nicht nein nein schweigen zorn abgewandtes gesicht kuß nein nein o nein der flußsand der dunkle fluß rein die wiesen durchfließend gewissensbisse warum ging ich weg ich habe dich nicht verlassen ich ging nur ich weiß du hast gelitten dieses leid nie nie wird es aber ich es war nicht meine schuld jetzt fern fremd so weit ein vogel der über der mongolischen steppe kreist der sonnenuntergang den ich vor fünfzig jahren gesehen habe grübchen nußbraune bierfarbene augen lichterfüllt leicht geschwollene lippen stupsnase so bequem beim küssen hübsche brüste starke beine wohlgeformter hintern du lachst du wirst immer in mir lachen unbeschwert dabei sagte man mir du hättest schrecklich geweint hättest gelitten unter meinem »betrug« meinem weggang mein körper ich konnte nicht mein körper gebot mir ich führte nur einen befehl aus ich mußte du verschlossene ich weiß alles laß der zurückgewiesene körper entfernte sich rebellierend ungeduldig verbittert suchte einlaß rettung wollte deine gefühle noch verstehen gedanken ängste der körper will nicht er kennt keine gelübde bäumt sich auf reißt zerrt blutgefüllt sie sind es nicht wir keine schuld kein betrug immer durch kleider vorhänge so demütig schamlos aufsässig so nach vergehen verfließen die blätter von den bäumen blick abschied für immer noch später nach einigen jahren zorn und verbitterung fotos die abblättern und zerfallen bilder verlöschend unsere körper werden in die erde sinken dort vereint zerfallen... »sie reizen mich zum Lachen« aber das macht doch gar nichts ich weiß lachen sie nur aber was finden sie so komisch sagen sie es ruhig achselzucken das ist sehr angenehm ich danke ihnen dafür daß ich mich zu ihnen setzen durfte an ihren tisch dieser altersunterschied vielleicht dreißig oder sechsundzwanzig jahre schlank groß schöne große augen in der farbe des meeres oder ein wenig anders diese jungen frauen eigentlich bin ich unheimlich gespannt möchte gern wissen wie ihr lebt was ihr fühlt ich möchte eure meinung über die welt kennenlernen eure wünsche ich weiß nicht ich bin viel herumgekommen habe einen mann habe ein diplom aber wir sind ich laufe schlittschuh bitte bedienen sie sich ich habe ihnen alles erzählt und sie gar nichts ich hätte gern gewußt in welcher sprache ihr miteinander redet und worüber das ist kein problem erzählen sie nur na so was sie sind ja schüchtern der andere herr ja sehr amüsant und gut aussehend aber es ist besser wenn er keine witze erzählt wissen sie durchschnitt natürlich das macht nichts wenn er fährt nutze ich gern die gelegenheit julimorgen lange vergessene träume in der nacht rauschten die bäume im wind träume die für immer weg sind gedanken die ums leere kreisen jede ist gut dafür es ist ein ungewöhnliches instrument und es sollte nicht in dic hand eines trottels geraten oder eines gleichgültigen körpers auf ihm liebe stumm verschüchtert immer verschüchtert die erschütterung wenn der körper den kleidern entgleitet denn es waren andere zeiten nicht kleider hüllen gewänder das fähnchen über den kopf reißverschluß öffnen brüste die hand vor der brust und die bewegung der beine die sich befreien diese bewegung des abstreifens der fesseln die heruntergleiten dann das auftauchen des körpers das eintauchen in das weiß sichbedecken und wieder auftauchen das hervorholen entbergen wiederholen jener einzigartigen form auf himmel und erden und im kosmos diese einzige herabfließende linie sicherinnern in der dunkelheit in der absoluten dunkelheit wenn die hände die finger sehend werden und nur das schimmern des weiß im auge in auge emporheben und herabsinken getragen eintauchend spannung unbeschreibliche bewegung der hände der auftauchenden das herabfallen des kleides die erwartung wir wissen zu viel wiederholung bildschirme rings um den schatten bunte schatten oder bilder ich muß dich umfangen und in die augen schauend fragen dann werde ich es wissen ich bin verloren ich konnte nicht auf dich warten in der gartenlaube ein jahrlang nie wieder immer weiter keine nachricht aber du kommst bleibst für immer zu viel nie heut ist dein geburtstag diese rose ist für dich ich kann hier nicht länger bleiben in diesem hotel ja das ist der wagen ja das ist unser haus sag kein wort vielleicht möchtest du etwas essen ja gern was machen wir ja wir sitzen beisammen reden lachen ich bitte dich aber natürlich du kannst kommen du wirst uns nicht stören susanna und die greise da der schöne große körper aus alabaster frauen belauscht von ehrwürdigen herrlichen respektablen greisen wie von pennälern wie wenn sie die milchstraße oder wasser oder feuer beobachteten ich kehre zurück in diese gasse das hotel geschlossen personalmangel was ist das vor dem fenster der dom die kathedrale der turm wasser in krügen schüsseln das zimmermädchen bringt wasser herein wir gehen durch die säle museum winterlandschaft jagdszene wolkenreicher himmel der turmbau zu babel sturm gewitter dunkel wie von einem anderen gemalt der nicht so genial durchorganisiert iß du jetzt etwas ja setz dich hier zu mir na siehst du also ja ich sehe möchtest du etwas trinken ja gern direkt aus der flasche macht nichts umarme mich ich weiß nicht aber meine hände sind gefesselt meine schultern keine bewegung du wirst sagen das ist lächerlich in unserer zeit ich kann dich weder umarmen noch küssen du wirst es nicht verstehen aber das ist doch verständlich so eine reaktion aber du machst das auf offener straße warum hast du mich nicht angerufen du solltest morgen kommen ich weiß nicht genau ich wollte mit dir zusammen sein aber warum nicht zu hause auf offener straße ich wollte schon gehen ich weiß nicht das ist nichts als traurigkeit plötzliche angst nein aber mit dir wir gehen sofort unverzüglich ins bett du nimmst ein bad ich erwärme dich mit meinem körper mit meinem ganzen selbst ich gehöre dir ganz das herz und der popo sag was dir an mir am meisten gefällt und so hier allein auf dieser straße aber warum stets hörend das ist dein haus bei uns zuhause waren sie einfach verschreckt als sie erfuhren daß das eine so sorgfältige und strenge ausbildung so und so viele klavierstunden und weißt du sie schlugen mich auf die hände auf die finger mit einem stock oder lineal sie schlugen mich damit ich schöner spiele was willst du denkst du du kannst alles von mir haben was du willst du kannst mit mir alles ich muß den friseur anrufen nein ich warte auf dich im museum du bist wir sind was machen wir gar nichts wir müssen etwas zu essen kaufen ich konnte nicht kommen nie so weit so weit ich wußte es muß so sein ich bitte dich berührung weißt du ich habe ihn auf dem flugplatz getroffen das macht nichts gar nichts dringend er würde zu mir kommen und mir etwas zeigen ein zauberkästchen wie in diesem film aber ich habe überhaupt mir ist überhaupt nichts aufgefallen dieser asiate aber in der dose war nichts außergewöhnliches vielleicht eine spinne oder ein edelstein er sagte er wüßte aber was in dieser schachtel sei der wodka ist für dich nur für dich auf dein wohl bleibst du noch bei mir eine weile nein ich komme lieber morgen wieder ich verreise wir werden uns nie mehr sehen ruf an vor der abfahrt gut ich rufe dich an treppen geöffnetes zimmer im treppenhaus sie wechseln das bettzeug die rose steht auf dem tisch in diesem viertel gehen die ersten neonlichter an die ersten non-stop-lokale es sind nur ein paar hundert meter irdische liebe und himmlische liebe es regnet die vögel fliegen durch dein schwarzes zusehends silbrig werdendes haar diese narbe am bauch die ist vom na siehst du das macht gar nichts du schwitzt das ist angenehm war es falsch daß ich herkam du bist böse ich hätte es nicht tun dürfen sag nichts du redest andauernd kann ich das licht anmachen ich will dich sehen dein gesicht deinen körper dich ganz ich will deinen mund sehen warte ich decke dich zu ich stand zehn jahre vor der tür ich dumme damals liebte ich einen opernsänger aber das war's nicht nur er war ein idiot ich war unheimlich in ihn verliebt warum bist du damals weggegangen du hättest anklopfen sollen an der tür bis ich aufmache dich hereinlasse aber das ist unwichtig hier geschützt hinter dieser düne morgen muß ich ich bin dir so dankbar wenn die worte das ist doch deine hand fühlst du nicht wie dankbar sie dir ist dafür daß du existierst laß das ich habe dich nie gesehen nackt bei licht fließt von deinen schultern und brüsten ich habe hunger habe noch nichts gegessen ich kam hergereist bin da und du hast dich nicht gefreut nahmst es hin wie etwas gewöhnliches du bist ja schön ich gehe gleich herunter die liebe verwandelt den körper wir sind wach alle schlafen schon die lichter sind aus ich höre dein atmen unsere körper wachen das ganze land schläft hörst du das stöhnen das lachen weinen unter uns neben uns lieben sich zwei menschliche wesen wir sind es ströme von blut sperma tränen und schweiß fließen ein eiweißstrom eine

quelle sprudelt verströmt in der nacht ins all schafft erzeugt
leben in der wachsenden leere noch noch

1975–1976

Käfig 1974

die vögel die durch
dieses zimmer fliegen
kehren sich in stille

die gedichte
gehen in dunkle
physische wörtliche
dinge über
man kann sie sich um den hals hängen

hier besucht mich
mein doppelgänger
dvojnik
sobowtór

er verhöhnt mich
in meinem durchsichtigen
gedichtmantel
platzt vor lachen
das ist der denke ich von dem man sagt
er schreit wie ich nur maßvoll
er entleert sich wie ich
nur kultivierter
er weint wie ich
nur schöner

die menschen die durch dieses zimmer
gehen reden leiser
berühren insgeheim die möbel
die rücken der gelesenen bücher
besichtigen feder kamm
brillengläser
den nunmehr mystischen körper
der treuen lebensgefährtin
das manuskript des unbeendeten
gedichtes

ich gebar einen teufel
in der wüste
brachte ihn zur unwelt
er schleppte sich über den sand
ich schied ihn aus
dem unter-schied
des afters
stöhnend steinhart
gelbschwarz glänzend
zäh schleimbedeckt
verwandelte er sich in ein
blutunterlaufenes auge

körper der meinen
körper verstieß
mich allein ließ
mich verwüstete zu
nichts verwandelte
ein schwarzes loch

die literaturpäpste die durch dieses
zimmer gehen
entziffern das manuskript
des unbeendeten gedichts

angewidert
dieses künstliche pathos
diese ausscheidungen
diese galle
dieses blut
dieses wasser
dieser exhibitionismus
sie zucken die achseln
verlassen die werkstatt
des dichters der sich
das leben

Was zunimmt was abnimmt

Szene im Park

ER ist dir nicht aufgefallen »alles« nimmt zu nur wir nehmen ab?
ICH wir menschen? wenn du dich umgucken würdest!
ER nicht im sinne des bevölkerungszuwachses sondern einzeln individuell...
ICH es wird frühling der tag nimmt zu darin ist etwas optimistisches freudiges!
ER aber ich nehme ab weniger haar weniger zähne weniger kalk in den knochen weniger samen weniger haß weniger liebe weniger freunde...
ICH dein schweigen nimmt ab Samuel!
ER preise rezensionen briefe einladungen nehmen zu »die brennenden probleme« liegen aufgeschnürt wie alte schwarze schnürsenkel
ICH und doch hast du wieder einen »erfolg« errungen du wirst mit preisen überschüttet

ER ich nehme ständig ab! sogar mein tod nimmt ab auf den trottoirs den rasenflächen nehmen die hundehaufen zu nimmt das lächeln ab
ICH bist du kein tierfreund?
ER die tiere gehören nicht zur menschenfamilie je mehr tierliebe desto weniger nächstenliebe je mehr zärtlichkeit für das hündchen das vögelchen das eichhörnchen desto mehr gleichgültigkeit dem menschen gegenüber nur schwachköpfe glauben noch ein guter mensch liebt tiere ein guter mensch liebt menschen
ICH was du sagst ist unmenschlich
ER das ist erzmenschlich ist dir nicht aufgefallen daß die hundescheiße auf unseren plätzen grünanlagen an den häuserwänden zunimmt? die besitzer dieser hunde müßte man mit kleinen schaufeln und besen ausstatten sie müßten hinter ihren geliebten vierbeinern aufräumen man muß sie dazu zwingen sie können nicht erwarten daß der staat oder die kirche ihnen das abnimmt...
ICH Samuel schreibst du noch?
ER der held einer meiner Erzählungen hält den finger im a...
ICH kann es denn sein daß ein held den finger im a... hält?
ER nicht auf dem denkmal... im leben...
ICH Samuel ist dir nicht aufgefallen daß deine problematik allmählich stirbt sich zersetzt nicht mehr mit der fahne in der hand sondern mit dem finger im a... stirbt der held...
ER seit ich fahrrad fahre reduzieren sich alle probleme darauf das gleichgewicht zu halten wenn ich schreibe bin ich von wand zu wand
ICH dein held pinkelt in die blumentöpfe in denen diese roten mit leben und freude erfüllten pelargonien blühen die blumen gehen ein ist das eine metapher?
ER nein nein er spürt einen druck auf der blase und danach große erleichterung er ist eingeschlossen ich weiß nicht vielleicht erschlägt er fliegen sie stören ihn beim denken
ICH ich liebe aber doch tiere und wenn ich ein weib sehe das

ein tierfell oder einen pelz trägt dann regen sich in mir gewisse zweifel wessen haut...
ER ich trenne nicht das geschlecht meine individuen sprechen nur schweigen und stinken sie nehmen ab fliegen sind sehr kleine tiere
auf den samtkragen seines überziehers rieselten schuppen wie schnee auf einen altmodischen leichenwagen billigster kategorie
in käfigen schleppten raubvögel flügel wie ausgefranste zerbrochene mit weißem kot bekleckerte besen
im aquarium standen zwei gleichgroße hechte maul an maul bewegungslos auge um auge zahn um zahn
Das leben im jenseits nimmt ab verpackungen und bücher nehmen zu
das wort nimmt ab die wörter nehmen zu
der mensch nimmt ab der körper nimmt zu
ER *er liebt bushes und boulders und er haßt birds und butterflies*
ICH wer? wer haßt wer blendet vögel wer zerdrückt schmetterlinge?
ER er stopft mir seine dick mit kot belegte zunge in den mund
ICH warst du schonmal in Radomsko oder wirst du bis an dein lebensende Radomsko nicht gesehen haben
ER ich wurde im grab geboren in Paris nehme ich ab

Ausweglos

Wir schwachen leben
im geschlossenen kreis
von gesichtern
wörtern namen

andere bestimmen uns
andere ordnen uns ein
andere pinnen uns an

wir wissen genau
man muß diesen falschen kreis durchbrechen
überschreiten
man muß weggehen

aber wir bleiben

im jahr 1880
bestellte Rimbaud von Aden aus
eine reihe von sachbüchern
unter anderem
»Der perfekte Schlosser«
»Der kleine Tischler«
und vieles mehr
handbücher
zur herstellung
von ziegel glas
kerzen
bergbau-
schweiß-
maurerkunde
Hydraulique urbaine
et agricole *

ja der ist wirklich
weggegangen
aber auch er
sparte geld
für die heimkehr
nach dem tod der poesie
wollte er
eine echte solide familie gründen
sich der erziehung
eines sohnes widmen
(der wie nicht anders zu erwarten
ein neuer herrlicher mensch werden sollte)
er beabsichtigte auch
sein verhältnis zum militärdienst zu regeln
und so weiter
und so fort

schön und gut

verratet mir aber mal
was soll Rimbaud tun
der fünfzig sechzig
achtzig ist

was für bücher
soll er bestellen
wohin wegfahren
was verbrennen
was verlassen

* am 14. april 1885 schrieb rimbaud aus aden: »den photographischen apparat habe ich verkauft/ohne verlust«. p. l.

Begraben im Lachen

begraben im lachen
einem lachen still
wie schnee

im erlöschenden
lachen erkaltend

zähneknirschend
lachend bis auf den blanken knochen

lache
vergehe
sterb ich vor lachen

zähne-entblößt

eine von unvorsichtigen
passanten
beschädigte
im mechanischen lachen
begrabene
box

mein schatten
folgt
meinem körper
ohne zu lächeln
schritt für schritt

Vršacker Elegie

Für Vasko Popa

wir gehen im park die allee
mit jedem wort schritt blatt
schwindend

sterbend reden wir heiter
über vergangenheit über poesie

es gibt dichter die nehmen sich das leben
andere schreiben sich tot

ich nehme mir die poesie
um klarer zu sehen

wann schlägt die stunde der Neuen Poesie?
ich versuche zu antworten Dir mir

wenn der letzte dichter
der erste dichter sein wird
und der erste der letzte
wenn ein schlechtes gedicht
ein gutes gedicht sein wird
und ein gutes gedicht
ein schlechtes gedicht sein wird
dann schlägt der Neuen Poesie
die stunde

du lächelst bruder
dich langweilt
meine leere hölzerne rhetorik

laß uns was zu mittag essen
ich esse gern bohnensuppe

die frau die keine frau mehr ist
geht an uns vorbei lächelt
mit blutleeren lippen in sich hinein
sie hat von meiner prophezeiung
nur die letzten worte gehört

Wrocław 1975

Was bleibet aber stiften die Dichter

Der alte mann
zieht einen kreis

die leere des wortes leerend
schreibt er
tiefer dunkler

kehrt zurück
in die idyllische kindheit
ein schmetterling
in einen nachtfalter verwandelt
nachtigall maulwurf
ein häufchen heimaterde
über sich aufgeworfen

er tritt ein
in den unterirdischen blutstrom

ehe der hahn krähen wird
wirst du mich dreimal verleugnen

der alte mann
gebeugt übers grab
sein gesicht
das entblößte geheimnis

er stirbt
die wunde in der stirn
von der geburt geschlagen

der wievielte sterbeversuch ist das schon

der ratlose
alte mann
im anzug
der auf dem skelett wächst
das feingliedriger wird

verbirgt seine innenansicht
wie ein kind
das in panik
den zerschlagenen kleinen krug
von einer ecke zur anderen trägt
die scherben

die lebenden und die toten
berühren
die wunde
der stirn

Und ging hinaus und weinte bitterlich

Und überwarf sich
mit dem diesseits und jenseits
wegen eines blutstropfens

Nachwort

1. Bibliographische Notiz

Vorliegende Auswahl von Texten und z. T. kollagierten Textfragmenten des polnischen Autors Tadeusz Różewicz ist das Ergebnis einer Neulektüre seines bisherigen literarischen »Gesamtwerks«, soweit es in publizierter Form zugänglich ist. Die Übersetzungen basieren auf den Ausgaben der »Gesammelten Gedichte« (»Poezje zebrane«, 1976) und der gesammelten »Prosa« (»Proza«, 1973). Ein Teil der Texte ist der erweiterten Neuausgabe des Bandes »Vorbereitung zur Autorenlesung« (»Przygotowanie do wieczoru autorskiego«, [1]1971 [2]1977) entnommen. Der Text »Animula« (der Titel der deutschen Fassung geht auf eine Anregung des Autors zurück) erschien im Original als gesonderte Buchausgabe (»Duszyczka«, 1977), der kleine Dialogtext »Was abnimmt was zunimmt« stammt aus dem Stückeband »Weiße Ehe und andere Bühnentexte« (»Białe małżeństwo i inne utwory sceniczne«, 1975). Das Gedicht »Altes Foto« ist noch nicht innerhalb einer Buchausgabe erschienen. (Eine Variante veröffentlichte die Warschauer »Twórczość« in ihrem Februarheft 1979.)

Die Auswahl berücksichtigt also die »großen« Różewicz-Bände (zu denen noch der 1972 erschienene Auswahlband seiner »Theaterstücke« – »Sztuki teatralne« – zu rechnen ist) d. h., die »einschlägigen« Werke, die ihn vor Jahren zum »jüngsten« und »vielseitigsten« Klassiker der polnischen Nachkriegsliteratur (ab)stempelten, in positiver Weise jedoch vor allem die neueren, demonstrativ gattungsdurchquerenden Versuche, deren Intention es unter anderem ist, die lähmende Aura eines Klassikers abzuschütteln und einer Früh-Mumifizierung vorzubeugen, die infolge der inoffiziellen Nominierung von Tadeusz Różewicz zum »Dichterfürsten«

(nach dem Tod des populären Konstanty Ildefons Gałczynski [1905–1953]) in dem womöglich lyrikintensivsten Land Europas sich anzubahnen schien. *(Hunderttausend Dichter! Diese so phantastische Zahl mag erst im ›symbolischen‹ Jahr 2000 Wirklichkeit werden. Doch genau in diese Richtung tendieren die gegenwärtigen Veränderungen hierzulande ...)* [1] Dem genannten Textband »Vorbereitung zur Autorenlesung«, der Fragmente, Gedichte, Briefe, Feuilletons, Dialoge, Selbstinterviews und ein Stück (»Abgang des Hungerkünstlers«) in einer heterogenen Textreihe mischt, verdankt diese Auswahl neben ihrem fast identischen Titel die Legitimation, die traditionellen, gattungslastigen, auch in den bisherigen deutschsprachigen Różewicz-Publikationen respektierten »Spezialgebiete« [2] des Lyrikers, Prosaautors, Dramatikers, Dichtungstheoretikers, Essayisten und »Reiseschriftstellers« Różewicz zu ignorieren. Stattdessen soll der konkrete Autor als das Subjekt einer neuen, dislozierenden Schreibweise zur Geltung kommen, die er in der Lyrik seit seinem »Durchbruch« im Jahr 1947 paradigmatisch zu demonstrieren versucht. Das abwehrende Schlagwort von der »Prosaisierung der Lyrik« durch Różewicz hatte ein auf seine Autonomie bedachter Literaturbetrieb parat, der Querverbindungen zwischen außerliterarischer und innerliterarischer Wirklichkeit als Verstöße gegen das eigene System wertete. Dank seines theoretisch bestens rückversicherten Geflechts von Gattungsregeln und -grenzen, von rigiden Qualitätsmaßstäben und Wertvorstellungen konnte er sich versteckt zur Wehr setzen. Repräsentiert wird dieses System von einer literaturkritisch und normativ engagierten Literaturwissenschaft bester bürgerlicher Provenienz (Roman Ingardens phänomenologische Ontologie des literarischen Kunstwerks wäre an erster Stelle zu nennen) und eine literaturwissenschaftlich geschulte Literaturkritik (Artur Sandauers Autorität könnte hier für geringere stehen). Maßgebend war und ist die »lebendige Tradition« der polnischen, sog. Krakauer Avant-

garde, ihr kohärentes, auch für die Nachkriegsdichtung einflußreiches Poetik-Modell mit seiner militanten Konzeption, in der dem Dichter die Rolle des Wortkunstspezialisten zufällt und die poetische Sprache zum Gegenpol der praktischen Rede wird. Różewicz' Polemik gegen die artistische und kunstreligiöse Hybris der Avantgarde-Dichtung, die sich wiederholt gegen andere, hier nicht näher beschriebene Richtungen behaupten konnte, war der erste Schritt zu einer Reformation der poetischen Sprache, diese wiederum nur ein Schritt auf dem langen Weg zu einer Reformation der Sprache der Literatur, zu einer Reformation der Literatur innerhalb der polnischen Gesellschaft. Die einzelnen Phasen und Schwerpunkte der Różewicz'schen Arbeit an der Durchsetzung eines neuen Literaturmodells sind nicht säuberlich voneinander zu trennen. Daher die zeitliche Ungebundenheit der hier veröffentlichten Texte.
Obwohl die meisten von ihnen nach 1969 entstanden sind, dem Jahr der letzten bundesdeutschen Publikation eines Różewicz-Gedichtbandes[3], markiert dieses Jahr keine editorische Zäsur. Diese kleine Auswahl kann die seitdem entstandene Lücke in der Rezeption dieses innerhalb der »sozialistischen Literaturen« so exzeptionellen Autors nur teilweise schließen und stellt sich dieses Ziel erst gar nicht. Auch sieht sie sich nicht dazu veranlaßt, einen in »Deutschland gänzlich ... vergessenen«[4] Autor in Erinnerung zu rufen.

2. *Negative Poetik*

Tadeusz Różewicz ist kein in Deutschland Vergessener. Am wenigsten dürften ihn diejenigen bundesdeutschen Autoren vergessen haben, die seinem Poetik-Modell Sensibilisierungen des eigenen literarischen Bewußtseins zu verdanken haben. Auch die Veröffentlichungen in der DDR[5] beweisen neben den Aufführungen seiner Stücke, zuweilen vor den

westdeutschen Erstaufführungen, daß man sich dort der zunehmenden Relevanz des Różewicz'schen Literatur(und Kultur)modells bewußt geworden ist.
Nur selten findet diese den Bereich innerliterarischer Diskussionen überschreitende Relevanz einen Niederschlag in Kritiken. Viel häufiger trifft man theoretisch verquälte Versuche vor, Różewicz' reflexive Negationen als positive »Innovationen« des, und sei es wankenden, literarischen Systems abzufangen. Als Ausnahme zitiere ich eine Passage aus der Rezension des polnischen Autors und Kritikers Bohdan Czeszko zur 2. Ausgabe von »Vorbereitung zur Autorenlesung«: *Ich bin der Auffassung, daß eine Menge philisterhaften Geschmacks und philisterhafter ästhetischer Kanons aufgrund ihrer Resistenz im sozialen Bewußtsein haften geblieben sind und mit ungeheurer Kraft im Bewußtsein der heutigen Souveräne weiterwirken, also in der reicher werdenden Bauernschicht, in der aus grausamem Elend aufgestiegenen Arbeiterklasse, in der Beamtenschicht, ganz zu schweigen von anderen, üppiger lebenden Schichten und Schichtchen unserer gegenwärtigen Sozialgeologie. Ein gänzlich (und doch nicht gänzlich) anderer ästhetischer Kanon wurde geboren, der Kanon des gräßlichen Kitsches, der Kanon der Gerissenheit, der Kanon der Hochstapelei, der Kanon der Heuchelei, der Kanon mangelnder Authentizität und der Kanon allgemeiner Camouflage. Und das sind mächtige Kanons. Rede mir nur keiner ein, dies seien Marginalien oder Überbleibsel ›früherer Zeiten‹. Aus ihnen jedenfalls bezieht Różewicz' Protest immer wieder neue Nahrung.* (1978) [6]
Über dieser neuen »Nahrungsquelle«, dem von den Massenmedien in ein Treibhausklima versetzten neubürgerlichen wuchernden Ableger des »bürgerlichen Erbes«, darf jedoch der traditionelle Adressat der Różewicz-Polemik nicht vergessen werden, die Wortkunstreligion der Avantgarde-Dichtung, die in der Person und im Schaffen von Julian Przyboś (1901–1970) einen bis über seinen Tod hinausrei-

chenden Einfluß ausübt. Die neue Anthologie »Werkzeug aus Licht« zeigt, das Przyboś' Modell auch weiterhin für uns ein importfähiges Faszinosum darstellt[7]. Przyboś' euphorische Lyrik-Auffassung (*Lyrik ist der Aufschwung zum allmenschlichen Gefühl – in Worten fixiert*), sein artistischer Perfektionismus (*Die mehrstufige Rakete der Lyrik*) nähren die Vorstellung von der Dichtung als einer auf dem Leistungsprinzip Sprache basierenden Produktion um der Produktion willen innerhalb einer allproduzierenden Gesellschaft. Diese Vorstellung wurde bereits in den frühen Avantgardeprogrammen des unbestrittenen theoretischen Zentrums und Begründers der Krakauer Avantgarde, Tadeusz Peiper (1891–1969) vorformuliert. Der Bauhaus-Enthusiast und Zivilisationsoptimist verglich das poetische Schaffen mit dem Hochleistungssport; die Metapher war für ihn das prädestinierte Vehikel, das dem Gedicht zum »Abheben« von der als chaotisch verurteilten kapitalistischen Wirklichkeit in die vorerst nur in der Wortkunst vormodellierbare geordnete »Wirklichkeit« der *sozialistischen* Konstruktion verhelfen sollte. Ein poetischer Konstruktivismus, innerhalb dessen die Metapher zum zentralen *Glied* erklärt wurde, zum antirealistischen Mittel per se: *Die Metapher – ist mehr als eine Übertragung. Sie ist ein Träger, ein Empor-Träger. Sie wird zum Über-Träger.*

Peipers Soziopoetik, gegen den anarchistischen Futurismus wie gegen die bürgerliche »Skamander«-Formation gerichtet, auf einer eigenwilligen Applikation Marxscher Theoreme, mehr aber einer Aktualisierung der »Philosophie der Arbeit« von St. Brzozowski basierend (in die C. Norwids Ästhetik der Arbeit eingeflossen ist), ist fünfzig Jahre alt, wenn man das Manifest »Kunst und Proletariat« (»Sztuka i proletariat«) von 1929 als Höhepunkt des Programms einer elitären, »auf Distanz« zum Proletariat für das Proletariat arbeitenden Wortkunst »für Zwölf« zugrundelegt. (*Die für Zwölf gemachte Kunst wird mit der Zeit ein Nutzen für zwölf Mil-*

lionen. Ich will ein Dichtungsspezialist sein. Es gibt Werke, die nicht für das Proletariat sind und doch dem Proletariat [dienen].)

Nach dem Krieg verfolgte Peiper sein Programm nicht mehr öffentlich – und gewiß nicht in der optimistischen Tonart der ersten Manifeste.[8] Die Rolle des avantgardistischen Klassikers spielte allein J. Przyboś. Aufbauend auf Peipers Poetik und diese in entscheidenden Punkten »überflügelnd« und hypertrophierend, vor allem aber im Abrücken vom konstruktiven Prinzip der Gedichte Peipers, der über die poetische Struktur sozialistische Geburtshilfe leisten wollte (übereinstimmend mit seinem Prinzip des Zusammenfalls von Ideologie und künstlerischem Verfahren, das auf den Rezipienten erzieherisch einwirken könne: *Mein entfernter Reim ist mein Sozialismus)*, verkörperte Przyboś wortgewaltig die Vorwegnahme des »emanzipierten Arbeiters« einer konfliktlosen sozialistischen Gesellschaft der Zukunft mit einer die griechische »Klassenlosigkeit« kontinuierenden klassischen Kunst *(Die Kunst ist die vollkommene Arbeit)*.

Przyboś war auch Różewicz' erster »Meister«. Der Autor des sensationellen Gedichtbandes »Unruhe« erwartete von Przyboś – gerade von ihm, dem Dichtung mit Moral gleichsetzenden Lyriker – nach der »Apokalypse« (Różewicz) der Kriegs- und Okkupationsjahre die fällige und permanent durchzuführende »sanitäre Aktion« vor allem in der Lyrik, die in den frühen fünfziger Jahren noch das unumstrittene literarische Medium Nr. 1 in Polen war, wenngleich die Zahl der Dichter damals tragisch gesunken war. Różewicz schrieb in einem seiner damaligen Briefe an Przyboś von seinem »unabweisbaren Eindruck«, »ja, von dem Axiom«, daß Przyboś der »einzige Organisator der nationalen Einbildungskraft seit Mickiewicz« sei, »einer neuen Einbildungskraft«. Und er bedankte sich bei Przyboś »für alles, was er von (ihm) empfangen durfte«. Er schloß den Brief mit den Worten: »Ich bin glücklich, wenn ich an die Gespräche denke, die für mich persönlich auch ein Wegweiser sind.« (Brief vom 10. 7. 1948, unveröffentlicht).[9]

Doch die in zahlreichen Briefen beschworene Reaktion, die Angleichung des lyrischen Höhenflugs Przyboś' *(Ich habe die Schallmauer der polnischen Sprache durchbrochen!)* an die neue ethische Sensibilität, die gegen die jeglichem Ästhetizismus eignende Identifizierung von künstlerischem »Können« und Wahrheit revoltierte, die Konsequenzen in der Dichtung selber verlangte, blieb aus. Różewicz hatte mit seinem ein Jahr vor dem Entstehungsdatum des zitierten Briefes veröffentlichten Gedichtband »Unruhe« bereits den Weg in die andere Richtung für sich gewählt. Und auch in Briefform findet man die eklatante Verletzung des Hohen Stils des avantgardistischen Dichters. Różewicz schrieb: »Es gibt, so scheint mir, in der Lyrik keine Klamotte, aus der sich nichts mehr machen ließe.« Die Antiästhetik des »Gewöhnlichen«, die Demokratisierung (und Trivialisierung) von Sprache und »thematischer Ebene« der Lyrik sind diesem Satz bereits vorgezeichnet. Der erst viele Jahre später ausgebrochene Konflikt brachte die scharfe Verurteilung des »Turpismus« von Różewicz und anderen Lyrikern durch Przyboś, den Vorwurf des »Nihilismus«, ja des »unglücklichen Bewußtseins«, dessen Bestimmung Przyboś allerdings, in einer vielleicht bezeichnenden Fehlleistung, Marx, nicht Hegel zuschrieb.[10] Es protestierte – unter Berufung auf den Hl. Marx gegen die »Ästhetik des Häßlichen« Przyboś, der 1936 den so völlig unmarxistischen Anspruch der poetischen Sprache formulierte: *»Aus dem groben Tumult der Rede einen Satz, den zweiten Satz, den eigenen Satz wie eine gerade und helle Linie herausziehen. So spaltet sich die Sprache der Dichter von dem redenden Gevölk, so erhebt sie sich über das Niveau des gestaltlosen Rauschens, so atmet sie zwischen den Wellen des Gestammels.«* [11] Das »*falsche* Bewußtsein«, das für mich in diesen Sätzen, die nie zurückgenommen wurden, zum Ausdruck kommt, wurde

zum Hauptangriffsziel Różewicz'. Seine Bedeutung für eine radikale Umpolung, eine Humanisierung der poetischen Sprache, sein Versuch der Aufhebung der »Diglossie«: der strikten Trennung von poetischer und praktischer Sprache, seine Rückkoppelung der poetischen Äußerung an die *parole* (während die avantgardistische Konzeption der ›Sprache in der Sprache‹, die Valérys Lyrikmodell mit eigenen Mitteln fortsetzte, das Sprachsystem, die *langue* demonstrierte[12]), weisen über den polnischen Kontext hinaus. Die von ihm geleistete Rehabilitierung der Umgangssprache, sein Gedichtmodell als eine Art graphischer »Tonspur«, die in natürlicher Intonation den Atem des Autors bewahrt (*sie vergessen, daß die zeitgenössische lyrik / ein kampf um den atem ist*) rücken Różewicz in der Literatur in eine analoge Position zu der Wittgensteins in der Sprachphilosophie – wenn man die Sparten voneinander abgrenzt und umgekehrt die Relevanz Wittgensteins für eine Dichtungs- und Bildlichkeitstheorie überliest, obwohl Gedichte und Gedichtlektürebeobachtungen in den »Philosophischen Untersuchungen« zum natürlichen Material der Versuche einer neuen Semantik für Wittgenstein geworden sind. Da liest man auch die Sätze:
Jedes Zeichen scheint allein tot! Was gibt ihm Leben? Im Gebrauch lebt es. Hat es da den lebenden Atem in sich? Oder ist der Gebrauch sein Atem?[13] Wittgensteins semantische Pragmatik und die vom ihm heuristisch beschriebene gestischemotive »Bildlichkeit« der Sprache, die Entdeckung des »tiefen Aspekts« der trivialsten sprachlichen und gestischen »Gebärde«, könnten einen adäquateren Zugang zu einer Reihe von Różewicz-Gedichten bilden, die eine neue Bildlichkeit entgegen der artifiziellen Bildlichkeit der Avantgarde erproben als die traditionellen literaturwissenschaftlichen oder kommunikationswissenschaftlichen Verfahrensanalysen. Das einzigartige Beispiel für eine Umfunktionierung einer unbeseelten Polizeidurchsage in einen Text, der eine eigene Anschaulichkeit erhält, der wie eine Sonderform der Wittgen-

steinschen Sprachspiele sich lesen läßt, ist das Różewicz-»Gedicht« *Weiße Pünktchen*

Am 20. august / verließ eine achtzigjährige / die an gedächtnisschwund litt / ihre wohnung / und kehrte nicht zurück / sie war gekleidet / in ein dunkelblaues kleid / mit weißen pünktchen

wer etwas / über das schicksal der vermißten weiß / wird gebeten

Jakobsons Bestimmung von der poetischen Funktion der Sprache als eine auf die Sprache als solche gerichteten wird hier sowohl bestätigt als auch polemisch entwertet und umgestülpt. Eine andere »Sprachschicht« wird aktiviert durch den puren Abbruch der syntaktischen Sequenz. Wittgenstein beschrieb die Art der Einstellung, die dadurch erreicht wird, folgendermaßen: *Man kann sich beim Sprechen auf einen Gegenstand beziehen, indem man auf ihn zeigt. Das Zeigen ist hier ein Teil des Sprachspiels. Und nun kommt es vor, als spreche man von einer Empfindung dadurch, daß man seine Aufmerksamkeit beim Sprechen auf sie richtet. Aber wo ist die Analogie? Sie liegt offenbar darin, daß man durch Schauen und Horchen auf etwas zeigen kann... (Philosophische Untersuchungen)* [14] Die Aufzeichnung Różewicz' wertet diesen Zeigecharakter der Sprache auf, indem sie die Aufmerksamkeit auf den eigentlichen »Gegenstand« der Nachricht richtet, seine »hyletischen« Qualitäten. Eine Differenz zwischen Medium und Botschaft wird markiert, das Medium wird zugunsten der Botschaft suspendiert. Wittgenstein spricht von den »Gefühlen« der Wörter, die ihre Bedeutung sind. Im konkreten Gebrauch. *Man könnte auch sagen: das Gefühl gebe den Worten* Wahrheit. *Und da siehst du, wie hier die Begriffe ineinander fließen.*[15] Die intensive Beschäftigung Różewicz' mit Wittgenstein, seine sehr persönliche Beziehung zu Werk und Leben des Autors der »Philosophischen Untersuchungen« seien hier nur am Rande erwähnt.[16]

Die bundesdeutsche Lyrikdiskussion, die 1977 in der Anthologie von Hans Bender und Michael Krüger »Was alles hat Platz in einem Gedicht? Aufsätze zur deutschen Lyrik seit 1965« dokumentiert wurde, hat nur einen Einzelaspekt der Różewicz'schen Polemik, seine Ablehnung der Bildlichkeit, erfaßt. Die Auseinandersetzung um das von Höllerer postulierte Modell des »langen Gedichts« (das sich u. a. auf Różewicz' Aufsatz »Laut und Bild in der zeitgenössischen Lyrik« berief) verzeichnete Różewicz' Rolle im originären Kontext wie seine potentielle im neuen. War es nur ein Mißverständnis? Kraß und irreführend war die Zurückweisung Różewicz' durch K. Krolow. Sie verdiente keine weitausholende Replik, würde sie nicht zugleich Różewicz' »Genese« tangieren und dadurch die Möglichkeit zu einer Neuinterpretation des »genetischen« Motivs in der Różewicz-Forschung überhaupt bieten. Krolow sagte wörtlich: *Die Bedeutung des Polen Różewicz scheint mir peripher. Sie gilt weit eher für Zustände des Gedichts in seinem Lande und ist gegen die dort weit naivere oder doch unbedenklichere großzügigere metaphorische Behandlung und – wenn ich es so nennen darf – ›Aufladung‹ des lyrischen Wortes gerichtet. Seine Aversion gegen das im Gedicht dominierende Bild hängt mit einem bestimmten Purismus zusammen, der mit seinem Wesen und in seiner Entwicklung angelegt ist, auch mit dem poetischen Rigorismus, wie er in Kreisen der polnischen Widerstandsbewegung, aus der Różewicz hervorgegangen ist, zu beobachten war.*[17]

Auch wenn diese Äußerung Krolows zugleich eine Aussage über die »Zustände des Gedichts« in unserem Lande ist, möchte ich sie als unideologische behandeln, die aus Informationsdefiziten schlicht polemischen Profit bezieht. Peipers und Przyboś' Metapherntheorien (ihre Weiterentwicklung durch letzteren, für den die Metapher später in Anknüpfung an Lévi-Strauss zum »Instrument eines poetischen Denkens« – antiaristotelisch gewappnet – wurde) und die Art, wie beide Avantgardisten ihre Metaphern »behandelten«, indem sie

sie in konstruktivistische Strukturen sprachlich überorganisierten (man denke an Przyboś' Verfahren der Metaphern-Auftürmung und Metaphern-»Polymerisation«) können kaum als »naiv« oder »unbedenklich« im Krolowschen Sinne betrachtet werden. Freilich sprach Różewicz in dem umstrittenen Aufsatz selber von der Metapher als »überflüssigem Dekor«, doch tat er dies in berechtigter polemisch verkürzter Herabstufung der Metaphernhypertrophie der Avantgarde. Seine substantielle Auseinandersetzung mit der Metaphernpraxis fand in seinen Gedichten statt. Doch diese immanente Polemik, die die spezifische dialogische und intertextuelle Struktur einer Vielzahl seiner Gedichte begründete, wurde sowohl in den Übersetzungen (zwangsläufig) als auch innerhalb von grundsätzlich monologisch dominierten literarischen Milieus überhört. In diesen Gedichten, scheinbar monologischen Bestandsaufnahmen, baute Różewicz die eigene Poetik auf den negierten Dogmen der bekämpften auf. Zu diesen Dogmen gehörte zentral das *stupore*-Prinzip Przyboś, das Prinzip der gegenseitigen Verfremdung der Wörter im artifiziellen Kontext, in der imaginären Wort-Wirklichkeit des avantgardistischen Gedichts. Różewicz weist dieses Prinzip beispielweisend in *Die Stimme des Anonymus* zurück: *So lange formte ich / mich / zum bild und ebenbild / des nichts / formte dieses antlitz / zum bild und ebenbild / von allem / endlich verwischen sich die züge / meine worte /* bestaunen *einander nicht mehr*[18].

Der hier abgedruckte Text »Schloß auf Eis« vollzieht die Demontage der poetischen Konstruktion der Przyboś'schen Kathedralen-Gedichte (z. B. des Gedichts »Notre-Dame«)[19] in einem lässig durchgezogenen Verfahren umgestülpter Bildlichkeit. Der Text »Didaktische Erzählung« wurde auch von Przyboś als Polemik gegen seine Konzeption der »Wolkendichtung« erkannt. Die Provokation des »Dichters der Müllplätze«, einer Poesie, die bis zu den letztveröffentlichten Gedichten das »Motiv« der Ratten verfolgt, gefährdete den

Status des Hohepriesters des Wortes, der, wie das Priesteramt des Dichters es seit je verlangte, zwischen Himmel und Erde zu vermitteln und – künstlerische – Ordnung zu stiften hat.
Dieser Aspekt der Różewicz-Polemik wurde von Krolow ausgeblendet. Doch möchte ich ihn nicht überbewerten, zumal in einem Buch, das den Horizont einer transliterarischen Sphäre durch Auflockerung des Spartenmonopols der Literatur eröffnen möchte. Innerhalb dieses Horizonts ist das Informationsdefizit entscheidender, das im zweiten Teil der Krolow-Aussage sichtbar wird, in dem u. a. eine kausalistische und psychologistische Beziehung zwischen Biographie und künstlerischer Technik / Ethik hergestellt wird. Von den vielfachen Vermittlungen, in denen die *interne* Beziehung künstlerische Technik / Ethik im Falle Różewicz sich herausgebildet hat, sollen nur einige stichwortartig genannt werden. Die Tatsache, daß gerade der avantgardistische Meister das ursprüngliche künstlerische Vorbild des Reformators Różewicz war – im Gegensatz zu den Idealen der konspirativen Dichtung der Zeit 1939–1945 –, ist nur aus der verkürzten Sicht, wie sie von Krolow exemplarisch dokumentiert ist, als Paradoxon anzusehen. Die politischen und weltanschaulichen Polarisierungen der polnischen Widerstandsbewegung, die später, in den ersten Nachkriegsjahren, zu einer bruderkriegsartigen Auseinandersetzung mit tragischen Folgen für die Mitglieder der nichtkommunistischen »Heimatarmee« geführt hat, der auch Różewicz angehörte, sind allgemein bekannt. Weniger bekannt scheint außerhalb Polens die hohe Beteiligung von Schriftstellern an den Kämpfen während der Kriegs- und Besatzungsjahre, die Höhe der Opfer. Die polnische Literaturwissenschaft hat sich der Periode 1939–1945 mit besonderer methodologischer Sorgfalt angenommen. Aufgrund ihrer ungewöhnlichen Komplexität und Produktivität unter konspirativen Bedingungen wurde diese Periode zur »Epoche« – der freilich kürzesten – in der polni-

schen Literaturgeschichte erklärt. Aufgeräumt wurde hierbei mit dem positivistischen »Mythos von der Generation und ihrer gemeinsamen Haltung und Poetik«, welcher den Autoren der »Generation 1920«, zu denen ja auch Różewicz zu rechnen wäre, eine »geheimnisvolle Generationseinheit« zuschrieb.[20] Es war eine Zeit beschleunigter Reifeprozesse, die Debüt, literarischen Ruhm und Tod im bewaffneten Aufstand in eine tragisch kurze Sequenz preßten. Unter den mehr als 250 prominenten Schriftstellern, die in dieser Zeit ums Leben kamen, schrieb keiner wie Różewicz. Unter den nicht gezählten und noch nicht bekannten gab es nur noch einen zweiten Różewicz, Janusz, den älteren Bruder von Tadeusz Różewicz, dessen literarisches Talent sich nicht entfalten konnte, der 1944 mit vierundzwanzig Jahren als Offizier der Heimatarmee von der Gestapo in Lodz erschossen wurde. Die stärksten literarischen Persönlichkeiten, Altersgenossen Różewicz', aber Dichter völlig anderer »Stilideale«, waren Krzysztof Kamil Baczyński (1921–1944), Andrzej Trzebiński (1922 bis 1943), Tadeusz Stefan Gajcy (1922–1944). Baczyński und Gajcy fielen in den Kämpfen des Warschauer Aufstandes, Trzebiński wurde Opfer einer öffentlichen Hinrichtung in Warschau.[21] In ihrer Poesie knüpften sie – die avantgardistische Poesie ablehnend – eigenwillig und mit je anderen poetologischen Zielsetzungen, darunter auch durchaus das Ziel einer *poésie pure* vor Augen, an die Tradition der polnischen Romantik an. So stellen also der polnische Widerstand und seine »Kreise« keine Entität dar, der man das Phänomen Różewicz automatisch unterordnen könnte, keine kohärente literarische Gruppe mit eigener Gruppen-Poetik/Ethik. Die Zusammenhänge zwischen existenziell-historischer »Grenzsituation«, und als von einer solchen hat Różewicz von dieser Zeit gesprochen, und literarischer Technik bzw. deren Modifizierung, sind bei weitem vermittelter. Benjamins von der Geschichte überholte Formel von der Politisierung der Kunst im Kommunismus als Reaktion auf die Ästhetisierung der Politik im Faschismus könnte für Różewicz nur partiell geltend gemacht werden. In der Tat reagierte der polnische Lyriker auf die Pervertierung der »Poesie« in der Nazi-Propaganda (»Zauberlehrling«). Doch er war der einzige innerhalb der polnischen Poesie, der diese »Zweckentfremdung« der poetischen Mittel »rückwirkend« – und gegen die eigene Prädilektion – zum Motiv für die Negation von Verfahren in der Poesie erklärte und zum ethischen Impuls für die Entwicklung einer eigenen Technik machte, die – rekurrierend auf die Sprache als auf einen emotiv-sozialen *Körper* – sich vor allem den als Sprachmanipulation erkannten Verfahren der avantgardistischen Dichtpraxis *versagte*. Nicht ohne deren Techniken von innen her zu destruieren, sie subversiv gegen sich selbst richten zu lassen. Bei seinem Debüt wurde Różewicz als Imitator des avantgardistischen Modells angesehen. Daß er ihr Destruktor war, konnte von der Kritik, die dieses Modell zum eigenen Koordinatensystem erklärt hatte, nicht eingestanden werden.[22] Bei ihm ist die Ethik zum antipoetischen Verfahren geworden – nicht das künstlerische Können fällt zusammen mit dem Ethos des Künstlers.

Eine eigene »Wahrheit« – souverän gegenüber der »Wahrheit der Kunst« und der »Wahrheit der Ideologien« –, verankert in der »Wahrheit« der Wörter und Wortgefühle, setzt sich in diesen quasi avantgardistischen Gedichten durch. Insofern realisieren sie negativ den von T. Peiper für die polnische Poesie entdeckten Zusammenhang zwischen poetischer Technik und »Ideologie« – und zwar *gegen* die künstlerische Idee der Avantgarde, mit Mitteln, die die avantgardistischen negieren und suspendieren. Peiper, der die eigene Poetik aus dem neuen Zivilisationserlebnis ableitete, schrieb: *Die Entwicklung der Poesie ist nicht möglich ohne die Entwicklung der poetischen Verfahren; die Poesie verändert sich mit den Veränderungen der* Redeweisen! *Die Veränderung der Redeweisen leitet sich ab aus der ihnen übergeordneten Idee vom*

poetischen Schreiben, von der poetischen Idee... Neue Lebensweisen führen zu neuen Empfindungsweisen und neue Empfindungsweisen verlangen neue Redeweisen. Es gibt keinen großen Zeitraum der Poesie ohne neue poetische Idee und ohne neue poetische Verfahren.[23]
Doch ist dieser Zusammenhang kein mechanischer.

Das neue thematische Material generiert nicht – wie man sehr wohl weiß – selbsttätig eine entsprechend unbekannte ›Sprache‹ der Literatur. Es kann zu Wort kommen durch die bereits wohlbekannten und abgenützten ›Sprachen‹. Und dies ist der Regelfall, schreibt der polnische Strukturalist Janusz Sławiński in dem Sammelband »Die Literatur gegenüber Krieg und Okkupation« in einem Kontext, der den Sonderfall Różewicz festhält.[24]
Paradigmatisch verletzte Różewicz die nach dem Krieg sich neu etablierende alte Sprachhierarchie: er störte das Hohelied der avantgardistischen Dichtung, brach mit dem Peiperschen Dogma von der poetischen Sprache als der Sprache der »Pseudonyme« für die Dinge, die der Sprache der Prosa, die die Dinge »benenne«, entgegengesetzt sei. Er schrieb in einem frühen Gedicht, das noch nicht übersetzt wurde und eine ausführliche Analyse verdiente: *Rose das ist eine Blume oder der Name eines Mädchens* und hob damit nicht nur dieses zentrale Dogma der Avantgarde auf. Er konnte in dem Gedicht auch demonstrieren, daß die »einfache Sprache« eine für poetische Operationen geeignete konkrete Ambiguität der Wörter besitzt, die der aus der Arbitrarität der sprachlichen Zeichen profitierenden, demonstrativen Ambiguität der avantgardistischen Poesie entgegengesetzt und überlegen ist, die das Wort »Rose« beispielsweise für alle Zwecke einsetzte, die ihr in den eigenen »poetischen Sinn« (Przyboś) kamen. In Przyboś-Gedichten findet man »Rose« sowohl als Metapher für Vagina *(feuchte gesplissene Rose)* als auch für den Sonnenaufgang *(morgendliche Rose der Luft)*.

Es wird klar, daß für Różewicz in seinem Land zumindest als Lyriker geltend gemacht werden kann, was Roland Barthes sagte: *Nichts ist für eine Gesellschaft von größerer Wichtigkeit als die Klassifikation ihrer Sprachen. Die Klassifikation ändern, das Sprechen* verschieben, *heißt eine Revolution machen ...*[25]
Różewicz' »Revolution«, die für mich Symptome einer *Reformation*[26] aufweist, wurde in ihrer ersten Phase aufgefangen. Erst in jüngster Zeit entdecken Autoren und Kulturkritiker, die ein neues Kulturmodell für überfällig halten, Autoren einer anderen Generation zumal, ihren vollen Anspruch. So schreibt der Autor und Regisseur Helmut Kajzar (1940): *Physische Verantwortung für das Wort übernehmen – so ist das bei Różewicz. Daher seine Konzeption des Wortes: das sich zurückziehende, ›verzweifelte‹ Wort, ein Wort, das lebendig und zur Liebe fähig sein will, das nicht ein für alle mal gegeben und präzis geschmiedet sein muß, das nicht abgesicherte, nicht rückversicherte Wort, das sich in Aktion befindet wie ein lebender Organismus. Das ist die wahre Revolution Różewicz': die Befreiung des Wortes aus der Rüstung des Ästhetizismus.*[27]
Für mich ist an dieser Äußerung wichtig, die sich sowohl auf die Lyrik als auch auf die Theaterpraxis Różewicz' bezieht (H. Kajzar gehört zu den konsequentesten Różewicz-Regisseuren des polnischen Theaters), daß der Akzent auf der reformatorischen Dimension dieser »Revolution« liegt. Die Destruktion der artifiziellen Bildlichkeit geht zusammen mit der Aufwertung und Umschichtung des nicht mehr als bloßes Zeichen mit seiner auf Information und Manipulation reduzierbaren Zweiseitigkeit – angesehenen Wortes: *unsagbar schwerwiegend / ist eine träne /*
Welche war nun Różewicz' neue »poetische Idee«, die in der neuen Sprechweise verankert war? Läßt sich die damit zusammenhängende neue »Empfindungsweise« tatsächlich auf das nationale Ambiente und einen temporären Widerstand

reduzieren? Die Exotik dieses Ambiente und das »Periphere« des Widerstandes sind nur scheinbar. Adornos »Negative Dialektik« hat die überregionale Zäsur in Philosophie und Kunst vor und nach Auschwitz kenntlich gemacht. Für den deutschen Philosophen war eine »Schützengrabenreligion des Entronnenen« keine akzeptable moralische Basis mehr. In der polnischen Literatur der unmittelbaren Nachkriegszeit stellten Różewicz in der Lyrik und Tadeusz Borowski in der Prosa (»Steinerne Welt«) ein moralisches Paradigma der Entronnenen auf, das sich mit der gängigen Bewältigungsethik und Verdrängungskunst nicht vertrug. *Vierundzwanzig bin ich / gerettet auf dem weg zur schlachtung*, schrieb Różewicz in einem seiner frühen Gedichte. Borowskis Auschwitzerzählungen sprengten den traditionellen literarischen Rahmen, innerhalb dessen der Versuch, die bürgerlichen Moralvorstellungen mit der Erfahrung des totalen Exzesses (Bataille) in Einklang zu bringen, neue Verlogenheit produzieren mußte. Die Trauerriten der damaligen Inhaberin des weltanschaulichen Monopols, der katholischen Kirche, erschienen inkommensurabel mit der eigenen Erfahrung des Grenzübertritts. Das »Jenseits« schien realer als das sich wieder einrichtende Diesseits. Fragen nach der Sterblichkeit und Unsterblichkeit, saubere ontologische Trennungen von Körper und Seele, wirkten deplaciert und konnten nur in einem diffusen Licht beantwortet werden. Oder aus einer anderen Position neu gestellt werden. Auf Różewicz' Gedichte trifft Adornos Postulat voll zu: *Nur im ungeschminkten materialistischen Motiv überlebt Moral. Der Gang der Geschichte nötigt das zum Materialismus, was traditionell sein unvermittelter Gegensatz war, die Metaphysik.*[28] Różewicz' Gedicht »Klage«, das mit den Sätzen schließt: *ich glaube nicht an die vergebung der sünden / ich glaube nicht an die auferstehung der toten*[29] impliziert eine aggressive Trauer, die bewirkt, daß seine *Reformation der poetischen* Sprache nicht auf den Bereich der Literatur beschränkbar ist. Sie besitzt eine außerliterarische Dimension, zumal in einem Land, in dem das genaue Gegenteil der zitierten Gedichtzeilen zigtausendfach Tag für Tag öffentlich und privat repetiert wird. Diesen Aspekt der provokativen *Dislokation* der poetischen Äußerung, die eine »Handlung« im öffentlichen ideologischen Raum sein will, der Reaktivierung der Literatur zur Teilnahme an der Diskussion über eine noch praktizierbare Humanität nach und vor »apokalyptischen« Erfahrungen, gilt es zu unterstreichen. Besonders heute, in einer Situation eskalierender, weltweit zu beobachtender Unterwerfung unter quasi konträre, in quasi ideologische Widersprüche verwickelte, im eigenen Geltungsbereich monopolistisch agierende »Sprachmuster«. Daß Różewicz sich ihnen immer wieder entzog, ohne in einen »Purismus« zu geraten, zeigen die Gedichte und Texte des gesamten Schaffens, die Periode 1949–1955 teilweise ausgenommen.[30] Daß der geleistete Widerstand nicht einem metaphysischen »Wesen« entspringt, daß er eine historische Zäsur in der Humanitätsauffassung markiert, die hier vom »lyrischen Subjekt« expliziert wird, beweist ein langes Gedicht, das bisher – wegen seiner Geschmacklosigkeit? – noch in keine deutschsprachige Anthologie aufgenommen wurde. Es zeigt die Gemeinsamkeit der Plattform, die Adorno in »Negative Dialektik« idiosynkratisch errichtet hat und die Różewicz und Borowski innerhalb der polnischen Literatur negativitätsgeladen der Unerschütterlichkeit der literarischen »Evolution« in den Weg stellten.

ANPASSUNG
I. Ich war auf dem grund
Ich war auf dem grund. / Es schrumpften schwanden / die schönen arme der liebe / die lebendigen arme des glaubens / die arme voller hoffnung / fielen herab / seht seht / den flachen / kriechenden menschen / ein tumor / das auge groß wie die angst / ich wanderte durch kohle und kreide / stein metall

und knochen / kaltblütig / mit mundhöhle und after / vorbei an verfaulten rümpfen / einstmals schöner wesen / die auf dem grund lagen / gestorben unangepaßte / ich kam wieder hoch / seht seht / die kinder können jetzt / mit fingern auf mich weisen / und man kann mich im zirkus zeigen / ich sehe so aus / daß einer im exotischen kostüm / den vorhang aus blut zerreißen kann / (den vorhang den wir / lebenden als paravent nutzen / hinter dem wir die heimlichen mängel unseres gewissens / ausbessern) und er kann ausrufen / meine damen und herren / die legendäre seeschlange / halb mensch halb reptil / aber in einer person / unter besonderen bedingungen gehalten / einem druck von X atü / unter freiem himmel / wird sie platzen / meine damen und herren / das ist es / was die große welle / des zweiten weltkriegs / hochgespült hat

II. Die erzählung der präparierten haut
Ausgestopft. / Mit einem falschen auge / in dem das licht / jedoch richtig gebrochen wird / denn das auge ist echt / (glauben sie mir / der organismus funktioniert trotz allem tadellos) / präpariert von gestapomännern / die wie chirurgische instrumente glänzten (die präzisionsinstrumente des faschismus / waren schweißbeschlagen / während sie gleichmäßig / auf kopf magen geschlecht des vernommenen schlugen)
bin die haut / des unbekannten menschen / dessen innereien / die ratten über die müllplätze der welt / verteilt haben
ausgestopfte haut / liebt nicht leidet nicht / lacht nicht weint nicht / simuliert und simuliert / ausgestopfte haut / ist erbarmungswürdig
o! rosarote kleine körper / großköpfiger kinder / feiste stinkerchen / mit weißen schrumpligen / kleinen bäuchen / wachst nur wachst nur / und ihr liebe freunde / leidensgenossen / ausgestopfte häute / wundersamer tiere / o! hautsäcke / aus denen das lebendige wasser fließt / versucht euch zu füllen / versucht es noch einmal.[31]

Mit diesem und anderen Gedichten (und später mit dem

Text »Neue philosophische Schule«) bewies Różewicz (wie Borowski), daß es eine Literatur nach Auschwitz geben kann. Adorno, sein Diktum von der Unmöglichkeit der Poesie nach Auschwitz korrigierend, schrieb: *Das perennierende Leiden hat soviel Recht auf Ausdruck wie der Gemarterte zu brüllen; darum mag falsch gewesen sein, nach Auschwitz ließe kein Gedicht mehr sich schreiben. Nicht falsch aber ist die minder kulturelle Frage, ob nach Auschwitz noch sich leben lasse, ob vollends es dürfe, wer zufällig entrann und rechtens hätte umgebracht werden müssen. Sein Weiterleben bedarf schon der Kälte... Das Unmenschliche daran, die Fähigkeit, im Zuschauen sich zu distanzieren und zu erheben, ist am Ende eben das Humane, dessen Ideologen dagegen sich sträuben.* Nun folgt eine verblüffende Wendung: *Nicht enträt es aller Plausibilität, daß jenes Teil, das sich so verhält, das unsterbliche sei.* Und Adorno weist eine neue Motivation der Philosophie auf: *Die Schuld des Lebens, das als pures Faktum bereits anderem Leben den Atem raubt ... ist mit dem Leben nicht mehr zu versöhnen. Jene Schuld reproduziert sich unablässig, weil sie dem Bewußtsein in keinem Augenblick ganz gegenwärtig sein kann. Das, nichts anderes zwingt zur Philosophie.*[32]

Das, nichts anderes, zwang Różewicz zu einer negativen Poesie. So wie Adornos »Negative Dialektik« im »emphatischen Anspruch der alten Sparten« auf Autarkie den Ort der Unwahrheit entdeckte, insistierte er auf einer der Lüge der Literatur sich verweigernden Wahrheit. Für ihn wie für Adorno wurde zur Wahrheit: *Alle Kultur nach Auschwitz, samt der dringlichen Kritik daran, ist Müll. Indem sie sich restaurierte nach dem, was in ihrer Landschaft ohne Widerstand sich zutrug, ist sie gänzlich zu der Ideologie geworden, die sie potentiell war, seitdem sie, in Opposition zur materiellen Existenz, dieser das Licht einzuhauchen sich anmaßte, das die Trennung des Geistes von körperlicher Arbeit ihr vorenthielt.*[33]

Przyboś hat das von Peiper zum neuen Themenfeld der Lyrik erklärte Gebiet der »schönen« körperlichen Arbeit in seinem gesamten Schaffen obsessiv verfolgt: sein ›lyrisches Subjekt‹ konstituiert sich häufig in distanzierter Konfrontation mit Arbeitenden, in wörtlicher Erhebung über die physische Arbeit. Quasi in seiner Funktion als Voyeur, der die schmerzhafte Durchdringung von Körper und Materie, Arbeit und totem Produkt aus sicherer Entfernung verfolgt. So beispielsweise in dem Gedicht von 1934 »Die Ummauerten«, das schließt: *Vor den Augen der Schleier der Aussicht: Mauer. / Die Ummauerten / wachen auf meiner Barrikade des Blicks / sie:* Hände in Ziegelwunden.

Oder die Pointe des Gedichts »Bauten«: *Man denke: / jeder Ziegel ruht auf gezückter Hand* (von 1930).[34]

Als Dichterlesungen Przyboś nach dem Krieg unmittelbar mit den versteinerten Trägern dieser Gedichte konfrontierten, nämlich mit den Arbeitern als neuem Rezipienten von Lyrik, gab es erste Stockungen. In seiner Rede »Für ein Bündnis zwischen Arbeit und Kunst«, die er 1964 vor Arbeitern hielt, berief er sich zwar auf seine zahlreichen Arbeitsgedichte, räumte jedoch ein, daß er es bisher nicht gewagt habe, sie vor Arbeitern vorzutragen: »Mir scheint, es wäre peinlich und unpassend, wenn ich Grubenarbeitern etwas über Grubenarbeiter erzählen würde.« Er hielt es jedoch für angebracht, seinen Zuhörern die klaffenden Differenzen zwischen verkrüppelnder körperlicher Arbeit und emanzipierter schöpferischer Arbeit des Wortkünstlers zu erzählen und sich als ein Exemplar des sozialistischen Zukunftsmenschen, des *homo aestheticus* zu präsentieren, der »heute noch so rar« sei.[35] Der Epoche – die in seiner Marx-Auslegung – den »Arbeiter in einen Künstler und Erfinder« verwandeln würde, sah er aufgrund der Chance des baldigen Einsatzes der Kernenergie freudig entgegen. Seine Humanität war die eines romantischen Prometheismus mit unverwüstlichem utopischem Potential. Von anderer Art die Humanität Różewicz', seine gebrochene »innere Rede«, die, wie es in einem 1979 veröffentlichten Gedicht heißt: »keine flügel hat / aus wörtern / die zum ›menschheitsglück‹ emportragen«[36].

In der Mitte des 19. Jahrhunderts hat Cyprian K. Norwid (1821–1883) in »Promethidion« eine Vision der künftigen polnischen Kunst und Poesie geschaffen, die unterschwellig (und im Falle Przyboś' explizit) den Horizont der Kunsterwartungen in Polen stets mitbestimmte. Für Norwid war die künftige Kunst in Polen: »eine Fahne auf dem Turm menschlicher Arbeiten«. Auch wenn es den Anschein hat, als realisiere Przyboś eben dieses utopische Programm des großen Lyrikers und Kunsttheoretikers, als identifiziere er sich mit Norwids Formel von der Kunst als »höchstem Handwerk«, so darf doch der zweite Pol nicht unterschlagen werden, der bei Norwid die Homologie Handwerk–Kunst bedingt: »niedrigstes Gebet«. In den konträren Humanitätsauffassungen Przyboś' und Różewicz' lassen sich auch Spaltung und Verkehrung der Norwidschen Vision verfolgen.

3. Sepulkrale Humanität

Was für eine Humanität ist es, die sich den Humanitätsideologien entzieht und deren Wahrheitsmonopol suspendiert, und die sich, wie in dem Gedicht »Bocca della Verità« dem Trauma als dem konträren Wahrheitskriterium verschreibt? Ich möchte diese Humanität aufgrund der immer deutlicher werdenden Hinwendung Różewicz' zur Trauerthematik, zu einer eigenen »Totenklage«, als rudimentäre, sepulkrale Humanität bezeichnen. Lacan nennt eines der Symbole einer solchen Humanität: *Das erste Symbol, in dem wir Humanität in ihren Überresten erkennen, ist das Begräbnis, und die Vermittlung des Todes ist in jeder Beziehung zu erkennen, in der der Mensch zum Leben seiner Geschichte gelangt. Dieses Leben allein überdauert und ist wahrhaftig, denn es wird,*

ohne sich zu verlieren, in einer ununterbrochenen Tradition von Subjekt zu Subjekt übermittelt.[37]
Różewicz hat diese »Tradition« in einer antimetaphysischen Litanei festgehalten, in der mythisch-sinnfällige Gewährsfrauen zu Trägerinnen eines materialistischen »transzendentalen Prinzips« werden:
In »Erzählung über die alten Frauen« heißt es: *gott stirbt / die alten frauen stehen auf wie alle tage / kaufen brot wein fisch / die zivilisation stirbt / die alten frauen stehen frühmorgens auf / öffnen die fenster / beseitigen den unrat / der mensch stirbt / die alten frauen / waschen den leichnam / begraben den toten / pflanzen blumen auf den gräbern*
ich mag die alten frauen / die häßlichen frauen / die bösen frauen / sie glauben an das ewige leben / sie sind das salz der erde / die rinde des baums / sie sind die demütigen augen der tiere
feigheit und heldentum / größe und kleinmut / sehen sie in den richtigen dimensionen / die den dimensionen des alltags / nahe stehen.
Różewicz' sehr frühe Kritik des pseudokonkreten Alltags (Beispiel: »Kann nichts werden«), die in die umfassende Kritik der sich zur pseudokonkreten Totalität aufblasenden Zivilisation überleitete, erfolgte aus der nämlichen Perspektive, jener Perspektive der eiskalten Humanität, aus der er im Gedicht »Anpassung« den Versuch einer Lebensmimikry schilderte.
Andere Texte geben Aufschluß über die triebökonomische Struktur dieses Subjekts in einem Grenzbereich, in dem rigorose ontologische Trennungen zwischen Leben und Totsein aufgehoben werden. Aus der Perspektive des Todes, dem man quasi entronnen ist, stellt sich das Lebendigsein der Überlebenden und ihrer Institutionen als Scheinleben dar, so wie das eigene todesbezogen bleibt, auch, oder besonders wenn es auf der Flucht ist in das scheinbar intensivste Erlebnis des Lebens, die Liebe: die, mit dem »kleinen Tod« endet.

In einem von Różewicz' ersten Gedichten wird die »Triebvermischung« und der fluchtartige Versuch einer »Entmischung« festgehalten. Die Hautnähe von Eros und Thanatos, die aus ihrem Kontakt resultierende Ambivalenz der neuen Beziehung der Lebensaffirmation in dem Liebesakt, der hier unmittelbar in das »Symbol« des Begräbnisses eingeblendet wird, werden in den genau datierbaren historischen Grenzen gehalten, die das Begräbnis als eines vor einem Massengrab stattfindendes ausweist. Diese Dimension wird klar in einer Lektüre, die die assoziativ gereihten Synekdochen, die in diesem Gedicht die Metaphern der Avantgarde verdrängen, in aktiver Rezeption ergänzt. *Maske*

Ich seh mir den film an über den karneval in venedig / wo riesige masken mit gräßlichen köpfen / stumm übers ganze gesicht lachen / und ein fräulein zu schön für mich / den bewohner der kleinstadt im norden / mit gespreizten beinen den ichthyosaurier reitet

die ausgrabungen in meinem land haben kleine schwarze / köpfe mit gipsverklebtem grausamem lächeln / aber auch bei uns wirbelt das grellfarbene karussell / und ein mädchen in schwarzen strümpfen lockt / einen elefanten zwei hellblaue löwen mit himbeerfarbenen zungen / und fängt den verlobungsring im flug

unsere körper sind störrisch und trauerunwillig / unser gaumen schmeckt die süßspeise / ordne die papierschleifen und kränze / bück dich so: die hüfte berühre die hüfte / deine schenkel sind lebendig / laß uns fliehen fliehen (1946)

Dieses drastische Liebesgedicht mit der potentiellen Verlobten in Trauer und dem Angebot der »Flucht« vom großen in den kleinen Tod macht deutlich, daß Różewicz' Totenklage in den Dimensionen der larmoyanten Schwanengesänge für eine verlorene Generation nicht plazierbar ist, daß hier ein ambivalentes Moment zu berücksichtigen ist, das in die tiefenpsychologische Sphäre verweist. Konkrete Trauerarbeit wird in diesem und anderen Gedichten *abgeleistet,*

und zwar auf einem lyrischen Instrument, das an jenes erinnert, das die »Seelenvögel«, die Todesengel antiker griechischer Friedhöfe unter ihrem linken Arm hielten, eine muschelförmige einfache Lyra, mit einer zum Beschauer hin gerichteten ovalen Öffnung, monumentale Präfigurationen der Freudschen »Spekulation« von der dynamischen Verschränkung von Todes- und Lebenstrieb. Dieselben »Musen des Jenseits« von ambivalenter libidinöser Ausstrahlungskraft affizieren das triebdominierte Subjekt der Lyrik Różewicz', das autobiographische Koordinaten offenlegt (im Gegensatz zu dem in einem imaginären Raum agierenden »lyrischen Subjekt« der Avantgarde). So in dem Gedicht »Mein Körper«:
Dieses vierzigjährige haustier / erfüllt mit getöse / öffnet mich / gibt verschwommene zeichen / frühling / und in der dämmerung ballen sich / schwere / weiße vögel in mir / mit runden blinden brüsten / schreien flügelschlagend
Das ist eine kryptographische Aktualisierung des 88. heraklitischen Fragments: »Ein und dasselbe ist Lebendes und Totes; dasselbe ist auch Wachendes und Schlafendes; dasselbe ist Junges und Altes«.[38]
Entscheidend für den hier wichtigen Zusammenhang ist die Tatsache der Wiederholung, der Persistenz des »Motivs«. J. Sławiński wies auf das »Erlebnis des unglaublichen Alptraums von Krieg und Okkupation« als auf den »genetischen« Grund der »poetischen Moralistik« bei Różewicz hin und unterstrich zugleich ihren funktionalen Wiederholungscharakter. »Indem sie sich in ihrer Entwicklung von den Realien der Zeit entfernte, die sie gebar, verblieb sie mit ihnen in einem tieferen Kontakt: aufgrund der Natur der in ihr zu Worte kommenden Obsessionen, Ängste, Widerwärtigkeiten und Hoffnungen. Es ist, als ob sie unentwegt ihre primären – mit dem Kriegsschock verbundenen – Motivationen und Erkennungsakte wiederholen würde, indem sie daraus das Koordinatensystem für die ethischen Situationen der

Menschen der Nachkriegszeit erschaffen wollte.«[39] Die tiefenpsychologische Dimension dieser noch »genetisch« befangenen Feststellung ist unverkennbar. Und sie gestattet es, den »genetischen« Standpunkt zugunsten eines strukturellen aufzugeben, was keinesfalls zu einer Suspendierung des Ursprungserlebnisses führen kann, vielmehr zu seiner dramatischen Aufwertung und Perpetuierung. Die an dem kurzen »Geburtstagsgedicht« (Mein Körper) des Vierzigjährigen ablesbare Ambivalenz kann den zweiten Pol der Dichtung »nach der Apokalypse« aufweisen helfen, der nicht minder aktiv ist als der Pol des »vom Tod Infiziertseins«, den die polnische Dichtung mit Vorliebe zur Gesamtformel machte. Dieser zweite Pol wäre Lebensliebe – aus extremer Todesnähe, aus der Erfahrung des »vorgängigen Todes«, der quasi zurückliegenden »Möglichkeit« des Totseins, die auch auf die Todesantizipation, die permanent aktualisierbar ist, einwirken muß. Dadurch wird das Heideggersche Schema vom Tod als dem »Ende des Daseins«, als »der eigensten, unbezüglichsten, gewissen und als solchen unbestimmten, unüberholbaren Möglichkeit des Daseins« (»Sein und Zeit«) relativiert und verkompliziert. Der Tod – stellvertretend für den eigenen der Tod der anderen – stand bereits am Anfang und er steht – unverändert? – weiterhin als permanente »Möglichkeit« am Ende. Ist er auch weiterhin als »unbezüglich« zu bezeichnen? Sind nicht vielmehr die anderen Toten, die »Sündenböcke« in diesem nicht gewollten Opfer, die »Stellvertreter« eines jenseits des Ritus sich vollziehenden mörderischen Geschehens, der permanente Bezugspunkt auch des eigenen Todes? Gewinnt der individuelle, in den anderen »aufgehobene Tod« nicht zugleich eine kollektive, demokratische Dimension, eine materialistische »Transzendenz«? Der Text »Geködert« zeigt die Dramatisierung und Verdoppelung des Heideggerschen Sackgassen-Schemas in quasi paradoxaler Bildlichkeit des zu beiden Seiten des Ufers *gleichzeitig* wartenden Anglers.

Als Różewicz Tadeusz Borowski (der bekanntlich 1951 Selbstmord verübte) gegen die erwähnte Abstempelungsformel der »vom Tod Infizierten« verteidigte, wies er auf die Zweipoligkeit der entscheidenden Jahre hin: »Während des Krieges und der Okkupation liebten wir das Leben, kämpften wir gegen den Faschismus und zahlten wir mit dem Leben.« [40] Er wehrte sich auch gegen den Vorwurf des »Nihilismus und Célinismus« (den ein sowjetischer Autor gegen Borowski erhoben hatte).

Die Lebensliebe ist der zweite permanente Pol in Różewicz' doppelgesichtiger »Thanatographie«, und die dialogische Beziehung zwischen den beiden Polen ist hier wesentlich. Der permanente Alptraum des Überlebens, die »Schuld« gegenüber den Toten (von der Adorno sprach), ist die Verlängerung des ersten »Alptraums«, der noch gar nicht als solcher erlebt wurde. Das ständige Aufbrechen dieser Ambivalenz wird signifikant in der dualistischen Haltung des Autors, in dem textuell faßbaren Pol der lyrischen Melancholie, die in den Lachakten seiner Stücke aufgelöst und neu fundiert wird. Przyboś konnte diese ihm suspekte Haltung nicht begreifen, er warf Różewicz und dessen provozierender Formel vom »Tod der Dichtung« »Nihilismus und Acedia« vor. Für Freud bestand in einem solchen Dualismus keine Antinomie: »Ein Gegensatz einer optimistischen zu einer pessimistischen Lebenstheorie kommt nicht in Frage; nur das Zusammen- und Gegeneinanderwirken beider Urtriebe Eros und Todestrieb« erkläre die Vielfalt der Lebensphänomene, »niemals einer von ihnen allein« [41]. In der ambivalenten Triebökonomie des Schreibens selbst erhalten diese »Urtriebe« eine Eigendynamik, werden sie in symbolischen Praktiken aufeinander bezogen und gegeneinander ausgespielt. Diese Praktiken korrespondieren – ohne Deckungsgleichheit – mit dem von Freud entworfenen Modell des Wiederholens in einem ingeniösen Spiel, das den schmerzhaften Verlust sozusagen nachprogrammiert und dadurch erträglich, einkalkulierbar und rückgängig zu machen versucht.[42] Dieses Modell, das in Różewicz' Texten als funktionale Dominante auffindbar wäre, konnte unter der fortgesetzten Bedrohung des Lebens, des »vom Sarg weggeschnappten« Lebens (wie man mit Artaud sagen könnte, unter Berufung auf das zitierte Gedicht von Różewicz: *Maske*), die in der Nachkriegszeit durch die »zivilisatorische Entwicklung« sich steigerte, nur fortwährend provoziert und neu motiviert werden. In einer Situation, in der, wie Lefèbvre es lapidar ausdrückte: »unsere Poiesis immer noch tragisch ist«[43], kann die Überblendung von erlebtem und befürchtetem Massentod, dem auch das Geschriebene mitsamt seinen künstlerischen und ästhetischen Werten nicht entrinnen kann, nur konsequent erscheinen. Różewicz schreibt in einem seiner wichtigsten Texte, der eine Art Meta-Stück ist: »Die Augenblicke des Schweigens in meinen Stükken sind ausgefüllt mit den Gedanken eines anonymen Großstadtbewohners, eines Anonymus, der in der Metropole lebt, eines Anonymus, dessen Leben sich zwischen einer gigantischen Nekropolis und einer ständig wachsenden Polis entwickelt hat. Dichter und Polis? Dichter und Nekropolis?«[44] In beiden Bereichen, die sich gegenseitig verdrängen und auch angleichen, sucht er nach verschüttetem Leben, das mehr wäre als Lebensmimikry. (»Animula«). Das Zusammen- und Ineinandergehen von Tod und Leben ist in der Dichtung kein Novum. Hölderlin hat diesem Topos in heraklitischer Formelhaftigkeit Rechnung getragen, aus seiner spezifischen Perspektive: »Leben ist Tod, und Tod ist auch ein Leben« (in »Himmel und Erde«).[45] Bei Różewicz erreicht diese Koinzidenz einen konkreten, individuellen und kollektiven Grenzwert, der die Frage nach dem, was Leben sein könnte, zwingend werden läßt. Lefébvre hat eine ähnliche Frage in seiner »Metaphilosophie« zur zentralen Frage unserer Zeit gemacht: »Das Leben reduziert sich auf ein *Überleben,* das *das Leben simuliert.* Haben die Menschen jemals gelebt? Die Mythen des Überlebens (Unsterblichkeit der Seele) dauern an. Das

Überleben maskiert das Leben. So verkommt – durch Selbstzerstörung – der Sinn des Lebens und die Suche nach diesem Sinn: die Idee eines Lebens, das einen anderen Sinn als das Lebendigsein haben müßte.«[46]
Eben diese »Idee« ist auch Różewicz' poetische Idee, die sich schließlich gereizt gegen die Poesie, auch gegen die eigene, wenden mußte. Denn auch sie kann zu einem Akt der Selbstzerstörung werden – zu simuliertem Leben. Zumal dann, wenn sich beobachten läßt, daß sie dem Berg der Verdinglichungen zum Wachstum verhilft (»Was abnimmt was zunimmt«). Die von ihm versuchte Reformation der Literatur, die auf das Wort, das neue Wort setzte, wendet sich letztendlich gegen die Literatur, in der der Wort-Verfall, die Tendenz der Wörter zur Wucherung und Selbstgenerierung, gewissermaßen experimentell sich beobachten und beschreiben läßt (»Das neue Gedicht«). Wo der Dichter zum Produzenten von Texten wird, die, wie es einer der wichtigsten Kulturkritiker der sog. »Generation 68«, Adam Zagajewski, jüngst formulierte, »die Rolle von Korken spielen, die die weißen Flecken des Zeitungspapiers stopfen«.[47]
Barthes hat die mögliche Konsequenz für den Dichter so beschrieben: »Es gibt keinen Schriftsteller, der nicht eines Tages von den literarischen Institutionen verdaut würde, es sei denn, er zerstöre gewissermaßen sich selbst, d. h., er höre auf, *sein Wesen mit dem Wort* gleichzusetzen. Darin ist die Ursache dafür zu suchen, daß so wenig Schriftsteller auf das Schreiben verzichten, denn das würde wortwörtlich bedeuten, sich umzubringen, das ›Wesen‹ sterben zu lassen, für das sie sich entschieden haben.«[48] Różewicz sucht ein außerhalb des Wortes liegendes »Wesen«. Der Stimme des Phänotyps, die der »Stimme des Anonymus« vorangegangen war, der Stimme des reflexiven Gedichte-, Prosa-, Stücke- und Reportageschreibers Różewicz widersetzt sich in den neuesten Texten eine andere Stimme, die Stimme des »Doppelgängers«, die der Literatur und ihrer unvermeidlichen Maskerade sich versagt,

indem sie einen dem »Aberglauben der geschriebenen Poesie« (von dem Artaud sprach) abgekehrten Standort sucht. Das Theater und die Reflexion über seine Praktiken ist eine paradoxale Hilfe dabei (vor allem aufgrund seiner Fähigkeit zu sinndestruierenden, sinnmodifizierenden Leistungen), den Priesterstatus des Dichters abzubauen. Das Stück »Auf allen Vieren« zeigte die Wiederbelebung einer Dichtermumie, die von den Flügeln der eigenen Dichtung getragen wurde, das Stück »Eine alte Frau brütet« den Prozeß einer Gedichtsgeburt, eines Austragens und Zurücknehmens des Werks, das in der Realität, die von Gewaltakten und Krieg bestimmt ist, der Zerstörung ausgesetzt wäre. In dem Stück »Abgang des Hungerkünstlers«, das aufgrund des Vetos der Hohen Behörden nicht auf den Berliner Festwochen 1977 gezeigt werden konnte (in der Inszenierung von H. Kajzar mit dem Ensemble des Zeitgenössischen Theaters Wrocław wird die zur Schmiere gewordene Tragödie des Dichters heute in seinem selbstgewählten, von den Kulturmanagern widerwillig unterhaltenen Schau-Käfig als eine Grenzsituation der Poesie und ihre Rezeptionsbarriere gezeigt. Der »Hungerkünstler« als ein Dichter, der seine leidenschaftliche Lebensentsagung nicht mehr glaubhaft vertreten kann vor sich und einem Publikum, das sich an Hungerkünsten bereits sattgesehen hat. Während der konkrete Hunger der Welt von den längst nicht mehr brotlosen Künsten abgeschrieben wurde.

4. Jenseits des Lustprinzips der Literatur

Das Subjekt der Różewiczschen gestörten Schreibakte ist nicht das Beobachtungsobjekt der Freudschen Studie, das Kind, das sich selbstvergessen über den Verlust hinwegsetzt, in einem *Fort! Da!*-Spiel. Das Drama auf dem Papier der Literatur, das Różewicz auf seiner eigenen »Schreibbühne« (Freud) inszeniert, führt dank seiner negativen Reflexivität zur Demontage der Positivität der Literatur, enthüllt den Zwangswiederholungscharakter des Schreibens. Das Schreiben kann einen Verlust zwar wettmachen, doch nur zum Preis des Selbstverlustes des Schreibenden, der sein Leben in der Literatur und für die Literatur verausgabt (Gedicht »Käfig«). Der Schreibakt ist eine permanente Vertagung des Lebens, das Schreiben eine zwanghafte Handlung, in der der Tod dadurch bestochen wird, daß man Leben ausgibt.

Lacan hat an Freud anknüpfend eine neue Variante des ohnedies tiefenpsychologisch relevanten Herr-Knecht-Verhältnisses entwickelt, das Hegel in der »Phänomenologie des Geistes« modelliert hat. Es sei daran erinnert, daß Hegels Selbstbewußtseine sich in der rücksichtslosen Tilgung der »einfachen Substanz des Lebens« konstituieren, was zumeist wegen der bizarren Dialektik der Hegelschen Opposition und aus einer bewußtseinsideologischen Haltung heraus unterschlagen wird. Dieses »Leben«, das als amorphes und undifferenziertes gekennzeichnet wird, gehört der Gattung.

Der Zwanghafte zeigt in der Tat eine der Verhaltensweisen, die Hegel in der Dialektik von Herr und Knecht nicht entwickelt hat. Der Knecht hat angesichts der Todesgefahr nachgegeben, in der die Gelegenheit zu herrschen ihm im Kampf um reine Anerkennung angeboten worden ist. Da er aber weiß, daß er sterblich ist, weiß er auch, daß der Herr sterben kann. Infolgedessen kann er sich darauf einlassen, für den Herrn zu arbeiten und in der Zwischenzeit auf Genuß zu verzichten. In der Ungewißheit über den Augenblick, in dem der Tod des Herrn eintreten wird, wartet er. Das ist der intersubjektive Grund des Zweifelns wie des Aufschiebens, die Charakterzüge des Zwanghaften sind. All seine Arbeit verläuft unter Anleitung dieser Intention und wird durch sie doppelt entfremdend. Denn nicht bloß wird das Werk des Subjekts ihm von einem anderen entwendet, was die Grundbeziehung jeder Arbeit ist, sondern die Anerkennung seines eigenen Wesens durch sich selbst entgeht dem Subjekt nicht weniger in seinem Werk, in dem diese Arbeit ihre Begründung findet, denn es selbst ›ist nicht in ihm‹. Es ist in dem antizipierten Augenblick des Todes des Herrn, von dem an es selbst leben wird; doch während es diesen Augenblick erwartet, identifiziert es sich mit dem Herrn als einem Toten und ist aufgrund dessen selbst bereits tot.[49]

Aus dieser Perspektive ist Różewicz' scheinbar paradoxe Aufhebung der Literatur in der Literatur zu sehen. Das von ihm durchgespielte Drama ist zugleich das Endspiel der »Kulturtragödie«, von der Simmel sprach. »Die schöpferische Persönlichkeit... zerstört sich, ihre Subjektivität und ihre ›Persönlichkeit‹ in dem von ihr selbst geschaffenen objektiven Produkt. Die Entstehung eines objektiven Kulturwertes ruft den Tod der subjektiven Seele hervor.«[50] Für die polnischen Avantgardisten war in dem als positive kulturelle Leistung für eine antizipierte Gemeinschaft von ›freien Produzenten‹ verstandenen poetischen Produkt kein solcher Bruch vorhanden. Peiper beschrieb den oralistischen Umsetzungsprozeß eines in der Öffentlichkeit empfangenen psychophysischen Impulses auf den einzelnen Stationen des Körpers über die Mundhöhle und Zunge bis zum artifiziellen, sprachlich geformten Produkt.[51] Seine Parole war: »Die Spur – die totale Einritzung der Seele ins Werk.« Und für Przyboś galt ungebrochen das Prinzip der freudigen Entäußerung des künstlerischen Schaffens als eines enthusiastischen »Sichselbstverarbeitens« – *Das ganze Leben der Poesie ›opfern‹ – in der Poesie leben? Ist das kein Verlust des Lebens? Aber was ist das menschliche Leben anderes wenn nicht die Ausübung eines Berufes?*[52] Przyboś' »Sein zum Werk« (wie er in deutsch formuliert) setzt Różewicz eine Art »Sein zum Leben« entgegen, das Artauds Traum von einem werklosen Körper, der in einem Anschlag auf seinen eigenen Körper zerstört wurde, neu faßt und in einen Anschlag auf den »Organismus des Werks« disloziert.

In der Beschreibung der Verhinderung eines Stückes, das an

der permanenten Einmischung des Weltprozesses, der Weltpolitik scheitert, das eine Übersensibilisierung des Künstlers durch diesen Prozeß hervorruft, der ihn permanent überholt und ihm die Werkstrategie »vorschreibt«, heißt es: *Wenn ich im Dunkeln mit offenen Augen daliege, habe ich das Gefühl, daß gerade dieses Schreiben ein sinnloses Sterben ist. Warum wachsen um den ursprünglichen – klaren und scharfsinnigen – Gedanken Narrenschellen? Im Organismus des Stücks wuchern... Geschwüre, sie fressen den gesunden klaren Gedanken.* Im Prozeß des Schreibens werde ich zum Instrument. *Aber das will ich nicht.* [53]

Aus dem Widerstand gegen die »soufflierten« Reden der Literatur und ihrer einzelnen Sparten, aus dem Widerstand gegen die selbstsoufflierte Rede der sich vergegenständlichenden Poetik, die zum automatischen Generator krebsartig wuchernder Wortdinge wird, entwickelt sich der Widerstand gegen ein souffliertes Leben. Und dieser wächst in dem Maße, in dem der Oktroi der Sinnzuweisungsmechanismen der öffentlichen Institutionen größer und aggressiver wird. Das »unschuldige Geschäft des Dichtens« (Hölderlin), von dem auch Różewicz spricht, wendet sich gegen die Sinnmonopole. In einem kurzen quasi-Traktat, der den philosophischen Diskurs umkehrt und dessen Sinngrenzen verläßt, zeigt sich die Urteilskraft dieses Widerstandes. Różewicz' »Nichts« ist konkreter als das »nichtende Nichts« Heideggers, es *weltet,* wie man, die Heideggersche Sprachmanier parodierend, sagen könnte. Weltweit.

Der Widerstand richtet sich in erster Linie gegen das Spiel der Literatur, hier beweist sich die ethische Herausforderung. »Ethik läßt sich nur mit Verlust praktizieren«, resultierte aus J. Kristevas Analyse der Dichtung Lautréamonts und Mallarmés. »Der Text stellt eines der vollendeten Beispiele für diese Praxis dar.« [54] Der Text in Różewicz' Textpraxis ist Ver-Lust im doppelten Wortsinn. Das Schreiben ist die Selbstausbeutung der *Schreibkraft,* eine Fehlleistung, ein

Sich-Verschreiben: Brüskierung des Leistungsprinzips der Literatur und Verfehlung des »Lebens«. Das »Lustprinzip der Literatur« wird aufgehoben in einer ambivalenten *Verlusthandlung,* die sich mit den ökonomischen Gesetzen der Literatur nicht in Einklang bringen läßt, die zur Anhäufung eines postmortalen Wucherkapitals tendieren, die Leben mit Schreiben gleichsetzen und Leben als Preis fordern. In der polnischen Philosophie und Literaturtheorie hat Roman Ingarden der werkzersetzenden Aktivität der Marktgesetze und des Krieges eine die Marktgesetze umgekehrt reflektierende Ideen- und Wertökonomie entgegengesetzt. Seine diffizile Weiterentwicklung der Platonschen Métexis-Lehre gipfelt in der Konzeption von der »Idee des literarischen Kunstwerks«, die von jedem Einzelwerk, sofern es strukturellen Normen genügt, »konkretisiert« werden kann. Der Künstler findet nur mittelbar – über sein Werk, in dem er aufgeht – Eingang in den evolvierenden Ideenhimmel, während der Rezipient auf kontemplative Adoration der »ästhetischen Werte« beschränkt bleibt.

Der schaffende Künstler ist zugleich der erste Betrachter und Genießer seines Werkes. Die ästhetische Erfassung des eigenen Werkes ist auch etwas, was er in seinem Leben braucht und was ihm vielleicht wichtiger ist wie das Schaffen selbst.[55]

Der Kontrast der Position Różewicz ist an diesem Beispiel einer »Rezeptionsästhetik« Ingardenscher Prägung klar ablesbar.

In Różewicz' Schlüsseltext, der bereits erwähnten »Neuen philosophischen Schule« (In »Schild aus Spinngeweb«) hat der Autor den Anspruch der phänomenologischen Ontologie (in einer Ingarden-Karikatur) zurückgewiesen. In seiner entgegengesetzten Rezeptionsantiästhetik formuliert er nun neue »ökonomische Gesetze«, die den Verlust des Lebens des Künstlers höher veranschlagen als die unbestimmten Gewinne im Bereich der »strukturellen Transzendenz« (Ingarden).

Der unmittelbare Schauplatz der »Verlusthandlung« des Schreibens ist die »Dichterlesung«. Die Lesung erzeugt eine spezifische Verdoppelung, ein Konkurrenzverhältnis zwischen dem Autor des geschriebenen Textes und dem aktuellen, im Raum stehenden Autor. Die Illusion der »reinen Anwesenheit« im als Sprach*handlung* konzipierten Text vergeht während der Lesung wie das Wort auf der Zunge des Interpreten, auch wenn dieser der Dichter selbst ist. Der Autor kann sich der eigenen Rede als einer »soufflierten« (um Artauds Formulierung erneut zu verwenden) durch keine Versteckspiele entziehen. In der Lesung wird der neue Text, der Text als einmaliger, erzeugter und ausgestoßener Text *iterierbar.* Der Autor hält seine Totgeburt in der Hand, die antizipierte Abwesenheit, die Sterblichkeit des Autors, sein Überholtsein durch den Text, der auch seine Mumiengestalt ist, werden während der Lesung neben anderen vordergründigen Momenten (wie der offensichtlichen Diskrepanz zwischen Anspruch und Rezeption) physisch spürbar. Diese von der Textphilosophie erst ansatzweise und in polemischer Distanzierung von Heideggers Theorem der »reinen Anwesenheit« von Derrida konzipierte Gesetzmäßigkeit jeglicher Erfahrung, darunter auch der scheinbar nicht iterierbaren Sprachakte, kann in der Analyse der Struktur der Lesung seine Bestätigung finden.[56]
Diese öffentliche Struktur repetiert nur die Struktur des in der Zurückgezogenheit der »Werkstatt« des Autors sich abwickelnden Prozesses. Dieser Ort ist das Vorfeld der »Dichterlesung«, die eigentlich dramatische Szene auch der Rezeption, in der der Autor sein erster Leser ist, oder im Grunde sein zweiter, denn er ist es bereits im Akt des Schreibens selber. Das bis in die Produktion hineinreichende Risiko des Schreibens, die strukturelle Involviertheit der vorweggenommenen, in das Schreiben vorverlegten und ingerierenden Rezeption, sind die Gründe der »Vorbehalte« gegen die öffentliche Lesung.

Różewicz' eigene Perspektive auf den Text als Exkrement, auf die Literatur als großen Entsafter des Autors (»Animula«), als Mechanismus, der zum permanenten Bedürfnisaufschub Schreiber wie Leser abrichtet, der Schreiben zur Zwangswiederholung in dressiertem Triebverzicht als der gesteuerten, einkalkulierten »Inspirationsquelle« (die freilich versiegt) pervertiert, bestätigt Derridas Vermutung, daß zur Beschreibung »dieser Struktur der Hinweis nicht ausreicht, daß man immer für jemanden schreibt« und daß die »Oppositionen von Sender-Empfänger, Code-Nachricht« usw. »gröbste Instrumente bleiben«.

Vergeblich suchte man im ›Publikum‹ den ersten Leser, d. h. den ersten Autor des Werks. Die ›Soziologie der Literatur‹ nimmt nichts von dem Krieg und den Listen wahr, deren Einsatz im Spiel der Ursprung des Werks ist, zwischen dem Autor der liest, und dem ersten Leser, der diktiert. Die Sozialität *der Schrift als* Drama *verlangt eine ganz andere Disziplin.*[57]

Różewicz' paradoxales Schreiben hat diese Disziplin anvisiert. Der erste Schritt dazu war das Ablegen der Feder, die in Przyboś Hand zu einer Verschwendung des Wortes, einer Elephantiasis der Bildlichkeit geführt hatte (*Mitten durch die Menge geh ich heut / verteile allen ringsumher meine hände ich ging beflügelt / leicht von der feder*). Die Beschreibung des unbeflügelten Schreibens gelang Różewicz in einem kurzen Text, der eine Literatur ankündigt, die »Jenseits des Lustprinzips der Literatur« liegt: *Ich schrieb / einen augenblick oder eine stunde / einen abend lang eine nacht / zornerfüllt / bebend oder saß / stumm neben mir / die augen voll tränen / ich schrieb bereits sehr lange / plötzlich merkte ich / daß ich keine feder in der hand hielt*

Die Federlosigkeit dieser Hand ist nur ein Aspekt. Die Frage, was Różewicz' Schreiber *stattdessen* (Nichts?) in der Hand hielt, soll nicht erwogen werden. Wichtig ist die »Differenz« zur Feder. Ich insistiere auf dem Gegensatz Przyboś–Różewicz nicht aus dem Grund, weil hier ein nicht peripheres Kapitel polnischer Literaturgeschichte nachzuholen ist. Für mich liegt dem Gegensatz das Modell eines Streites zugrunde, der auf allen Gebieten bevorzustehen scheint, die von dem Großen Pleonasmus erfaßt worden sind, den Lefèbvre zur dominierenden Tendenz der Kulturentwicklung unserer Zeit erklärt hat. Przyboś hat die polnische Poesie, Peipers Vorleistung überbietend (*Poesie ist das Schaffen schöner Sätze. Poesie ist das Schaffen schöner Sätze. Poesie ist das Schaffen schöner Sätze. Poesie war nie etwas anderes*) in den totalen Pleonasmus geführt. Różewicz hat sich nicht gescheut, die eigene Autorität aufs Spiel zu setzen. Er hat Schwächen, Schreibunlust und -unvermögen eingestanden (»Verdaut«).

Er hat das im »poeta laureatus« verborgene Drama des »poète maudit« durchblicken lassen. Er stellt für mich den Anthropos dar, der den Kybernanthropos Przyboś' listenreich aber auch resignierend (vgl. das Gedicht »Kapitulation«, das freilich disjunktive Elemente einschmuggelt) einzugrenzen versucht (vgl. das Gedicht »Meine Poesie«). Lefèbvre glaubt an den Sieg des Anthropos und beschreibt seine Taktik so: *Der Anthropos sollte wissen, daß er nichts darstellt und eher eine Lebensweise braucht als eine philosophisch-wissenschaftliche Theorie. Er sollte ununterbrochen erfinden, sich erfinden, sich wiederfinden, erschaffen, ohne viel von Schöpfertum zu reden, die Absichten und Pläne des Kybernanthropos durchkreuzen, ihn entmutigen und überrumpeln. Um zu siegen und schon um die Auseinandersetzung in Gang zu bringen, kann er zuerst nur auf seine Unvollkommenheiten verweisen: Ungleichgewicht, Unklarheiten, Vergeßlichkeit, Lücken, Exzesse und Defekte des Bewußtseins, Verwirrungen, Wünsche, Leidenschaft, Ironie... Er wird durch den Stil siegen.*[59]

Dieses Ringen findet auch im Anthropos selber statt. Eine Phase der »Auslöschung der eigenen Anlage, der Brechung der menschlichen Unmittelbarkeit«[60] kann das scheinbar negative Resultat der Antinomie Ästhetik-Ethik sein. Doch kann diese Phase auch Teil einer »ästhetischen Erziehung« sein, wenn man sich – in eigener Lesart – der Schillerschen Einsicht anschließt: *Es muß ... falsch sein, daß die Ausbildung der einzelnen Kräfte das Opfer ihrer Totalität notwendig macht.* Ein Opfer, das *unsrer verstümmelten Natur die beschämenden Spuren dieser Dienstbarkeit eingedrückt* habe (Sechster Brief über die ästhetische Erziehung des Menschen).

5. Spuren

Und die einzelnen Texte dieser Auswahl? Die Texte im einzelnen? Sie sollen *zusammenhängend* gelesen werden. Ich möchte den Appell des Gedichtes »Abgerissen«, die Verbindungslinien zu finden, die dem Subjekt aufgrund seiner »Vergeßlichkeit« entglitten seien, an den Leser weitergeben. Es verstieße gegen die Intention eines »offenen Buches«, wenn man es mit Gebrauchsanweisungen ausliefern wollte. Eine Reihe von Texten enthält ihre eigene Gebrauchsanweisung, verschleiert ihren Gebrauchswert nicht. Die gewisse kompositionelle Aleatorik, die nicht kaschiert werden soll, wird andererseits von kontrapunktischen Versuchen abgefangen. Neben kürzeren gibt es längere Texte, neben amorpheren kohärentere, die aufgrund ihrer besonderen Technik (wie z. B. der syntaktischen Montage in »Animula«) »hermetisch« erscheinen. Es gilt daher, hier einige Spuren zu sichern, die jedoch keine Sicherheiten über die »wahren Intentionen«, die fixen Sinnimplikationen des Autors garantieren wollen.
Eine klassische Lesehaltung ist nicht zu empfehlen.
Der klassische Kritiker huldigt dem naiven Glauben, das Subjekt sei ein ›Erfülltes‹ und das Verhältnis zwischen Subjekt und Redeweise sei das eines Inhalts zu seinem Ausdruck. Der Rekurs auf die symbolische Redeweise führt, so scheint

es, zu einem entgegengesetzten Glauben: das Subjektive ist keine individuelle ›Fülle‹, die in die Sprache zu entleeren man das Recht hat oder nicht (je nach der gewählten Literaturgattung), sondern im Gegenteil eine Leere, *die der Schriftsteller mit Wörtern einkreist, so daß jede Schreibweise, die nicht lügt, nicht die inneren Attribute des Subjekts bezeichnet, sondern seine Abwesenheit.*[61]

Diese Einsicht von Roland Barthes in die »Wahrheit« der Literatur muß als Grundlage der Lektüre auch dieser Texte gelten, die sich ja gerade der Aufdeckung der Lüge der Literatur, des Schreibens als eines Aktes der *Entleerung* autothematisch verschreiben. *Ich bin so leer daß man in meinem Innern / eine gotische Kathedrale zwei Warenhäuser / ein Theater ein Stadion ein Straßenbahndepot / errichten kann,* schrieb Różewicz in »Schild aus Spinngeweb«.[62]

Diese Entleerung führte ihn zu der »wesentlichen ausstrahlenden Leere, in der sich jede Poesie erneuert«[63], die Artaud meinte (in seinem Nerval-Aufsatz). Die Spur Artauds gilt es zu verfolgen, die in den Texten »Mutter«, »Geködert«, »Animula«, »Wurzeln« sichtbar wird, in den »Motiven« des Textes als Exkrement (»Käfig«), der Dichtung als Vergewaltigung durch den Andern, als Geburt, die die Mutter zerreißt. Auch seine van Gogh-Apologie (»Verdaut« und »Wurzeln«) weist in dieselbe Richtung. Die Chinareportage fixiert das Erlebnis einer anderen »literarischen Produktionsweise«, die Entdeckung eines möglichen Zusammenfalls von poetischer und pragmatischer Benennung (»Chrysanthemenausstellung«). Auch hier das sepulkrale Engagement, die Beobachtung der Dialektik von Friedhofs- und Industrielandschaft. Das Lachen des Doppelgängers und die Beschreibung des Lachens, in dem das Lachen Baudelaires, Batailles und Artauds fortgeführt wird, aber auch das verdrängte Lachen Flauberts, des »Einsiedlers aus Croisset«, der seinen lebenslänglichen Ekel vor der bürgerlichen Gesellschaft durch vollkommene Produkte sublimierte, und das »rire amer« erst seinem Spätwerk anvertraute ... das ist ein neuer Ton bei Różewicz. Dann die klaren Texte, die Mißverständnisse ausräumen helfen sollen (»Zu den Quellen« u. a.), welche der Aufdeckung von Teilaspekten der »Genese« dienen sollen. Das lange Gedicht »Didaktische Erzählung«, in der Różewicz' Affinität zur bildenden Kunst, die Grenzüberschreitung zu »fremden Sparten« durchgehalten wird. Hier, in der Kreolisierung von Gattungsverfahren, verschwimmen die Grenzen zwischen Reportage, Reisebericht, Kunstkritik, Traktat, lyrischem Gedicht in einer Film- und Maltechniken souverän einsetzenden und umfunktionierenden (innersyntaktische Montage, semantische Überblendungen, lyrische Einstellungen) Schreibweise. Auch diese »Erzählung« gipfelt in einer aus der surrealistischen Malerei übertragenen »Mischung« von Lebenden und Toten auf der Piazza San Marco. Spuren, die es zu sichern gilt, Spuren, die sich verlieren und fremde bereits verschüttete neu aufdecken, Texte, die andere, verwandte oder konträre, rückwirkend affizieren. So der »dunkle« Text »Animula«, der am Ende einer Textreihe stehen könnte, die vielleicht mit Dantes »Vita nuova« beginnt. Dem großen Text und Metatext, in dem der Kontakt zwischen Dichter und Muse auf eine einzige Fast-Berührung beschränkt bleibt, die auf der einen Seite Tod, auf der anderen ein großes Werk erzeugt. In diesem Text findet man eine Spur Rilkes vorweggenommen, die Różewicz' »Animula« kontinuiert. Das auslösende Moment ist fast identisch, die Behandlung des »Themas« erst zeigt die Entfernung zwischen den beiden Dichtern. Rilkes »Requiem« enthält die Metaaussage: *»Jedem, der sein Blut / hinaufhob in ein Werk, das lange wird, / kann es geschehen, daß ers nicht mehr hochhält / und daß es geht nach seiner Schwere, wertlos. / Denn irgendwo ist eine alte Feindschaft / zwischen dem Leben und der großen Arbeit.«*

Różewicz' »Animula« hat dieses *irgendwo* Rilkes in einer drastischen Weise konkretisiert und entmystifiziert.

Die Antireportage »Verdaut« aus Amerika, dem Traumland auch der Dichter, ein Text, in dem die Verweigerung der Fortsetzung einer literarischen Tradition mit dem Recht auf Informationsverweigerung und dem Artaudschen Motiv des »Unvermögens« gekoppelt auftritt, Brüskierung eines automatischen Anspruchs auf Informationsbelieferung. Der dramatische Text »Geködert«, der wie eine polemische Anmerkung zu den nie geschriebenen Schlußkapiteln von »Sein und Zeit« sich lesen läßt, korrespondiert mit Derridas Kritik des noch im metaphysischen Zeitlichkeitsdenken der Philosophie steckenden Ansatzes Heideggers. Doch ist er viel eher ein Dialog mit dem von Artaud so exzessiv erlebten »Okkupiertsein durch die Zeit«, wie er auf der anderen Seite den »Ruck der Zeit« als blutige Fessel durchspielt, den Valéry in seinem Text »Wie am Ufer des Meeres« (Tel quel – Windstriche) [64] in einem ozeanischen Zeitraum positiv beschreibt. Der Traktat »Wie man heute fällt« erscheint fast als direkte Replik auf Heideggers Diktum »Wir fallen in die Höhe«.[65]
Doch das alles sind Spuren, die es zu sichern gilt, Spuren, die sich selber verwischen und – nebenbei – andere Spuren neu zeichnen. »Und wer hat geglaubt, man sei jemals nach anderem auf der Jagd als nach Spuren, die es aufzuspüren gilt?« [66]

Anmerkungen

1 So der Lyriker St. Czernik im Jahr 1967 (In: »Rzecz poetycka«, Lodz 1967, S. 15).

2 Eine Ausnahme stellte in dieser Hinsicht die Auswahl »Schild aus Spinngeweb. Aufzeichnungen aus der Werkstatt« dar (Frankfurt am Main 1967, es 194, übers. P. L.).

3 »Offene Gedichte«, herausgegeben und übers. von K. Dedecius, München 1969. Darauf folgte der Prosaband »Der Tod in der alten Dekoration«, München 1973 (Reihe Hanser 117).

4 Diese Behauptung enthält R. Fieguths Beitrag »Polnische Literatur in Deutschland zwischen 1956 und 1968« (In: »Rezeptionsgeschichte und Wirkungsgeschichte. Konstanzer Beiträge zur Praxis der Literaturgeschichtsschreibung«, Hg. H.-D. Weber, Stuttgart 1978, S. 119).

5 »Stücke«, Berlin 1974 und »Versuch einer Rekonstruktion. Erzählungen«, Leipzig 1976 (Reclam 658).

6 In »Nowe książki«, Heft 6, 1978, S. 29

7 Julian Przyboś: »Werkzeug aus Licht. Poetik und Poesie«, Hg. K. Dedecius, Frankfurt am Main 1978 (es 908). Eine zweisprachige Przyboś-Auswahl gab K. Dedecius bereits 1963 (Ebenhausen) heraus.

8 Die Werkausgabe von T. Peiper konnte aufgrund seines Vetos erst nach seinem Tod – von St. Jaworski – in Angriff genommen werden. Sie ist noch nicht abgeschlossen. Die grundlegenden theoretisch-programmatischen Aufsätze erschienen 1972 in Band I »Hierlang. Neuer Mund« (»Tędy. Nowe usta«). Weitere Bände mit Kritiken und Romanen folgten 1974 und 1977. Außerhalb der Werkausgabe erschienen zwei Auswahlbände mit Peiper-Gedichten: »Wybór wierszy«, Hg. J. Leszin-Koperski (Seria Generacje), Warszawa 1972 und »Poezje wybrane«, Hg. K. Karasek (Biblioteka Poetów), Warszawa 1978. Die legendäre Chronik Peipers, an der er seit 1956 bis zu seinem Tod gearbeitet hat (»Księga pamiętnikarza«), erschien auszugsweise in »Poezja« und »Miesięcznik Literacki« Aprilheft 1978).

9 Ich danke Tadeusz Różewicz für die Ermöglichung des Ein-

blicks in seine frühe Korrespondenz mit J. Przyboś, die ebenso wie seine zahlreichen Vorschläge zu dieser Auswahl einen Anstoß zum Versuch einer Neuinterpretation bildeten. Nicht minder wichtig sind die vielen Anregungen, die in Arbeiten polnischer Forscher zu finden sind, die sich direkt oder indirekt mit Różewicz beschäftigen, vor allem die von M. Sprusiński, Zb. Siatkowski, M. Jastrun, R. Przybylski, P. Kuncewicz, K. Wyka, H. Vogler – dem Verfasser der einzigen bisherigen Różewicz-Monographie –, Zb. Majchrowski, A. Zagajewski, J. Kornhauser u. a. Kürzlich erschien in deutscher Sprache der Aufsatz »Różewicz: Das Gedicht als Faktum« von Bodo Zelinsky (in: »Die Welt der Slaven«, 21/2, S. 186–193). Vgl. auch das Nachwort von H. Olschowsky in: »Versuch einer Rekonstruktion«, a.a.O. und von W. Mittenzwei in: »Stücke«, a.a.O. sowie die Różewicz-Porträts von K. Dedecius (bes. in »Überall ist Polen« und »Polnische Profile«).

10 Vgl. dazu Przyboś' »Ode an die Turpisten« in »Werkzeug aus Licht«, a.a.O. Przyboś' Polemiken, die besonders auf Różewicz' Berliner Lesung im Jahre 1966 reagieren (vgl. dazu »Das Gedicht und sein Autor«, hrsg. von Walter Höllerer, Berlin 1967) sind in »Sens poetycki«, Bd. II, Kraków 1967 enthalten. Anders motiviert war der Nihilismus-Vorwurf, den K. Karasek gegen Różewicz's Tolstoj-Gedicht (dt. »Offene Gedichte«, S. 147) erhob (in »Poezja«, H. 12, 1971, S. 26, anläßlich der Zuerkennung des Preises der jungen Lyriker an T. Różewicz). Der Nihilismus-Vorwurf wiederholt sich in der vielbeachteten Untersuchung von A. Sandauer »Die Evolution der polnischen Lyrik 1945–1968« (Vorabdruck in der Warschauer »Polityka« vom 5. 5. 1979, Nr. 18). Parallel dazu in der Attacke gegen das Różewicz-Stück »Do piachu« anläßlich der polnischen Uraufführung im Warschauer Teatr na Woli (April 1979) von St. Majewski in der Warschauer »Stolica« vom 6. 5. 1979 (Nr. 18), die – aus entgegengesetzter Ecke – die Angriffe von Kardinal Wyszyński gegen das Różewicz-Stück »Weiße Ehe« ergänzen. (Vgl. auch die Reaktion auf die bundesdeutsche Premiere der »Weißen Ehe« in Münster, Februar 1979.)

11 Zit. nach J. Sławiński, »Koncepcja języka poetyckiego Awangardy Krakowskiej«, Wrocław–Warszawa–Kraków 1965, S. 176

12 Vgl. hierzu die grundlegende strukturalistische Untersuchung von J. Sławiński »Die Konzeption der poetischen Sprache der Krakauer Avantgarde«, s. o. und vom selben Autor in deutscher Übersetzung: »Die Auffassung der Krakauer Avantgarde von Poesie als ›Sprache in der Sprache‹«, in dem Sławiński-Aufsatzband »Literatur als System und Prozeß«, München 1975, Hg. R. Fieguth, sowie den von mir übersetzten Aufsatz Sławińskis »Zur Theorie der poetischen Sprache« (In: »Literaturtheoretische Modelle und kommunikative Systeme«, Hg. W. Kroll/A. Flaker, Kronberg Ts., 1974).

13 Aus »Schriften«, Bd. I, Frankfurt am Main 1960, S. 435

14 A.a.O., S. 481

15 A.a.O., S. 455

16 Vgl. dazu seine Bemerkungen zu dem Buch von N. Malcolm, »Ludwig Wittgenstein« in »Przygotowanie do wieczoru autorskiego«, a.a.O., S. 136 ff.

17 In: »Was alles hat Platz in einem Gedicht? Aufsätze zur deutschen Lyrik seit 1965«, Hg. H. Bender/M. Krüger, München 1977, Reihe Hanser 224, S. 19 f.

18 Ich zitiere die Übersetzung von K. Dedecius aus »Formen der Unruhe«, München 1965, S. 74

19 Vgl. in »Werkzeug aus Licht«, a.a.O., S. 55 f.

20 Vgl. zu diesem Komplex die Aufsätze des Sammelbandes »Die Literatur gegenüber Krieg und Okkupation«, Hg. M. Głowiński/J. Sławiński (»Literatura wobec wojny i okupacji«), Wrocław–Warszawa–Kraków–Gdańsk 1976, darin vor allem St. Żółkiewskis Studie »Das Modell der polnischen konspirativen literarischen Kultur«, das sich bezüglich des widerlegten Generationsmythos auf K. Wykas Vorwort zu dessen Baczyński-Ausgabe von 1961 beruft.

21 Vgl. hierzu das Buch von L. M. Bartelski, »Genealogie der Geretteten. Skizzen über die Jahre 1939–1944« (»Genealogia ocalonych. Szkice z lat 1939–1944), Kraków 1963.

22 Vgl. dazu Zb. Siatkowskis Arbeit »Die Versifizierung von Tadeusz Różewicz...« (»Wersyfikacja Tadeusza Różewicza...«) in »Pamiętnik literacki« 1958, Heft 3, S. 119–150 und die darin enthaltenen Hinweise auf die ersten Reaktionen der polnischen Kritik auf Różewicz-Gedichte.

23 Aus T. Peiper, »Werke« (»Pisma«) Bd. I, S. 277.

24 Vgl. sein Vorwort zu dem Sammelband, a.a.O., S. 11. Auf die Diskrepanz von traditioneller (und sei es expressionistischer) Poetik und der thematisch-formalen Bewältigung totalitärer Grenzsituationen (z. B. KZ) bin ich im Kommentar zu meiner polnischsprachigen Auswahl aus der deutschen Anthologie »An den Wind geschrieben« näher eingegangen (In »Tygodnik Powszechny«, Nr. 40, Kraków 1962)

25 Aus »Kritik und Wahrheit«, Frankfurt am Main 1967 (es 218), S. 57

26 Ich möchte bezüglich der für mich entscheidenden Konnotation des Begriffes »Reformation« auf die ästhetische Dimension der Reformation hinweisen, die Opposition: Prädominanz des Bildes/Primat des Wortes, die von H.-E. Bahr in »Poiesis. Theologische Untersuchung zur Kunst«, Stuttgart 1961, im Hinblick auf die moderne Literatur und Kunst entwickelt wurde.

27 Aus dem Gespräch mit A. Falkiewicz, in »Odra«, Heft 2 Wrocław 1975

28 Aus »Negative Dialektik«, Frankfurt am Main 1966, S. 358

29 Ich zitiere in der Übersetzung von K. Dedecius aus »Offene Gedichte«, a.a.O., S. 10 f.

30 K. Wyka schreibt in seiner postum erschienenen Sammlung von Różewicz-Aufsätzen über die sozrealistische Phase in der polnischen Literatur, auf die Różewicz in diesem Band selber eingeht (»Statt eines Vorworts«): »Wer die vernichtenden Auswirkungen des alleinigen Musters verfolgen möchte, das allen Dichtern ohne Rücksicht auf ihre Individualität in den Jahren 1949–1955 oktroyiert wurde, wer die Folgen der Vergewaltigung der Einbildungskraft sehen will, einer Vergewaltigung, die der Dichter in gutem Glauben zuließ, möge heute die Różewicz-Bände in der Reihenfolge ihres Erscheinens lesen. In klinisch exakter und pathologisch vollendeter Form wird er diese Folgen nachvollziehen können«. In: »Różewicz mehrfach« (»Różewicz parokrotnie«), Warszawa 1977, S. 104. Das »polemische Gedicht«, wie der Untertitel lautet, »Anläßlich eines gewissen Ereignisses« von 1953 allerdings, in dem Różewicz unmißverständlich gegen die verlo-

gene Ästhetik und Moral des polnischen Stalinismus protestierte, widerlegt diese Einschätzung K. Wykas teilweise. In der zweisprachigen (englisch-polnischen) Auswahl von Różewicz-Gedichten heißt es dazu: »His poem ›In Connection with a Certain Event‹ (›W związku z pewnym wydarzeniem‹, 1953) anticipated by two years the criticisms that would be leveled against repressive conditions in Stalinist Poland and would initiate a ›thaw‹ in virtually all aspects of Polish life, particularly in the arts. (Naturally, the poem was not accepted for publication when it was written). In: »*The Survivor* and other poems by Tadeusz Różewicz«, Hg. M. J. Krynski / R. A. Maguire, Princeton, New Jersey, 1976 (The Lockert Library of Poetry in Translation), S. XII.

31 Aus »Poezje zebrane«, 1976, S. 89–91

32 A.a.O., S. 355

33 A.a.O., S. 357 f.

34 Wie K. Dedecius übersetzt, in »Werkzeug aus Licht«, a.a.O., S. 73

35 In »Sens Poetycki«, Bd. II, 2. Aufl., Kraków 1967, S. 256–264. Den zentralen Stellenwert der Arbeitsthematik bei J. Przyboś hebt A. Sandauer hervor, allerdings affirmativ (in seinem Aufsatz »Ästhet oder Skythe? oder der Arbeiter der Einbildungskraft«) von 1953–54, erschienen in »Lyrik und Logik«/ »Liryka i logika«, Warszawa 1969; neu in »Dichter dreier Generationen« (»Poeci trzech pokoleń«, 4., erw. Aufl., 1973. Anschließend daran die extreme Przyboś-Apologie »Sohn des Feuers-Sohn der Erde« (»Syn ognia-syn ziemi«).

36 In »Twórczość«, Februarheft 1979, S. 9

37 Aus: »Schriften«, Bd. I, Frankfurt am Main 1975 (suhrkamp taschenbuch wissenschaft 137), S. 166

38 Zitiert nach M. Heidegger, E. Fink, »Heraklit«, Frankfurt am Main 1970, S. 154

39 A.a.O., S. 11 f.

40 In »Przygotowanie do wieczoru autorskiego«, a.a.O., S. 243 f. (Fragment über Borowski »Pokolenie ›zarażone śmiercią?‹ « – »Die ›vom Tod infizierte‹ Generation?«).

41 In: S. Freud, »Die endliche und die unendliche Analyse«, Studienausgabe Frankfurt am Main 1975, S. 382 f.

42 Vgl. S. Freuds Studie von 1920 »Jenseits des Lustprinzips«, Studienausgabe, Bd. III, Frankfurt am Main 1975[2], sowie die kritische Interpretation der Freudschen »Spekulation« von P. Ricœur in »Die Interpretation«, Frankfurt am Main 1974 (suhrkamp taschenbuch wissenschaft 76) (Eros, Thanatos, Ananke).

43 Henri Lefèbvre, »Metaphilosophie. Prolegomena«, Frankfurt am Main 1975 (es 734), S. 266

44 Aus »Geburtenzuwachs. Biographie eines Theaterstücks«, in: »Stücke«, Berlin 1974, S. 350 (übers. von J. Jankowiak).

45 Vgl. dazu Heideggers Interpretation der Hölderlinschen »Lebensliebe«, die in andere Richtung weist (In »Erläuterungen zu Hölderlins Dichtung«, 4., erw. Aufl., Frankfurt am Main 1971, S. 164 f.)

46 A.a.O., S. 261

47 In: A. Zagajewski, »Zweiter Atem« (»Drugi oddech«), Kraków 1978, S. 108

48 Aus: »Literatur oder Geschichte«, Frankfurt am Main 1969 (es 303), S. 49 (Schriftsteller oder Schreiber)

49 In: »Schriften«, Bd. I, a.a.O., S. 160

50 Ich zitiere Simmel aus dem kritischen Kontext von V. N. Vološinov »Marxismus und Sprachphilosophie«, S. 92 f. und verweise auf die dort entwickelte Konzeption des Verhältnisses ideologisches (künstlerisches) Zeichen/Psyche.

51 Diese Schilderung der Umsetzung von Erregung in entsprechend strukturierte Sprache ist enthalten in Peipers Aufsatz »Komik, Witz, Metapher« von 1930 (In »Schriften«, Bd. I, a.a.O., S. 302). Vgl. hierzu die Analyse der Oralität bei Lautréamont, Mallarmé u. a. in J. Kristevas »La révolution du langage poétique«, Paris 1974, S. 138 ff. (u. die deutsche Teilausgabe desselben Buches »Die Revolution der poetischen Sprache«, Frankfurt am Main 1978 (es 949), S. 158 ff.)

52 In: J. Przyboś, »Poetischer Sinn« (»Sens poetycki«), Bd. I, 2., erw. Aufl., Kraków 1967, S. 7

53 Aus »Bevölkerungszuwachs«, a.a.O., S. 347

54 Aus: »La révolution du langage poétique«, a.a.O., S. 204

55 Aus »Der Streit um die Existenz der Welt«, Bd. II/2 (Formalontologie 2. Teil), Tübingen 1965, S. 216

56 Zum Problem der Iterierbarkeit von Sprachhandlungen und der Illusion der »reinen Anwesenheit«, vgl. Jacques Derrida, »Randgänge der Philosophie«, Frankfurt/M.–Berlin–Wien, 1976 (ullstein-Buch Nr. 3288) (Signatur Ereignis Kontext, S. 124–155)

57 Aus: Jacques Derrida, »Die Schrift und die Differenz (Freud und der Schauplatz der Schrift)«, Frankfurt am Main 1976 (suhrkamp taschenbuch wissenschaft 177), S. 345. In der westdeutschen Textwissenschaft hat besonders W. A. Koch wiederholt für eine »strukturelle Rezeptionstheorie« plädiert. Vgl. z. B. seinen Aufsatz »Ontologiethese und Relativitätsthese für eine Textlinguistik« (In: Textsemiotik und strukturelle Rezeptionstheorie. Soziosemiotische Ansätze zur Beschreibung verschiedener Zeichensysteme innerhalb der Literatur«, S. 1–38, bes. S. 30ff., Hildesheim–New York 1976). Auch die Konzeption des Textes als Exkrement ist bei W. A. Koch nachzulesen.

59 In »Position: Contre les technocrates«, Paris 1967, S. 230 (Zitiert nach K. Meyer, »Henri Lefèbvre, Ein romantischer Revolutionär«, Wien 1973, S. 153

60 Wie Kierkegaard es formuliert hat (vgl. H.-E. Bahr, »Poiesis«, a.a.O., S. 271)

61 Aus »Kritik und Wahrheit«, a.a.O., S. 82

62 Text »Unersättlichkeit«, in: »Schild aus Spinngeweb«, a.a.O., S. 7 (übers. P. L.)

63 A. Artaud, »Über die ›Chimères‹ von Gérard de Nerval« (In: A. Artaud »Van Gogh, der Selbstmörder durch die Gesellschaft und Texte über Baudelaire, Coleridge, Lautréamont und Gérard de Nerval«, München 1977/Batterien 1/, S. 66 (Hg. F. Loechler u. E. Kapralik). Vgl. zu Artaud vor allem J. Derridas Artaud-Lektüre in »Die Schrift und die Differenz«, a.a.O. (»Die soufflierte Rede« und »Das Theater der Grausamkeit und die Geschlossenheit der Repräsentation«).

64 P. Valéry, »Windstriche«, Frankfurt am Main 1959, S. 48f.

65 M. Heidegger, »Unterwegs zur Sprache«, 5. Aufl., Pfullingen 1975, S. 13

66 Aus J. Derrida, »Randgänge der Philosophie«, a.a.O., S. 34 (»Die différance«).

Quellenhinweis

Die Übersetzungen dieses Bandes basieren auf folgenden polnischen Ausgaben von Tadeusz Różewicz:

I. »Przygotowanie do wieczoru autorskiego«, 2., erweiterte Auflage, Warszawa 1977 /Statt eines Vorworts; Zu den Quellen; Postume Rehabilitierung; Vorbereitungen zur Dichterlesung; Blumentraum, Drachenherz; Französische Sgraffiti; Das große Fressen; Nichts, oder alles; Verdaut; »Der Zauberlehrling«; Leidenschaft; Der Doppelgänger; Das im Gedicht verborgene Gedicht; *Dieses Geraschel;* Vršacker Elegie/.

II. »Poezje zebrane«, Wrocław–Warszawa–Kraków-Gdańsk 1976 /Mutter; »Bocca della Verità«; Ausweg; Umerziehung; Dialog; Pathetisches Gedicht; Die Kleinchen; Das wird schlimm für mich enden?; Akutagawa; Stimme aus Croisset; Méliès; Behandlungen; Wie man heut fällt; Kann nichts werden; Wurzeln; Abgerissen; Geködert; Habe nicht den Mut; Seit einiger Zeit; *Läßt sich weich* abreißen; Ich sah ein wunderbares Monstrum; Die Poesie hat rosige Backen; Über gewisse Eigenschaften der sogenannten Poesie; Aus der Lebenschronik von Leo Tolstoj; Entstehung eines neuen Gedichts; Zweiter Vorschlag; Didaktische Erzählung; Alpha; Käfig 1974; Ausweglos; Begraben im Lachen/.

III. »Duszyczka«, Kraków 1977 /Animula/.

IV. »Białe małżeństwo i inne utwory sceniczne«, Kraków 1975 /Was zunimmt was abnimmt/.

V. »Sztuki teatralne«, Wrocław–Warszawa–Kraków–Gdańsk 1972 /Ordnungsdienst/.

Und der Zeitschrift

VI. »Twórczość«, Heft 2, Februar 1979 /Altes Foto; Was bleibet aber stiften die Dichter/.